rororo

rororo

Christian Pfannenschmidt
Edith Beleites

Hotel Elfie

Der Roman zur ZDF-Serie

Rowohlt Taschenbuch Verlag

Originalausgabe
Veröffentlicht im Rowohlt
Taschenbuch Verlag GmbH,
Reinbek bei Hamburg,
Februar 2000

Umschlagfoto Manju Sawhney,

Fotos im Tafelteil Manju Sawhney,

Satz Adobe Garamond PostScript (PageOne)
Gesamtherstellung Clausen & Bosse, Leck
Printed in Germany
ISBN 3 499 22527 1

1. KAPITEL

Der Himmel konnte sich nicht entscheiden. Über lichtblaue, zartgelbe und rauchweiße Partien jagten schwarze, lila, grüne und orange Wolkenfetzen, wechselten alle paar Sekunden Form und Farbe, verwehten und lösten sich auf, um neuen Formationen Platz zu machen, die im nächsten Moment wie aus dem Nichts entstanden, sich aufblähten, zu gewaltigen Gebilden heranwuchsen, weiterjagten und wieder verwehten. Dann riß die Wolkendecke für wenige Augenblicke auf, und das Schauspiel begann von neuem.

«Wenn das man gutgeht ...» Elfie drückte sich den eleganten Strohhut mit der riesigen schwarzen Schärpe fester auf den Kopf, als sie besorgt nach oben blickte und mit beschleunigten Schritten auf das Grab ihres verstorbenen Mannes zuging. Mein Mann ..., hatte sie in den letzten Tagen immer wieder bitter gedacht, ... daß ich nicht lache! «Noch nicht mal verheiratet waren wir, als er es sich in den Kopf setzte, plötzlich tot umzufallen! Warum manche Leute es bloß mit dem Sterben eiliger haben als mit dem Leben und dem Lieben und dem ...» Eine Windböe riß die Rockschöße ihres schwarzen Jacketts hoch, und beinahe wäre ihr der Hut doch noch vom Kopf geflogen, als Elfie merkte, daß sie halblaut vor sich hinsprach. Mißmutig verzog sie das Gesicht, sah sich schnell um und prüfte, ob jemand sie beobachtete. Dann schimpfte sie: «Reiß dich zusammen, Gerdes! Kein Striptease auf'm Friedhof, und keine Selbstgespräche! Verstanden?» Wieder sah sie sich prüfend um, führte eine Hand zu einem knappen Salut an die Hutkrempe und trat vor Alexander Hofstädters Grab.

Der Wind hatte Blätter und ganze Zweige von den umstehenden Büschen und Bäumen auf die roten Rosen und Ranunkeln geweht, die den frischen Grabhügel bedeckten. Elfie wurde plötzlich ganz ruhig, bückte sich, brachte das Grab in Ordnung und begann, still zu weinen. Dann schüttelte sie den Kopf.

«Nee, du! So war das nicht abgemacht! Mich hier allein zu lassen, einfach so, aus heiterem Himmel!» Sie wischte sich die Tränen ab, kramte in ihrer Handtasche nach einem Taschentuch, schneuzte sich geräuschvoll und sah angriffslustig auf das Grab.

«Okay, das mit dem Hotel war *meine* Idee. Aber trotzdem! So hatten wir das nicht abgemacht, Alexander. Jetzt steh ich allein da mit dem Kasten, und nix ist klar. Dein Testament ist noch nicht eröffnet, die Goldy von der Sparkasse zickt rum, und ich habe keine Ahnung, mit wieviel ich rechnen kann, und selbst wenn ich das wüßte – wie soll ich das allein denn schaffen? Ich weiß doch gar nicht, wie das geht! Zwölf Zimmer! Weißt du eigentlich, was das bedeutet?»

In dem Moment grollte ein verhaltener Donner von einem Ende des Horizonts zum anderen. Elfie verdrehte die Augen, sah etwas schuldbewußt, aber vorwiegend trotzig zum Himmel auf und beschwerte sich: «Und jetzt auch noch rumgrummeln!» Als sie wieder auf das Grab sah, gestattete sie sich einen tiefen, traurigen Seufzer und sagte dann leise: «Mal im Ernst, Alexander, ich schaff das nicht. Und, ehrlich gesagt, hab ich ohne dich auch weder den Mut noch die Lust dazu.» Sie musterte das Grab und schwieg eine Weile. «Verstehst du das?» Und nach noch einer Weile fragte sie: «Ist das in Ordnung?» Sie legte den Kopf schief, wie um nach einer Antwort zu horchen. Dann nickte sie entschlossen. «Also gut. Dann fahr ich jetzt zu denen hin und rede mit ihnen. Werden ja keine Unmenschen sein. Und so ein Hotel … Das ist doch … Das kriegen die doch in Null Komma nix auch an jemand anders verkauft!» Das glaubte sie zwar selbst nicht, aber ihr Entschluß stand trotzdem fest, und wenn Elfie einmal einen Entschluß gefaßt hatte, dann hielt sie sich auch daran. Es sei denn, sie überlegte es sich noch einmal anders.

Sie nickte zufrieden, lächelte und bedankte sich bei Alexander für das Gespräch. «Also denn geh ich mal. Tschüs, Alexander! Bis morgen.»

Als der Platzregen einsetzte, trug ein Möbelpacker gerade das letzte Stück Umzugsgut in den Möbelwagen. Es war ein Bügelbrett, das während der letzten Instruktionen an die Umzugscrew unbeachtet an der Eingangssäule des Hotels gelehnt hatte und beinahe vergessen worden wäre. Der Möbelpacker fluchte und rannte, das Bügelbrett unterm Arm, auf den Umzugswagen zu, verstaute es hastig und stieg, immer noch fluchend, zu seinem Kollegen in den Wagen. «Also los! Baden-Baden. Und tritt aufs Gas! Bloß raus aus diesem Hamburger Schmuddelwetter!»

Werner Schnabel schaute dem Wagen wehmütig nach. Am Ende war ihm alles doch viel zu schnell gegangen. Als der Möbelwagen um die Ecke bog, drehte er sich um und blickte sich in der fast leeren Hotelhalle um. Es war ein so trostloser Anblick, daß ihm fast die Tränen kamen. «Vierundvierzig Jahre ...!» Plötzlich fühlte er sich alt und müde, und das lag nicht nur an der Packerei der letzten Tage. Das warme Gelb der frischgestrichenen Wände, das strahlende Orange der Decke, der glänzende Lack an der Glastür zum Frühstückszimmer, aber auch Farbeimer, Leitern, Pinsel, Wischlappen und Abdeckplanen, die noch überall herumstanden und -lagen, sprachen von einem Neuanfang, mit dem er, Werner Schnabel, Chef des Traditionshauses «Pension Schnabel», nun nichts mehr zu tun hatte. Sogar Farben und Tapeten, Lampen und Teppichboden waren bereits von seiner Nachfolgerin ausgesucht worden. Er hatte das Haus nur noch renoviert zu übergeben. Ein Leben ohne das Hotel, ohne *sein* Hotel ... war das überhaupt vorstellbar? Auf dem Weg zur Küche sammelte er einige Pinsel zusammen und stellte sie in eine Terpentindose. Als er die Küchentür erreicht hatte, mußte er unwillkürlich lächeln.

Seine Frau Rita – eine Mischung aus Grande Dame und in die Jahre gekommenem Blauen Engel – saß am Küchentisch. Das heißt, sie lag fast. Zumindest ihre langen Beine lagen auf dem Küchentisch, und ihre goldbesetzten Lackpumps ragten wippend über einen Flaschenwald. Rita hob das Cocktailglas, das sie in der Hand hielt, und prostete ihrem Mann mit einem entspannten Lächeln zu. Daß sie genauso wenig wie ihr Mann wußte, was sie mit der geballten Ladung Ruhestand anfangen sollte, die ihnen beiden jetzt bevorstand, ließ sie sich nicht anmerken. Sie war realistisch genug, um zu sehen, daß die Übergabe des Hotels an eine Jüngere für alle das beste war – auch für das Hotel.

«Was soll das denn sein?» fragte Werner Schnabel und sah seine Frau mißbilligend an.

«Ich mach bloß Rest», sagte sie und schwenkte ihr Glas über das gute Dutzend Flaschen mit Hochprozentigem in allen Farben des Regenbogens. «Nun guck nicht so!»

Werner Schnabel winkte gutmütig ab und sah auf die Uhr. «Pünktlich ist sie schon mal nicht», meinte er und räumte das Frühstücksgeschirr zusammen, das die Möbelpacker hinterlassen hatten. «Das ist schon mal kein gutes Zeichen.» Rita Schnabel zog eine Augenbraue hoch. Sie wußte, welche Platte er jetzt auflegen würde. Wie recht sie hatte, merkte sie, als er, noch bevor sie etwas Zurechtweisendes sagen konnte, weitersprach.

«Ich bin mir sowieso nicht sicher, ob diese Frau Gerdes dem allen hier ...» – er machte eine ausladende Geste über das ganze umzugs- und renovierungstypische Durcheinander – «... auch wirklich gewachsen ist.»

«Ach, Werner!» In Rita Schnabels Stimme klang so viel Verständnis mit, wie ihr Mann verdiente, und so viel Strenge, wie die

Situation erforderte. «Du suchst doch nur nach Gründen, um dich nicht von diesem alten Kasten trennen zu müssen.» Sie beugte sich vor und wählte aus den bunten Flaschen ein Exemplar mit grünem Inhalt aus, hob es hoch, stieß dabei fast eine andere Flasche um und sagte, während sie ein größeres Malheur mit Dominoeffekt durch ein paar schnelle Handgriffe verhinderte: «Frau Gerdes ist jung und energisch und vom Fach. Komm, probier den mal!»

Als die Flaschen bei dem Beinahesturz klirrten, hatte Elfie sich räuspernd an die offene Küchentür gestellt, ohne daß die beiden sie bemerkten, und ihr graute so sehr vor dem fälligen Gespräch, daß sie nicht wußte, was sie sagen sollte. So hörte sie den Schnabels eine Weile zu, obwohl das gar nicht ihre Absicht war.

Ohne auf das Angebot zum Mittrinken einzugehen, sagte Werner Schnabel ernst: «Da ist Frau Goldy aber ganz anderer Meinung.»

Bei dem Stichwort Goldy hielt Elfie erschrocken den Atem an und hörte Rita Schnabel wegwerfend sagen: «Die Goldy! Diese kleinkarierte Sparkassenmaus! Hat die in all den Jahren mal unternehmerischen Weitblick gezeigt?» Sie stellte die Flasche so heftig auf den Tisch zurück, daß es beinahe doch noch Scherben gegeben hätte. «Es sollte mir leid tun, wenn die Goldy der Gerdes den Anfang schwerzumachen gedenkt. Aber wenn, dann muß sie da eben durch. Und sie wird sehr schnell merken, daß sie von dem Birkner besser beraten ist, sobald der aus dem Urlaub zurück ist, und schließlich ist er immer noch der Filialleiter. Nein, nein, Werner, die Gerdes weiß genau, was sie will, und das zieht sie auch durch.»

«Trotzdem ...», sagte Werner Schnabel nachdenklich. «Wenn das Finanzielle nicht stimmt ... Und ein bißchen will man ja auch selber wissen, wie's hier weitergeht.»

Rita Schnabel stand auf, ging zu ihrem Mann hinüber und

nahm seine Hände: «Werner! Wir haben uns lange genug um alles gekümmert. Wir sind alt genug für ein bißchen Ruhe und Frieden.» Sie ließ seine Hände wieder los und sah ihn ernst an. «Sonst geht es mir am Ende noch wie der Gerdes. Fällt der Mann einfach tot um, und du stehst als Frau allein da und hast nichts mehr von ihm.»

Das war der Moment, in dem Elfie sich erneut räusperte, teils um nicht wieder weinen zu müssen und teils um nicht länger dieses nun doch intim werdende Gespräch zu belauschen. «Guten Tag!» sagte sie mit so fester Stimme, daß sie selbst überrascht war. «Da bin ich!»

Etwas überrumpelt, aber alles in allem erlöst, kamen die Schnabels auf Elfie zu. Die wartete ab, bis beide ihr die Hand gegeben hatten, um dann zu sagen: «Na, denn will ich mal gleich mit der Tür ins Haus ...»

«Aber ja, gerne!» Rita Schnabel strahlte und gab sich einen Moment lang der Vision hin, Elfie würde sich umgehend an den Abwasch machen.

«Es geht nicht», sagte Elfie und lächelte entschuldigend. «Ich kann es nicht machen.»

Das Strahlen erstarrte auf Rita Schnabels Gesicht zu einer Maske, dann senkten sich ihre Mundwinkel, und ebenso fragend wie ablehnend sah sie Elfie an.

Die nickte knapp. «Richtig. Ich kann Ihre Pension nicht übernehmen.»

Werner Schnabel dirigierte die beiden Frauen ins Frühstückszimmer. Alle drei waren zu sehr mit ihren eigenen Gedanken und Gefühlen beschäftigt, um etwas sagen zu können. Elfie hatten ihre eigenen Worte umgehauen, denn einerseits beglückwünschte sie sich zu ihrem Mut, und andererseits hatte die Sache, als sie einmal ausgesprochen war, eine brutale Endgültigkeit.

Auch Rita Schnabel bewunderte Elfies Mut, und genau wie Elfie war sie von der Unmöglichkeit überzeugt, dieses Hotel, so klein es auch war, allein führen zu können, aber sie hatte nicht die geringste, nicht die allergeringste Absicht oder auch nur Bereitschaft, von dem Verkauf zurückzutreten und auf ihren in der Tat wohlverdienten Ruhestand zu verzichten oder ihn auch nur hinauszuzögern.

Werner Schnabel unterdessen kannte seine Frau gut genug, um zu wissen, wie sehr sie der vom Schicksal gebeutelten und doch so resoluten Elfie gleich zusetzen würde. Seufzend machte er sich darauf gefaßt, seine Frau dabei zu unterstützen, Elfie in die Pflicht zu nehmen und auf Unterzeichnung der Übernahmepapiere zu bestehen. Jetzt, da ihm die Möglichkeit zur Fortsetzung seines Lebenswerkes auf einem silbernen Tablett serviert wurde, so wie er es sich vor wenigen Minuten noch ersehnt hatte, stand auch sein Entschluß fest: Es gab kein Zurück. Das einzige, was er für die unglückliche, sympathische junge Frau noch tun konnte, war, seine eigene Frau zu mäßigen und bei aller sachlich gebotenen Härte der Verhandlungsführung für einen menschlichen Ton zu sorgen. Da half es Elfie gar nichts, ihre Sorgen und Nöte, die finanzielle Unklarheit und ihre emotionale Überforderung mit dem plötzlichen Tod ihres Lebensgefährten ins Feld zu führen. Die Schnabels blieben hart. So hatte Elfie schließlich keine andere Wahl, als das juristische Konstrukt zu bemühen, das sie sich auf dem Weg hierher zurechtgelegt hatte, um sich selbst Mut zu machen.

«Mein Mann … also Herr Hofstädter hat diesen Vertrag gleichberechtigt mitunterschrieben. Ohne ihn und seine finanzielle Absicherung hätte ich das nie gemacht. Und jetzt lebt er nicht mehr. Damit ist der Vertrag null und nichtig», sagte sie mit hocherhobenem Kopf.

«Ha!» schnaubte Rita Schnabel. «Das werden wir ja sehen. Dann schalten wir eben unseren Anwalt ein.»

«Rita, ich bitte dich!» Werner Schnabel sah seine Frau eindringlich an. Er hatte schon seit einigen Minuten das Gefühl, daß gutes Zureden die bessere Taktik gewesen wäre, denn offenbar fiel es der jungen Frau verdammt schwer, sich von ihrer Zukunftsvision als Hotelbesitzerin zu lösen. Ein paar Hinweise auf Übergangskredite, Lieferantenabkommen und 630-Mark-Jobs wären vielleicht hilfreicher gewesen als dieses In-die-Enge-Treiben.

Aber Rita Schnabel warf erst ihrem Mann und dann Elfie einen giftigen Blick zu und sagte scharf und endgültig: «Ich will mein Geld sehen. Wir werden Sie verklagen. Ich werde Sie zwingen, diesen Vertrag zu erfüllen. Ihnen wird noch Hören und Sehen vergehen, Frau Gerdes!» Während ihrer letzten Worte hatte sie sich drohend vor Elfie aufgebaut, und als sie fertig war, griff sie ungeduldig hinter sich nach dem Arm ihres Mannes. «Komm, Werner, in diesem Hotel haben *wir* nichts mehr zu suchen!» Und damit zog sie ihn aus dem Frühstücksraum, an der Rezeption vorbei und aus dem Haus.

Elfie stand da wie unter Schock. Anwalt ..., dachte sie, Vertrag ... Testament ... Sparkasse ... Hotel! Sie faßte sich an den Kopf und murmelte: «Ich werd noch verrückt.» Dann drehte sie sich auf dem Absatz um und stürmte aus dem Hotel, wem immer es auch gehören mochte. Momentan war es jedenfalls Niemandsland, und genauso fühlte sich Elfie: als sei dies nicht das richtige Leben, diese Stadt nicht ihr Zuhause, genausowenig wie die Orte, an denen sie mit Alexander Hofstädter gelebt hatte. Es gab kein Gestern, kein Heute, kein Morgen für sie. Und wohin sie jetzt gehen sollte, war ihr vollkommen unklar. Sie hatte ja nicht mal eine eigene Bleibe. Nach Alexanders Tod hatte sie die Finca in Mallorca, in der sie zuletzt zusammengelebt hatten, aufgegeben, aber sie war noch nicht verkauft, so daß ihr nicht einmal *das* Geld zur Verfügung stand. Mit ein paar persönlichen Sachen war sie bei ihrem Uraltfreund Bernd Bosch untergekommen, vorübergehend, bis sie sich in der Dachetage des Hotels einrichten würde. Eine Dachetage, die nun doch nicht ihr gehören würde. Wie lange konnte sie Bernds Gastfreundschaft in Anspruch nehmen? Wie lange würde es dauern, bis sie finanzielle Klarheit hatte? Und stimmte es überhaupt, daß nach Alexanders Tod der Kaufvertrag ungültig war?

Elfie blieb stehen. Sie war einfach so drauflosmarschiert, hatte ihre Gedanken frei laufen lassen und nicht darauf geachtet, wo sie überhaupt hinging. Jetzt sah sie sich um. Aber das bereute sie schon Sekunden später und geriet wieder ins Grübeln. Es war schließlich nicht irgendein Hotel, das sie sich ausgesucht hatte. Es war schon dieses eine ganz spezielle. In dieser Straße mit den schönen alten Häuserfassaden, den kleinen Läden, spielenden Kindern in den Toreinfahrten und Innenhöfen, den unterschiedlichsten Anwohnern, die so ziemlich alle Altersgruppen, Monatseinkommen und Nationalitäten vertraten – eine bunte Straße in einem bunten Viertel mit allem, was der Großstädter zum täglichen Leben braucht, vom Bäcker am Morgen bis zur Kneipe am Abend. Zur Alster war es nicht weit, zur Innenstadt auch nicht. Schwanenstraße ...! Stolzer Schwan, singender Schwan, sterbender Schwan ...! Elfie seufzte und merkte, daß sie mit alledem innerlich noch längst nicht abgeschlossen hatte. Aber sie merkte auch, daß ihr das entscheidende Quentchen Mut und Kraft fehlte, um dieses ehrgeizige Projekt allein in Angriff zu nehmen. «Allein» war dann auch das Wort, das ihr beim Umherblicken durch den Kopf spukte. Immer wieder, bis sie merkte, daß sie es halblaut vor sich hinmurmelte. Elfie drückte ihre Hände an die Schläfen, schüttelte den Kopf, wie um sich aus dem Bann dieses deprimierenden Wortes zu befreien und es abzuschütteln. Ihr ganzer Körper straffte sich, und plötzlich nahm sie wahr, wo sie eigentlich genau war. Als sie die Straße entlanggestürmt war, hatte sie alles wie durch ein Kaleidoskop gesehen, alles gleichzeitig und durcheinander, und jetzt fokussierte sie ihren Blick, sah in den Frisiersalon, vor dem sie zufällig zum Stehen gekommen war, und ging entschlossen hinein. Genau, dachte sie. Was tut die Frau von Welt, wenn ihr der Himmel auf den Kopf gefallen ist? Läßt sich den Kopf renovieren.

Die summende, surrende, plätschernde, klappernde und dazu noch von plaudernden Stimmen und leiser Musik unterlegte Betriebsamkeit in dem großen, hellen *Salon Die Dame* war vom ersten Moment an Balsam für Elfies geschundene Seele. Einen Moment lang blieb sie an der Tür stehen und sah kopfschüttelnd zu, wie zwei Friseurinnen, von denen die eine offenbar noch eine Auszubildende war, vier Kundinnen gleichzeitig bedienten. Eine bekam unter der Trockenhaube die Temperatur neu eingestellt, die zweite wurde von der Auszubildenden gekämmt und zum Waschen vorbereitet, der dritten wurde Spray in die fertige Frisur gesprüht, während die Friseurin plaudernd die vierte bei Laune hielt. Erst als das Telefon klingelte und keine der beiden Frauen sich auch nur rührte, bemerkte Elfie die männliche Drohne, die in einer Ecke des Frisiersalons ganz entspannt in einem bequemen Sessel lehnte und Zeitung las.

Elfie hatte längst begriffen, daß sie einen ungünstigen Moment erwischt hatte, um sich unangemeldet einer Kopfrenovierung zu unterziehen, aber wie diese Szene weitergehen würde, wollte sie doch noch sehen.

Die ältere Friseurin mochte wohl Ende Zwanzig sein, wirkte aber älter, reifer, «handfest», wie Elfie es für sich formulierte. Sie hatte ein offenes, flächiges Gesicht, große wissende Augen und ebenso schlicht wie effektvoll gefönte, schulterlage braune Haare. Wütend sah sie zu ihrem Chef hinüber, der das vierte Klingeln des Telefons lediglich zum Anlaß nahm, eine Zeitungsseite umzublättern und sich von dem Gebäckteller zu bedienen, der auf einem Kaffeetischchen neben seinem Sessel stand. Elfie war drauf und dran, eine ungehörige Bemerkung in Richtung Chefsessel loszulassen, sagte sich dann aber, daß sie damit die Arbeitsteilung im *Salon Die Dame* nicht ändern und den beiden überforderten Kolleginnen womöglich bloß Ärger einhandeln würde. Um so interessierter fragte sie sich, was die Friseurin wohl als nächstes tun würde. Die kniff böse die Augen zusammen, auch ihr Mund bewegte sich wie in einem stummen Fluch, dann lächelte sie ebenso charmant wie entschuldigend ihre Kundinnen an und eilte ans Telefon. «Salon Die Dame, Fatima Bürgenstock, guten Tag ... Heute mittag? Oh, tut mir leid, da bin ich ausgebucht ... Nein, die hat Urlaub.»

Die Trockenhaube klingelte. Fatima Bürgenstock legte eine Hand auf die Sprechmuschel und rief der Auszubildenden «Haube!» zu, dann lächelte sie die wartende Kundin an und flüsterte verschwörerisch: «Gleich geht's los, öng peti momang!» Dann sprach sie wieder in den Hörer. «Wissen Sie was? Ich mache Ihnen einen Vorschlag. Ich streiche meine Mittagspause, dann schaffen wir das. Sie müßten allerdings um Punkt halb zwei hier sein ... Ja? ... Aber nicht doch, gerne! Tschüs, Frau Bernsdorf, salü!»

Sie legte auf und warf ihrem Chef einen vernichtenden Blick zu. Der hob stumm seine Kaffeetasse und signalisierte, daß sie leer sei und er doch recht gern noch einen Schluck nachgeschenkt bekäme. Dazu bedurfte es nicht mehr, als die ebenfalls auf dem Kaffeetisch befindliche Thermoskanne zu ergreifen, dem Deckel eine viertel Drehung zu geben und den Ausguß in die Öffnung der Kaffeetasse zu senken. Fatima ergriff die Thermoskanne, gab dem Deckel eine viertel Drehung und senkte den Ausguß in die Öffnung der Kaffeetasse. Dabei lächelte sie böse und sagte: «Bei Ihnen macht die Arbeit richtig Spaß, Herr Kehlau, und wenn ich's recht bedenke, eigentlich jeden Tag mehr. Ich bin wirklich gerne bei Ihnen beschäftigt, und ich bin davon überzeugt, daß das noch sehr lange der Fall sein wird. Falls Sie noch eine Fußreflexmassage benötigen, muß ich mich allerdings leider entschuldigen, da ich gerade zwei Kundinnen zu bedienen habe, Meister!»

Wenn nicht jedes andere Wort schon gesessen hätte, so war die Art, wie Fatima dieses letzte «Meister!» ausspuckte, eine gezielt verabreichte Ohrfeige. Dem Chef verschlug es jedenfalls die Sprache, und Elfie freute sich. Sie lächelte die Friseurin an, als sei sie eine alte Freundin.

Fatima hatte Elfie schon beim Telefonieren entdeckt. Jetzt kam sie auf sie zu und sagte: «Das mußte mal gesagt werden.»

Elfie nickte ernst. «Aber ich sehe schon, daß Sie nicht noch mehr schaffen können. Es war auch nur so ein spontaner Einfall, hier reinzukommen. Wann könnte ich denn ...?»

«Spontan ist immer am besten und muß belohnt werden», unterbrach Fatima sie. «Heute geht es aber wirklich nicht mehr. Aber wissen Sie was? Ich streiche meine Mittagspause auch morgen, und wir machen es uns gemütlich miteinander, ohne ...» Sie zeigte vielsagend auf ihren inzwischen wieder ganz ruhig und selbstzufrieden zeitungslesenden Chef.

Elfie hatte das Gefühl, mehr als einen Friseurtermin angeboten zu bekommen, und akzeptierte Fatimas Vorschlag, ohne auch nur den Anflug eines schlechten Gewissens. Sie fühlte ihre Lebensgeister wieder erwachen, die sich zunächst einmal mit einem vernehmlichen Magenknurren zurückmeldeten, und Elfie machte sich auf den Weg in das kleine Bistro um die Ecke und bestellte sich einen Spinatauflauf.

Alles eins nach dem anderen, sagte sie sich, als sie auf das Essen wartete. Immer peu à peu, wie Gudrun Stade zu sagen pflegte. Direkt nach einem Friedhofsbesuch bei Gewitter eine endgültige berufliche Entscheidung treffen ... Elfie schüttelte den Kopf über ihre eigene Unvernunft, aber einen Ausweg sah sie trotzdem nicht. Dann fiel ihr Blick auf die Spiegelfront des Bistros, und sie erschrak über sich selbst. Unglücklich saß sie da, ihre großen Augen schienen noch riesenhafter als sonst. Geradezu gespenstisch und hohlwangig sah sie aus. Und dann noch diese verwaschenen, strähnigen Haare, nicht rot, nicht braun, wie ein Kapotthut aus dem letzten Jahrhundert, schalt Elfie sich. Blond, das wär was! Strahlend blond! Und viel kürzer. Nicht daß ich persönlich dann gleich mitstrahlen würde und wüßte, was ich tun soll, aber es wäre ein Anfang. Wie gesagt, immer alles schön eins nach dem anderen!

Nach dem Essen ging es Elfie schon besser. Sie wußte wieder, was in ihrer momentanen Situation, wie überhaupt im Leben, das wichtigste war: sich nicht allein mit allem rumzuquälen, sondern mit ihren Freunden zu reden. Da nutz ich doch einfach meinen Witwenbonus aus und trommel sie alle zusammen, dachte sie, zahlte, ging und bestellte alle, die sie erreichen konnte, für den Abend ins Checkers, wo Elfie sich immer noch wohl fühlte, nachdem sie es eine Zeitlang geführt und dort ihre ersten Erfolge als Sängerin gefeiert hatte.

Die härteste Nuß war, wie üblich, Alrun. Elfie hatte sich schon manchmal gefragt, warum sie diesen «wandelnden Rechenschieber», wie sie ihre beste Freundin in solch kritischen Momenten heimlich nannte, schon so lange so gern hatte. Aber es waren über die Jahre nicht nur Bilanzen, Steuererklärungen und unangenehme Geschäftskorrespondenzen gewesen, die Alrun ihr abgenommen hatte.

Alrun hatte auch für alles andere ein offenes Ohr und Auge und meist sogar einen brauchbaren Rat. Der Schuß Pessimismus, der ihr eigen war, hatte Elfies manchmal besinnungsloses Drauflosleben schon manches Mal auf das Maß an Realismus und Pragmatismus zurechtgestutzt, mit dem die eine oder andere Klippe des Lebens dann doch besser zu umschiffen war. Und Alrun war immer da gewesen. Genauso wie Elfie für sie, vor allem seit Alrun vor fast vier Jahren von ihrem Mann sitzengelassen worden war und nicht gewußt hatte, wie sie ihrem damals siebenjährigen Sohn Melvin Mutter, Vater, Zuhause, Spielgefährte und Brotverdiener gleichzeitig sein sollte. Denn Melvins Vater hatte mit seinem Abgang ganze Arbeit geleistet. Niemand wußte, wo er steckte. Was Alrun in dreifacher Hinsicht belastete: Sein plötzliches Verschwinden hatte ihr nicht nur gefühlsmäßig den Boden unter den Füßen weggezogen, sondern sie auch finanziell wie organisatorisch in Bedrängnis gebracht. Letzten Endes doch alles irgendwie geregelt zu bekommen war ihr nur dadurch möglich gewesen, daß sie sich angewöhnt hatte, in Schubladen mit Ordnungsfächern zu denken. In der Schublade für Melvin, beispielsweise, gab es die Ordnungsfächer Schule, normale Wochenenden, besondere Wochenenden, Geburtstag, Geschenkwünsche, Zimmeraufräumtag, Arzttermine und Geburtstage von Melvins Freunden. Und nur wenn Alrun beim Aufstehen gedanklich diese wie auch alle anderen Schubladen nach Tagesanforderungen durchcheckte, fühlte sie sich ihrem randvollen Leben gewachsen und konnte klaren Kopfes zur Arbeit in der Hauptbuchhaltung eines internationalen Finanzierungskonzerns gehen, in der sie als die rechte Hand des Abteilungsleiters fungierte, und das mit großem Erfolg. Insofern war das, was Alrun, ohne es zu wissen, in Elfies Augen zum wandelnden Rechenschieber machte, lediglich eine Überlebensstrategie, die sie brauchte, um beruflich wie privat präsent zu sein.

«Einen unterschriebenen Vertrag für ungültig zu erklären, eine so große Sache abzusagen, nur aus einer Laune heraus ...» Erregt strich Alrun sich eine lange, rotbraune Haarsträhne vorm Gesicht weg und sah Elfie vorwurfsvoll an.

Es war voll und laut im Checkers, und die Menschentraube, die Elfie an dem kleinen Stehtisch in der Mitte des Lokals um sich geschart hatte, war auch nicht gerade eine stumme Trauergemeinde. So hatte Alrun viel lauter gesprochen, als es ihre Gewohnheit war.

Schmollke, Urgestein und Portier des Hansson Palace, Elfies ehemaliger Arbeitsstelle, Vera, Elfies liebste Kollegin aus jener Zeit, und Doris Barth, die Empfangschefin des Hansson Palace, standen etwas abseits und betrachteten Elfie sorgenvoll. Sie wußten, daß es bei Elfies momentaner Stimmung keinen Zweck hatte, auf sie einzureden und sie von etwas überzeugen zu wollen, das Elfie angst machte. «Wißt ihr», sagte Schmolli nachdenklich in die Runde, «ich kenne das noch von meiner Schwester her. Wenn eine Frau ihren Partner verliert, dann packt sie plötzlich zu all der Traurigkeit auch noch so eine Art existenzielle Angst ... die Angst vor Armut und Not ... eine richtige Panik, vor dem Aus zu stehen. Genau das macht unsere Elfie jetzt auch durch. Aber die berappelt sich schon wieder. Ich glaube nicht, daß sie bei ihrer jetzigen Entscheidung bleibt.»

«Na, ich weiß nicht ...» Vera legte den Kopf schief und sah zweifelnd zu Elfie hinüber. Auch Doris Barth neigte zu einer eher negativeren Beurteilung von Elfies momentanem Befinden.

«Wir müssen ihr einfach weiter fest zur Seite stehen», meinte Schmolli.

Das wiederum sahen Vera und Doris Barth ganz genauso. «Und was nützt mir Mut, Alrun, wenn es nur der Mut der Verzweiflung ist und dann doch alles in die Grütze geht?» Elfie sah ihrer Freundin trotzig ins Gesicht.

«Das beste ist, du rechnest mit dem schlimmsten», sagte Alrun und meinte das nicht annähernd so destruktiv, wie es klang. «Die werden dich verklagen.» Sie sprach inzwischen wieder leiser. «Schon allein, weil sie behaupten werden, anderen Interessenten abgesagt zu haben und nun wirtschaftlich von dir geschädigt worden zu sein. Und dann, meine Liebe, dann hast du zwei Klötze am Bein. Herzlichen Glückwunsch!»

«Danke, Alrun!» sagte Elfie bissig und nahm einen großen Schluck Cuba Libre. «Danke, allerbeste Freundin! Ist doch immer wieder schön, wie du mir Mut machst.»

Alrun stocherte mit dem Strohhalm in ihrem Glas nur herum, wie schon die ganze Zeit über. «Ich bin Buchhalterin, Elfie. Ich sehe die Dinge des Lebens nun mal nüchtern.»

Wenn es noch eines Kommentars bedurft hätte, um Alrun für Elfie an diesem Abend zur Unperson zu machen, so war es dieser. Alruns Sicht der Dinge kollidierte mit Elfies derzeitiger Verfassung so gründlich, daß zwischen den beiden Frauen praktisch keine Verständigung möglich war. Elfie wußte nicht mal, was sie darauf erwidern sollte.

In dem Moment bot eine Blumenverkäuferin am Nebentisch eine kleine Showeinlage, indem sie sich bei jemandem, der ihr ein Sträußchen abgekauft hatte, mit einem Tanzliedchen bedankte – für Elfie ein wunderbarer Anlaß, ihre allgemeine Verzweiflung und die ganze spezielle Enttäuschung über Alrun an jemandem abzureagieren. «Na, und die gehen mir schon lange auf den Keks», legte sie los. «Diese Händler mit ihren Blumen und Zeitungen und geklauten Feuerzeugen und Uhren und ...» Auf die schnelle fiel ihr nicht mehr ein, also variierte sie ihre Schimpftirade. «Betteln, schummeln, jammern, einem die Hucke vollquatschen ...»

Nicht ahnend, daß all das ihr galt, trat die Blumenverkäuferin an Elfies Tisch und bot in einem näselnden Singsang, passend zu ihrer Verkleidung als baskenmütziges Pariser Straßenkind, der versammelten Runde «eine kleine Biedermeier-Sträuß» an. Elfie fuhr zu ihr herum und imitierte ihren Akzent, als sie barsch sagte: «Nein, möchten wirrr nischt!»

Die Blumenverkäuferin zuckte nur mit der Schulter und zog wortlos weiter.

Alrun schüttelte den Kopf und sah Elfie verständnislos an. «Wer dich nicht kennt, könnte dich hassen», sagte sie.

Elfie warf den Kopf in den Nacken und verkündete: «Ich habe Sorgen. Ich darf das.»

Doris Barth beschloß, daß es höchste Zeit für einen Themenwechsel sei, und fing an, eine jüngst erlebte Anekdote aus dem Hansson Palace zum besten zu geben, als plötzlich eine Baseballkappe neben dem Stehtischchen auftauchte.

Elfie verzog das Gesicht und murmelte: «Ist heute nacht Krötenwanderung, oder was?»

«Melvin!» stieß Alrun hervor und faßte sich erschrocken ans Kinn. «Wie ... was ... wie kommst du denn hierher?»

«Mit mir», ertönte nun eine männliche Stimme. «Mit mir kommt er hierher.»

Alle drehten sich zu dem Mann um, der einen Block mit Taxenquittungen durch die Luft wedelte. «Ich habe achtzehn Mark sechzig auf der Uhr.»

Nun entwickelte sich eine etwas tumultartige Szene, weil mehrere Menschen gleichzeitig versuchten, ihr Anliegen loszuwerden: Melvin versuchte zu erklären, daß es eine dringende Bitte um Rückruf seitens ihres Abteilungsleiters für seine Mutter gebe, die er ihr nicht habe mitteilen können, weil sie offenbar ihr Handy ausgeschaltet hatte, der Taxifahrer forderte sein Geld, Elfie hatte massive Einwände gegen die Zweckentfremdung des Checkers als Kindergarten, ihre Ex-Kollegen aus dem Hansson Palace versuchten herauszubekommen, wer das Kind war, und Alrun versuchte, alle gleichzeitig zum Schweigen zu bringen, da von dem Moment an, als Melvin den Namen ihres Vorgesetzten genannt hatte, für sie feststand, daß der Abend im Checkers für sie beendet war. Zuerst drückte sie dem Taxifahrer einen Zwanzigmarkschein in die

Hand, dann schimpfte sie mit Melvin, der beteuerte, ihr das alles schon zweimal auf die Mailbox gesprochen zu haben, und dann behauptete sie, es handle sich um etwas Wichtiges, das sie nicht telefonisch regeln könne, sie müsse sofort persönlich zu ihrem Chef fahren. «So 'n Quatsch! «sagte Elfie.» Ich sag Thomas Bescheid, der läßt dich vom Büro aus telefonieren, in aller Ruhe. Wegen irgend so 'ner blöden Bilanz brauchst du doch nicht Stunden nach Feierabend da anzutraben!»

Alrun wimmelte Elfies vernünftige Einwände und Vorschläge nervös ab. «Nein, nein, das verstehst du nicht. Das geht nicht. Ich muß.» Sie beugte sich zu einem flüchtigen Wangenkuß zu Elfie vor, und schon im Gehen rief sie ihr über die Schulter zu: «Du hast gesagt, du zahlst, nicht?»

Und dann waren sie und Melvin verschwunden.

Als sich kurz darauf auch noch die Kollegen aus dem Hansson Palace verabschiedeten, war Elfie so allein, wie sie sich schon die ganze Zeit über gefühlt hatte. Sie bestellte sich noch einen Cuba Libre und prostete der Eingangstür in ihrem Rücken zu. «Wiedersehen, Melvin. Tschüs, Alrun. Nett, daß ihr da wart, Vera, Doris und Schmolli.» Sie trank einen Schluck und starrte dann in das Glas. «Nööö», sagte sie gedehnt. «Ich hab ja keine größeren Probleme. Ich brauch auch keine Freunde, die mir zuhören und helfen. Ist schon in Ordnung, daß ihr mich hier allein stehen laßt.»

Daß Elfie an diesem Abend nicht in Selbstmitleid versank und doch noch zu der Entscheidung kam, vor der sie sich so scheute, lag an ihrem guten alten Freund Bernd.

Als Elfie beschwipst und niedergeschlagen in seine Wohnung kam, die ja vorübergehend auch ihre war, fand sie ihn nackt auf dem Bett liegend Geschichtsarbeiten korrigieren, die seine Schüler am Vormittag geschrieben hatten. Die Arbeitshefte ersetzten das Kopfkissen, und Bernd lag auf dem Bauch davor und machte einen zufriedenen Eindruck. Elfie war leise eingetreten, weil sie ihn nicht stören wollte, falls er schon schlief, und im ersten Moment bemerkte er sie gar nicht. Elfie lächelte wehmütig. Ein schöner Mann! Und eine schöne Wohnung, modern und trotzdem gemütlich, in der warme, erdige Farben dominierten, so daß die bunten Grafiken an den Wänden um so besser zur Geltung kamen.

Elfie rasselte mit ihrem Zweitschlüssel und sagte leise: «Na, schöner Mann!»

Bernd erschrak nur für einen kurzen Augenblick. Dann sagte er: «Glaub ja nicht, daß ich mich jetzt umdrehe!»

«Nicht nötig», sagte Elfie, als sie auf sein Bett zuging. «Mir ist sowieso nicht nach Lachen zumute.»

Bernd hatte geahnt, daß Elfie Angst vor der eigenen Courage bekommen würde, wenn der Zeitpunkt gekommen war, den Hotelbetrieb nun tatsächlich allein zu eröffnen, und er hatte sich darauf gefaßt gemacht, Elfie behutsam, aber hartnäckig durch diese kritische Zeit zu begleiten. Aber als er jetzt ihre Stimme hörte, beschloß er, ihr den Kopf zu waschen und das ganze zu erwartende Hin und Her abzukürzen. Er kannte Elfie gut genug, um zu wissen, sie wartete nur darauf, daß ihr jemand sagte, was sie tun sollte. Bernd schlug das Arbeitsheft zu, das er zuletzt durchgesehen hatte, atmete tief durch und dachte: Ich glaube, es ist besser so – für uns beide. Elfie trat zu ihm ans Bett, und die beiden begrüßten sich zärtlich und vertraut. Soviel Zeit muß sein, dachte Bernd. Elfie durfte sogar noch ihre «sogenannten» Freunde niedermachen, die sie alle «im Stich» ließen und sie nicht verstanden. Als sie eher beiläufig erwähnte, das mit dem Hotel sei nun auch «vom Tisch», fand Bernd, es sei an der Zeit, das gemütliche Schlafzimmer zu verlassen und in die Küche zu gehen. Nicht, daß Bernds Küche ungemütlich gewesen wäre, dafür wohnte, kochte und aß er viel zu gern, aber sie stellte doch den angemesseneren Rahmen für das dar, was er zu sagen hatte.

Und das war genau das, was Elfie nicht hören wollte. Sie sprang auf und rannte ins Wohnzimmer.

Bernd dachte nicht im Traum daran, Elfie ihren Dickkopf auf eine Weise ausleben zu lassen, die sie ihr Leben lang bereuen würde. Er nahm die Gläser, die er vorher eingeschenkt hatte, und folgte ihr.

Wie eine grimmige Monarchin thronte sie auf dem nachtblauen Sofa und starrte auf die Wand. Aber wenn Bernd sie schon nicht dazu zwingen konnte, ihn anzusehen, so mußte sie ihm doch zuhören. Zuerst sprach er darüber, daß es falsch sei, weitreichende Entscheidungen allein zu treffen, dann darüber, daß es falsch sei, einmal getroffene Entscheidungen wieder umzustoßen, und dann kam er zu dem Punkt, der ihm am wichtigsten war. Abgesehen davon, daß er einen Rücktritt vom Kaufvertrag eine Zumutung für die Schnabels fand, führte er Alrun ins Feld, die sich bereit erklärt hatte, unentgeltlich die gesamte Buchführung für das Hotel zu machen, und dann das Zimmermädchen Julietta, das Elfie extra aus dem Hansson Palace abgeworben hatte und nun ohne Arbeitsplatz dastehen würde, mit einem Mann, der einen unsicheren und schlecht bezahlten Job im Hafen hatte, und vier Kindern. Dabei ging es Bernd sowohl um die soziale Verpflichtung, die Elfie da übernommen hatte, als auch um die menschliche Seite. Daß beide Frauen sich aus Sympathie für Elfie und ihre Geschäftsidee an Elfies Hotel gebunden hatten, sei doch nichts, was sie mal eben so vom Tisch wischen könne.

Elfie war zutiefst erschrocken. Julietta hatte sie völlig vergessen. Wie hatte ihr das passieren können? Sie riß die Augen auf, faßte sich an die Brust und murmelte: «Stimmt ... Julietta!»

In dem Moment wußte Bernd, daß er sein Ziel erreicht hatte. Aber ein wenig Nachsetzen konnte nicht schaden.

«Und was glaubst du, was Alexander dazu sagen würde, wenn du jetzt kneifst? Aber du brauchst dich auch nicht darüber zu wundern, daß niemand das versteht. Hinschmeißen, Elfie, aufgeben … das paßt nicht zu dir.»

Elfie seufzte tief und sah Bernd zweifelnd an. «Ach Bernd …!»

«Nix ‹Ach Bernd›!» Bernd war jetzt voll in Fahrt und ging erregt im Wohnzimmer auf und ab, während er Elfie den Rest gab. «Da draußen laufen Hunderttausende von Frauen rum, die einen Traum von einem besseren Leben haben. Irgendeinen. Sie träumen davon, daß jemand ihre Kraft, ihre Talente, ihre Fähigkeiten erkennt und ihnen eine Chance gibt.»

«Aber ich habe Angst, Bernd!» warf Elfie dazwischen und sah ihn verständnissuchend an. «Einfach Angst.»

Aber bevor Bernd auf diesen verständlichen Punkt einging, hatte er noch etwas anderes zu sagen. «*Du*, Elfie, *du* hast diese Chance bekommen, eine Chance, um die dich viele beneiden würden, dein eigenes Hotel. Du bist die Chefin. Du kannst dein Leben in die Hand nehmen und selbst gestalten. So was gibt man doch nicht auf!»

Elfie sah ihn bewegt an. Jetzt hatte er sie endgültig. Langsam ging er auf seine Sammlung mit Spieluhren zu, zog eine mit einer Ballerina auf und sagte: «Und wenn du Angst hast und Hilfe brauchst: Du bist nicht allein auf der Welt. Ich bin da. Dein oller Bernd ist immer für dich da.» Dann ließ er die Ballerina tanzen.

2. KAPITEL

Als Elfie den Schnabels am nächsten Morgen unter wortreichen Entschuldigungen versicherte, es bleibe alles beim alten, begegneten die Vorbesitzer ihr freundlich, aber distanziert. Die Hotelhalle war jetzt zwar kahl und leer, aber dafür wirkte sie nicht mehr wie eine Malerwerkstatt, und Elfie sah sich in ihrem neuen Reich zufrieden und erleichtert um. Eine gute Entscheidung, die großen alten Räume nicht nur hell, sondern gelb anmalen zu lassen. Daß die ganze Hotelhalle an diesem Morgen von Sonnenlicht durchflutet war, machte alles nur noch schöner und wärmer und ließ Elfie neuen Mut fassen.

Der Handel bekam auch gleich einen quasi amtlichen Segen, als Hauptwachtmeister Poggensee, der zuständige Beamte für diesen Teil des Viertels, auf einem Routinebesuch – er holte dort in regelmäßigen Abständen die ausgelesenen Illustrierten für seine Frau ab – im Hotel vorbeischaute. Das heißt, ein reiner Routinebesuch war es an diesem Morgen nicht, sondern gleichzeitig das Abschiednehmen von Rita und Werner Schnabel. Daß Poggensee dabei auch gleich deren Nachfolgerin kennenlernte, werteten alle Anwesenden als gutes Omen.

«Wenn was ist, wir sind da», waren Poggensees letzte Worte an Elfie, als er, einen Stapel Zeitschriften unterm Arm, wieder ging.

Rita Schnabel sagte schmunzelnd: «So werden Freundschaften fürs Leben gestiftet», als sie Elfie ins Frühstückszimmer winkte, um ihr noch ein paar Tips und Hinweise zu geben.

«Mit dem Aufstehen richten Sie sich auf fünf Uhr ein, besser schon halb fünf», war einer davon.

«Halb fünf?» wiederholte Elfie entgeistert.

«Aber sicher doch! Dienen, Frau Gerdes, dienen ... Das muß man mögen. Frühstück machen, Weckdienst, Anreisen, Sonderwünsche ... Gäste sind wie Hyänen: morgens die ersten, abends die letzten.»

Elfie schluckte. In diesem Moment kam Werner Schnabel aus dem angrenzenden Büro und hatte eine Holzkiste in der Hand. «Die alte Standuhr und die Vitrinen», sagte er, «davon trennen wir uns nur schweren Herzens, aber dafür ist in unserer neuen Wohnung nun wirklich kein Platz. Und diese Stammkundenkartei» – er hielt Elfie den Holzkasten vor die Nase –, «die sollten Sie auch übernehmen.»

«Apropos», sagte Rita Schnabel, die mit dem Gesicht zur Tür stand und sah, wer gerade hereinkam. «Das ist Herr Müggebrecht, Frau Gerdes, und den *müssen* Sie übernehmen.» Der ältere Herr, leger mit Schippermütze und Strickjacke unter der Freizeitjacke bekleidet, trat gutmütig grinsend auf Elfie zu und gab ihr die Hand.

«Frau Gerdes, unsere Nachfolgerin», klärte Rita Schnabel den Mann auf. Und an Elfie gewandt sagte sie: «Herr Müggebrecht bringt jeden Morgen die Zeitungen, schon seit ...»

«1962», sagte Herr Müggebrecht. «Die große Flutkatastrophe, wissen Sie noch?»

«Richtig», sagte Rita Schnabel, sah ihren Mann auffordernd an und machte eine Kopfbewegung in Richtung Küche.

«Kommen Sie, wir haben noch ein paar Fläschchen für Sie!» Ihr Mann führte Herrn Müggebrecht in die Küche. «Netter Kerl», sagte Rita Schnabel zu Elfie, als die beiden allein waren. «Hängt aber leider 'n büschen an der Flasche.» Dann straffte sie sich und wurde wieder ganz Geschäftsfrau. «So, nun wieder zu uns, Frau Gerdes. Meine Zeit auf diesem Planeten ist begrenzt.» Sie nahm den Holzkasten mit der Stammkundenkartei und hielt ihn Elfie hin. «Da haben Sie doch keine Einwände gegen, oder?»

«Aber ganz im Gegenteil», sagte Elfie und strahlte, so gut sie strahlen konnte mit dem unhandlichen Kasten im Arm.

«Gut«, sagte Rita Schnabel kurz. «Macht fünftausend extra. Am liebsten Cash.»

Beinahe wäre Elfie der Kasten aus der Hand gefallen. «Fünftausend?» wiederholte sie und verhedderte sich in einer gedanklichen Kalkulation, mit der sie ermitteln wollte, ob es sich um eine Investition handelte, die sich in einem angemessenen Zeitraum amortisieren würde. Aber obwohl sie zu keinem vernünftigen Ergebnis kam, beschloß sie, diese bittere Pille zu schlucken, um sich nicht schon wieder vor Rita Schnabel als wankelmütig zu erweisen.

Die bewegte sich inzwischen schon wieder auf die Rezeption zu, verabschiedete sich von Herrn Müggebrecht und machte ganz den Eindruck, als wolle sie nun auch Elfie loswerden. In einer Hand hielt sie einen Schlüssel. Elfie stellte die Stammkundenkartei auf einen Tisch und ging ganz aufgeregt auf Rita Schnabel zu. Der Schlüssel! Die Schnabels würden noch am selben Tag Hamburg verlassen, und bislang hatte Elfie keinen Schlüssel vom Hotel bekommen. Von ihrem Hotel. Vom Hotel Elfie.

Als Elfie ein paar Minuten später durch die belebte Straße ging, fühlte sie sich wie ein neuer Mensch. Sie grüßte den jungen Gemüsehändler, der gegenüber von «meinem Hotel» – Elfie ließ keine Gelegenheit aus, Sätze zu denken, in denen diese Formulierung vorkam – neben den Auslagen vor seinem Geschäft stand, und sie grüßte eine ältere Frau, die neben «meinem Hotel» auf ein Kissen gestützt am geöffneten Fenster saß. Lediglich der Anblick der Sparkasse an der Ecke dämpfte ihre Hochgefühle. Also sah sie einfach nicht dahin. Bis zu ihrem Friseurtermin war noch etwas Zeit, und sie beschloß, an die Alster zu gehen, um – passend zu dem schönen Tag und ihrer Stimmung – Hamburg von seiner schönsten Seite zu genießen.

Elfies Wunsch nach «blond und kurz» entsprach ganz und gar auch Fatimas fachfraulicher Meinung. «Ganz neuer Typ. Absolü!» sagte sie und war so begeistert, daß sie, wie so oft, einen ihrer französischen Lieblingsausdrücke benutzte. Trotzdem war Elfie sich der Radikalität dieser Maßnahme bewußt, und sie wagte kaum, in den Spiegel zu sehen, als Fatima schnell und routiniert ihre Arbeit machte. Dabei erzählte sie, wie sie den Chef gestern nach Feierabend daran gehindert habe, die Sparschweine der Auszubildenden und ihr eigenes, von zufriedenen Kunden großzügig gefüllt, auszuleeren und den Inhalt in die nächste Kneipe zu tragen. «Und dann hat er mir an den Po gegrapscht. Dem hab ich aber was erzählt! Verstehen Sie mich nicht falsch, Frau ... äh ...»

«Gerdes», sagte Elfie, ohne in den Spiegel zu sehen.

«Frau Gerdes. Denken Sie bitte nicht, daß ich mich routinemäßig bei meinen Kundinnen ausweine. Bei Ihnen ist das irgendwie anders. Und außerdem steht mir dieser Laden bis hier.» Sie führte den Färbepinsel in die Gegend von Oberkante Unterlippe.

Elfie hatte von Fatima keineswegs den Eindruck, daß sie zum Jammern neigte, und wie es in diesem Laden zuging, hatte sie ja gestern mit eigenen Augen gesehen. Entsprechend aufmunternd kommentierte sie Fatimas Entschuldigung. Im Verlauf des weiteren Gesprächs bekam Elfie nicht nur einen noch vollständigeren Eindruck von den menschlichen und fachlichen Qualitäten des Friseurmeisters, sondern auch eine Vorstellung davon, daß und wie Fatima den ganzen Laden hier managte.

«Wie ich Sie beneide!» sagte Fatima, als Elfie später beim Schneiden vom aktuellen Stand ihres Berufslebens berichtete. «Ein eigenes Hotel! So was war schon immer mein Traum. Was Eigenes. Mondiö, wäre das herrlich!»

Elfie machte eine ausladende Handbewegung durch den Frisiersalon. «Wenn ich das hier so sehe ... also, das ist doch schon fast Ihr eigener Laden!»

Fatima lachte ganz gegen ihren Willen. «Was die Arbeit angeht, schon, aber sonst ...» Sie zuckte mit den Schultern. «Frau Gerdes», fuhr sie dann in verändertem Ton fort. «Ich fürchte, Sie werden jetzt doch mal in den Spiegel sehen müssen. Ich bin nämlich fertig. Und keine Angst: Sie sehen hinreißend aus.»

Das war nicht übertrieben. Ungläubig starrte Elfie ihr Spiegelbild an. Zwar hatte sie sich inzwischen daran gewöhnt, daß die etlichen Kilo Übergewicht, die sie lange mit sich herumgeschleppt hatte, nicht mehr da waren und sie ihr neues Gewicht schon seit Monaten hielt, aber jetzt ... Die gerade gefönten blonden Strähnen machten ihr Gesicht noch schmaler, ihre Augen noch größer, ihren Mund noch ausdrucksvoller und ihre etwas zu große Nase ... nun ja: noch etwas größer. Alles in allem ... «Umwerfend!» sagte Elfie. Falsche Bescheidenheit war nicht ihre Art. «Das haben Sie großartig hingekriegt, Frau ...»

«Bürgenstock, aber sagen Sie doch einfach Fatima!»

«Sie verstehen wirklich was von Ihrem Job, Fatima. Danke!»

Die Runde, die sich an diesem Abend im Checkers zusammengefunden hatte, war, wenn auch zum großen Teil aus denselben Leuten bestehend, doch eine ganz andere als am Vorabend. Alrun, Bernd, Schmolli und Vera samt Gatte wußten nicht, worauf sie zuerst – und später, worauf sie öfter – anstoßen sollten: die neue Elfie oder Elfies Hotel. Schmolli hatte einen Strauß Rosen mitgebracht, Vera und Leo boten ihre Hilfe an, «wenn's mal eng wird», Alrun warnte vor zuviel Optimismus, und Bernd sagte: «Schluß jetzt mit Business-talk! Jetzt feiern wir!»

Und das taten sie auch. Den Höhepunkt des gelungenen Abends stellte die Gesangseinlage dar, mit der Elfie auf der kleinen Bühne des Checkers ihrem momentanen Lebensgefühl Ausdruck verlieh: *I'm feeling happy, I love to live my life.*

Es war schon ein ganze Weile her, seit die Freunde Elfie zuletzt singen gehört hatten. Um so überraschter und begeisterter waren sie jetzt. Diese kleine Frau, ganz in Schwarz gekleidet, zog mühelos das ganze Lokal in ihren Bann, mit ihrer Stimme, ihrer Vitalität, ihrer Ausstrahlung.

Diese Ausstrahlung hatte Elfie auch nötig, als in den folgenden Tagen die schönen Worte vom Zusammenhalten und Helfen, wenn's eng wird, auf ihren praktischen Gebrauchswert geprüft wurden. Die Spuren der Malerarbeiten mußten beseitigt, diverse Nachbesserungen an den großen Lackflächen vorgenommen, sämtliche Fenster und Spiegel geputzt, die Gläser poliert, die Teppiche gereinigt, ein paar zusätzliche Lampen angebracht, neue Vorhänge gekauft und aufgehängt werden. Verschiedene Einrichtungsgegenstände, auf die Elfie Wert legte, wurden angeliefert und aufgestellt, und schließlich organisierte man den Transport von Elfies Sachen aus Bernds Wohnung ins Dachgeschoß des Hotels.

Die einzigen Räume, auf deren Umgestaltung Elfie verzichtete, waren die erst kürzlich sehr hübsch und praktisch modernisierte, in einem warmen Blau gehaltene Küche und das Büro, wo in krassem Gegensatz zur Küche alles alt und schwer war: ein riesiger Eichenschreibtisch, ein wuchtiger Ledersessel mit unberechenbarem Kippverhalten als Schreibtischstuhl, dunkle Wandtäfelung, dunkelrote Tapeten, eine altmodische, wuchtige Stehlampe, mit den Jahren nachgedunkelte Einbauregale. Dieses Büro zu verändern, das wie aus einem Guß und auf seine eigene Weise sehr gediegen und geschmackvoll eingerichtet war, hätte Unmengen Geld und viel, viel Arbeit gekostet, und da dieser Raum nur von Elfie und ihren engsten Mitarbeitern benutzt werden sollte, hatte sie beschlossen, ihn einstweilen so zu lassen, wie er war. Und es sollte nicht lange dauern, bis ihr gerade dieser Raum mehr und mehr regelrecht ans Herz wuchs und zu einer

Art zweitem Wohnzimmer wurde, zumal sie gar kein Wohnzimmer besaß, sondern nur den einen – wenn auch sehr gemütlichen – Raum unterm Dach.

Auch ohne eine Renovierung des Büros war furchtbar viel zu tun, mehr als Elfie allein geschafft hätte und mehr als sie hätte bezahlen können, wenn sie diese Arbeit Handwerkern überlassen hätte. Daß dennoch alles termingerecht über die Bühne ging, lag daran, daß alle Freunde und Bekannten halfen, wann und wo und wie sie konnten: Alrun und Bernd, Vera und ihr Mann Leo, Schmolli und Doris Barth. Auch Julietta ließ es sich nicht nehmen, kräftig mit zuzupacken, obwohl ihr Dienst noch gar nicht offiziell begonnen hatte.

Der kleine antike Schreibtisch, der als Rezeption diente, war sehr hübsch plaziert und mit zwei großen, hellgelben Lampen auf glänzenden, bauchigen Ständern effektvoll in Szene gesetzt und die große Messingklingel neben dem Schild «Rezeption» eine originelle Idee. Aber irgend etwas störte Vera, und es dauerte ein Weilchen, bis sie sich darüber klar wurde, was es war: die taubeneigroßen, altmodischen Holzkugeln an den Zimmerschlüsseln, die an einem hölzernen Fächerregal hinter dem Schreibtisch hingen. Im selben Moment, als ihr das klar wurde, hatte sie auch schon eine Idee, und sie ging in den Spielzeugladen um die Ecke und kaufte zehn Schlüsselanhänger in Form von kleinen bunten Tierchen: Ente, Huhn, Papagei und so weiter.

Als Elfie kurz darauf an der Rezeption vorbeikam, blieb sie irritiert stehen. Im nächsten Moment mußte sie lachen, und Tränen mischten sich in ihr Lachen. «Ach, Alexander!» murmelte sie. «Du würdest es auch dann kaum glauben, wenn du es miterleben könntest. Nicht nur, daß mir alle, alle helfen, sie ergreifen auch selbst die Initiative und machen mehr als notwendig, als ob der Laden hier uns allen gehören würde. Nee, Alexander, mach dir keine Sorgen um mich! Ich hab hier so was wie 'ne große Familie, in der jeder für jeden da ist. Nur daß du nicht mehr dabei bist, ist eine … eine … na, du weißt schon.»

Zum krönenden Abschluß – es wurde schon dunkel, und das elegante Messingschild *Pension Schnabel* war längst von der Hauswand abgeschraubt worden – installierten Bernd und Schmolli das extra angefertigte Fenster mit Leuchtröhre, die mit einem schwungvollen Schriftzug in warmem Gelb die Besitzverhältnisse klärte: *Hotel Elfie* strahlte in den stillen Abend, während Alrun, Vera, Doris Barth und Elfie Arm in Arm, mit Blick auf das Fenster, vor der Terrasse auf der Straße standen und ebenfalls strahlten.

Trotz des vielversprechenden Anfangs wurde Elfie schnell klar, daß ein Hotel von zwei Menschen allein nicht geführt werden konnte. Auch dann nicht, wenn ein dritter in seiner Freizeit die Buchführung machte. Zum ersten Mal wurde sie sich dessen bewußt, als tags darauf, am Eröffnungstag des Hotels, eine junge Frau mit einem seltsamen schwarzen Hut auf den hellblonden, streichholzkurzen Haaren an die Rezeption gerauscht kam. Elfie hielt die Frau irrtümlich für den ersten Gast des Hauses, also ganz besonders erwünscht angesichts der nicht eben üppigen Vorausbuchungen, die bis dato vorlagen. Elfie, elegant in Schwarz gekleidet, sorgfältig frisiert und geschminkt, umgurrte die junge Frau geradezu, so daß diese keine Gelegenheit fand, Elfie über ihren Irrtum aufzuklären. Julietta unterbrach das Gespräch, als sie mit Kittelschürze und verschwitzten Haaren die Treppe herunterkam und Elfie zurief, daß auf Zimmer neun kein Wasser fließe und ob die Schnabels eine Handwerkerliste hinterlassen hätten. Elfie, ganz auf den vermeintlichen Gast fixiert, war das so peinlich, daß sie am liebsten im Boden versunken wäre. Sie schnitt Julietta das Wort ab und sagte, sie käme gleich.

Dem weiteren Verlauf des Gesprächs mit der jungen Frau konnte Elfie zunächst gar nicht richtig folgen, weil sie insgeheim darüber nachdachte, daß die Schnabels *keine* Handwerkerliste hinterlassen hatten, und sie versuchte sich zu vergegenwärtigen, wie viele Berufssparten es eigentlich waren, deren Dienste nach und nach in Anspruch genommen werden müßten, vermutlich sogar oft in Notsituationen, die schnelle Lösungen erforderten, und Elfie wurde ganz elend zumute bei der Vorstellung, daß sie in Ermangelung von gewachsenen und soliden Geschäftsbeziehungen dann jedesmal bei maßlos überteuerten Blitzreparateuren landen würde.

«Blitz», sagte die junge Frau fast im selben Moment, als Elfie das Wort «Blitzreparateure» dachte, und Elfie zuckte ein zweites Mal zusammen. «Cora Blitz», sagte die junge Frau. «Wissen Sie, ich wollte hier gar nicht wohnen. Ich wollte Ihnen nur meine Bilder zeigen.» Dabei wickelte sie das Leinentuch von einem der drei großformatigen Gemälde, die sie anstelle von Reisegepäck bei sich hatte.

Elfie hätte sich ohrfeigen können. Daß diese Frau Blitz kein Gepäck bei sich trug, hätte ihr auch eher auffallen können! Sich hier von einer Händlerin oder Vertreterin oder etwas in der Art zum Affen machen zu lassen war mal wieder typisch, dachte Elfie wütend.

«Ich bin nämlich Malerin», sagte die junge Frau, und Elfie hatte plötzlich das Gefühl, sie schon einmal gesehen zu haben. Daß Cora die singende Blumenverkäuferin aus dem Checkers war, über die sie sich so aufgeregt hatte, fiel ihr allerdings nicht auf. Und Cora, heute ohne Verkleidung, war ihrerseits sehr froh darüber, daß Elfie sie nicht wiedererkannte.

Statt sich Gedanken über die Malerin selbst zu machen, starrte Elfie völlig entgeistert auf das abstrakte Werk, das ihr stolz entgegengehalten wurde. «Tut mir leid, aber ich kaufe nichts. Heute ist mein allererster Tag hier, und ich habe weder Zeit» – Elfie zeigte mit dem Daumen die Treppe hoch, Richtung Julietta und verstopftem Wasserhahn – «noch Interesse.»

«Ich brauche nämlich dringend Geld, wissen Sie.»

Elfie fand die junge Frau alles andere als unsympathisch, und daß sie einfach so drauflos zog und ihr Glück aktiv in die Hand nahm, gefiel ihr, wenn sie auch die gezeigten Bilder schrecklich fand. Jedenfalls mußte sie hart bleiben, da sie nicht einmal genau wußte, wovon sie die Lebensmittel für das Frühstück der ersten Gäste bezahlen sollte. Freundlich, aber bestimmt wies sie jedes weitere künstlerische Angebot ab.

«Na ja», sagte die Malerin, «falls Sie es sich noch anders überlegen sollten ... Ich meine, gerade bei einer Neueröffnung, da wäre doch eine Vernissage eine klasse Sache. Mein ganzes Atelier ist voll mit Werken der unterschiedlichsten Stilrichtungen ...» Sie ging an den Rezeptionsschreibtisch, griff nach Schreibblock und Stift und begann, ihre Adresse aufzuschreiben. «Ich lasse Ihnen auf jeden Fall mal meine Adresse da.» Sie hielt einen Moment inne und drehte sich zu Elfie um. «Wenn ich darf», fügte sie mit einem entwaffnenden Lächeln hinzu, das genau in der Mitte zwischen Schüchternheit und Frechheit lag.

«Bitte», sagte Elfie kurz und desinteressiert, und zwei Minuten später, als die Malerin das Hotel wieder verlassen hatte, zerknüllte sie den Zettel mit der Adresse und warf ihn in den Papierkorb.

Daß Elfie diesen Zettel tags drauf wieder aus dem Papierkorb herausfischte, um Cora Blitz einen 630-Mark-Job anzubieten, war das Resultat verschiedener Ereignisse.

Da war zum einen Julietta, die eine wahre Perle, aber keine Hotelchefin war und auch nicht so aussah. Mehrfach erklärte sie bereits am Eröffnungstag: «Elfie, so geht das nicht! Das schaffen wir nicht zu zweit.» Damit meinte sie zum Beispiel die Stunde, als sie an der Rezeption ausgeholfen hatte, weil Elfie zu ihrem Rechtsanwalt mußte.

Dann war es auch der Rechtsanwaltstermin selbst, der Elfie

klargemacht hatte, daß nur bei optimaler Auslastung der Hotelkapazitäten an so etwas Ähnliches wie einen grünen Zweig beziehungsweise schwarze Zahlen zu denken war. Und wenn Julietta und sie schon bei zwei belegten Zimmern an die Grenzen ihrer Leistungsfähigkeit stießen, mußte einfach noch jemand eingestellt werden, nur daß das leider nicht möglich war, weil – und das war die Katastrophe des Tages – Rechtsanwalt König zu berichten wußte, daß Alexander Hofstädters Sohn Kai aus erster Ehe das Testament angefochten hatte und bis zu einer gerichtlichen Klärung das Erbe nicht angetreten werden konnte, was wiederum bedeutete, daß Elfie zunächst einmal voll und ganz auf die Gnade der Sparkasse angewiesen war und über kein, aber auch gar kein Eigenkapital verfügte. Und mit der Gnade der Sparkasse war es nicht weit her, solange Frau Goldy dort das Sagen hatte.

Das war Elfie sehr schnell klargeworden, als sie nach dem Rechtsanwaltstermin den fälligen Kniefall bei der Bank machte. Allerdings mußte sie fairerweise zugeben, daß sie selbst diejenige war, die eine unnötige Schärfe in das ohnehin schon brisante Gespräch brachte, weil ihr das Kniefallen so furchtbar zuwider war. Sie wurde ausfallend und beleidigend, und das Maximale, was sie erreichte, war die Zusage von Frau Goldy, der vorerst bankrotten Hotelchefin ein halbes Jahr Stillhalten seitens der Bank zu gewähren, allerdings unter Vorlage von monatlichen Bilanzen.

Es war dann Alrun gewesen, die mit kritischem Blick auf die Finanzlage und gleichzeitig realistischer Einschätzung der Arbeitsanforderungen im Hotel den Vorschlag mit dem 630-Mark-Job gemacht hatte.

Cora freute sich riesig und um so mehr, als sie gerade einen anderen 630-Mark-Job verloren hatte, nachdem sie die Unverschämtheiten eines unzufriedenen Kunden am Servicetelefon eines Möbelunternehmens mit Frechheiten ihrerseits quittiert hatte. Der Job hatte sie ohnehin angeödet, und das Beste, was es in diesem Unternehmen gab – das Herz des Juniorchefs –, hatte sie sich zum Schluß mit Witz, Charme, Hartnäckigkeit und einem nächtlichen Ständchen unter seinem Balkon noch gesichert. Alles, was sie jetzt brauchte, war ein neuer 630-Mark-Job, da ein karges Stipendium nicht ausreichte, um ihr Kunststudium zu finanzieren.

Coras Dienstantritt in Elfies Hotel – Elfie selbst war mit Bernd unterwegs, um kistenweise Getränke einzukaufen – war typisch für alles weitere, was sie dort tun sollte und wie sie es tat: Eine Dreiviertelstunde zu spät kam sie angehetzt, warf nur einen Blick auf die völlig überforderte Julietta, erfaßte die Situation mit einem Blick und reagierte auf die Rufe eines Gastes, der im Frühstückszimmer lauthals nach mehr Kaffee verlangte, mit einem Hechtsprung in die Küche. Dabei winkte sie Julietta ans klingelnde Telefon und zwinkerte ihr zu, als wolle sie sagen: «Habe alles im Griff, und zu zweit kriegen wir das ganz easy gewuppt.»

Augenblicklich wich Juliettas Verärgerung über Coras Zuspätkommen einer großen Erleichterung. Auf die Frage, was als nächstes zu tun sei, schickte Julietta Cora dankbar in den ersten Stock, mit der Bitte, dort zwei Zimmer für anreisende Gäste fertigzumachen.

Eine Arbeit war Cora so recht wie jede andere, man brauchte ihr nichts zu erklären. «Wo sollte die frische Bettwäsche denn sonst liegen als in einem der Wandschränke?» sagte sie später zu Julietta auf die Frage, wie sie denn ohne Einweisung alles so schnell gefunden habe. «Bei der Gelegenheit habe ich auch gleich entdeckt, was in den anderen Schränken liegt, und ein bißchen umgeräumt. Funktionale Arbeitsabläufe, verstehst du, Julietta?»

Offensichtlich verstand Julietta nicht.

«Also, ich meine, daß alles praktisch organisiert ist und einem die Arbeit flott von der Hand geht.»

Das wiederum verstand Julietta, und es war sehr in ihrem Sinne. Hier machten eben alle alles. Und daß Cora dieser Jobanforderung nicht nur entsprach, sondern darüber hinaus Eigeninitiative zeigte, machte Julietta geradezu glücklich. Nur das mit der Pünktlichkeit, dachte sie, das müßte bei Cora noch anders werden.

Aber das mit der Pünktlichkeit sollte bei Cora nie anders werden. Ihre Zuverlässigkeit in jeder anderen Hinsicht aber auch nicht. Und so war sie einerseits ein großer Gewinn für das Hotel Elfie, andererseits aber auch eine sehr eigenwillige Frau, die immer wieder Engpässe und Streitereien verursachte.

Trotzdem stellte sich sehr bald heraus, daß auch die Verstärkung, die Elfie und Julietta durch die aufmerksame und zupakkende Cora bekommen hatten, das Personalproblem noch nicht löste. Vor allem an der Rezeption, in der unmittelbaren Gästebetreuung und was Telefonpräsenz und Büroarbeiten anging, zerriß Elfie sich nach wie vor. Sie hätte schon alle Hände voll damit zu tun gehabt, den ganzen Tag im Büro zu sitzen und «den schriftlichen Kram», wie sie es nannte, zu machen. Aber dazu hatte sie keine Lust. Und keine Zeit. Denn gleichzeitig mußte sie im Grunde genommen den ganzen Tag an der Rezeption sitzen. Genauso, wie sie im Grunde genommen den ganzen Tag im Hotel herumflitzen und für die Gäste da sein, Lager- und Wäschebestände prüfen, Lieferungen und Dienstleistungen ordern mußte. Daß die Schnabels weder eine Lieferanten- noch eine Handwerkerliste hinterlassen hatten, rächte sich von Tag zu Tag mehr. Kurzum: Elfies Arbeitstag war oft zwanzig Stunden lang. Und trotzdem konnte sie nicht überall gleichzeitig sein und sich um alles gleichzeitig kümmern.

Dennoch und zu ihrem äußersten Bedauern mußte sie Fatima Bürgenstock, die nette und allroundtalentierte Friseurin, abweisen, als die eines Tages, so wie sie es beim Abschied im *Salon der Dame* angekündigt hatte, einfach in Elfies Hotel auftauchte, um sich anzusehen, wie sich Elfies Traum, der ja auch ihr eigener war, verwirklicht hatte.

Fatima war begeistert. «Das ist ja absolü enorm!» sagte sie, als sie sich in der Hotelhalle umsah. «Gratuliere, Frau Gerdes!»

Einerseits freute Elfie sich über den Besuch, denn Fatima hatte sie wirklich beeindruckt und war ihr sehr sympathisch gewesen, aber andererseits hatte sie gerade wieder mal überhaupt keine Zeit, da sie in wenigen Minuten abreisende Gäste verabschieden und anreisende begrüßen mußte. Sie lächelte gerührt und sagte knapp: «Nett von Ihnen.»

Fatima war so überwältigt von dem Stil und Geschmack, den vielen liebevollen Details und der großzügigen, gastlichen Atmosphäre, daß sie Elfies Not gar nicht bemerkte. «So schön und gemütlich habe ich mir das gar nicht vorgestellt», sagte sie. «Das ist ein Juwel! Ich kenne dieses Hotel vom Vorbeigehen ja noch als ‹Pension Schnabel›, und bei Pension, da denkt man leicht ...» Sie sagte nicht, was man da leicht dachte. Statt dessen machte sie eine ausladende Bewegung mit den Armen und sagte: «Aber das hier, das ist ja eine Million mal schicker als ...»

Elfie hinderte Fatima daran, zu sagen, als was dies hier eine Million mal schicker war. Sie räusperte sich: «Fatima ... äh ... nehmen Sie es mir bitte nicht übel, aber ...»

Weiter kam sie nicht, weil Fatima jetzt mit einem bewundernden Blick auf Elfies Haare sagte: «Sieht immer noch perfekt aus.»

Elfie lächelte ungeduldig. «Ich freue mich auch, daß ich es gemacht habe, aber ...»

Wieder unterbrach Fatima sie. «Sie waren mir auf Anhieb sympathisch, Frau Gerdes, Sie haben Herz, das habe ich sofort gemerkt.» Bei ihren letzten Worten hatten sich ihr Ton, ihr Blick und ihre gesamte Körperhaltung verändert.

Elfie merkte das trotz ihres Zeitdrucks. «Und nun opfern Sie Ihre kostbare und selten genug stattfindende Mittagspause, um mir zu gratulieren?» fragte sie ungläubig.

Der gequälte Blick, den Fatima ihr daraufhin zuwarf, bewog Elfie, das Gespräch zu unterbrechen, um Cora anzuweisen, die Gästeverabschiedung und -begrüßung zu übernehmen. Als sie zu Fatima zurückkam, sagte sie: «Na, denn wollen wir mal ein Käffchen zusammen trinken, was?» Sie hakte Fatima unter und steuerte mit ihr die Küche an.

Fatima kam gleich zur Sache. Sie schilderte die zunehmende Unverfrorenheit ihres Chefs, inklusive sexueller Belästigung, und sagte, sie wolle und könne dort nicht mehr arbeiten, daß sie aber aufs Geldverdienen angewiesen sei, da sie allein lebe. Von da war es nur noch ein kleiner Schritt zu der Frage, ob sie denn nicht irgendeine Aufgabe in Elfies Hotel übernehmen könne. Die Betonung lag dabei auf «irgendeine».

Elfie sagte, was die Arbeit anginge, könne sie Fatima mehr als dringend gebrauchen, und zwar nicht für irgendwas, sondern als ihre Stellvertreterin, das Zeug dazu habe sie allemal, aber das sei leider ganz und gar unmöglich. Dann schilderte sie Fatima ihre Finanzlage und sprach über das auf Eis gelegte Testament.

Es dauerte nicht lange, bis die beiden Frauen sich in einem vertrauten Gespräch über die Bürde des Alleinseins unterhielten, und Fatima verstand Elfies Situation gut genug, um sich wenig später ohne jeden Groll von ihr zu verabschieden.

Als sie wenige Tage darauf – ihr Chef hatte ihr wieder einmal unter den Rock gefaßt – fristlos gekündigt und viele Stunden mit niederschmetternden Telefonaten verbracht hatte, bei denen sie sich auf Stellenanzeigen meldete und sich die unsäglichsten Ansinnen und Gehaltsvorstellungen anhören mußte, beschloß sie, ihrem Elend – wenn auch nicht finanziell, so doch zumindest stimmungsmäßig – ein Ende zu bereiten. Sie tauchte einfach wieder in Elfies Hotel auf und verkündete, sie werde ab sofort und bis auf weiteres ohne Bezahlung mitarbeiten. Ein Angebot, das so willkommen war, daß Elfie es nicht ablehnen konnte.

Am selben Tag, an dem Fatima sich zu diesem überraschenden Schritt entschloß, bekam die Stammbesatzung von Elfies Hotel noch einen weiteren Zuwachs von vorübergehend ständiger Präsenz, wenn auch von anderer Art und nicht so, daß er in irgendeiner Weise zur Entlastung von Elfie oder sonstwem beitrug. Ganz im Gegenteil.

Am Ende des Gesprächs, in dem Alrun Elfie den Ausweg aus der Personalmisere in Form des 630-Mark-Jobs gewiesen hatte, konfrontierte sie die Freundin mit einem persönlichen Problem und einer großen Bitte.

«Ich muß auf Geschäftsreise», sagte sie kleinlaut, «und ich mag dich eigentlich gar nicht fragen, aber ...»

Elfie war gerade dabei, einen Tee vorzubereiten, und sah die Freundin mit einem schiefen Grinsen an. «Na komm, Alrun! Mit mir kannste doch reden wie mit 'ner Blöden!»

«Ja, also ... ich wollte dich bitten, Melvin für eine Woche zu nehmen.»

Elfie setzte den Wasserkessel wieder auf die Herdplatte, obwohl das Teewasser schon kochte. «Nee, hä?!» Sie drehte sich zu Alrun um und sah sie vollkommen entgeistert an.

Aber Alrun nickte nur ernst.

«Also, Alrun! Alles ... alles kannst du von mir verlangen, aber das nicht.»

Alrun mußte weit ausholen, um Elfie zu erklären, wie wichtig es für sie sei, das Angebot, ihren Chef nach Singapur zu begleiten, anzunehmen. Nur wenn sie das tue, könne sie später bestimmte

Aufgabengebiete für die neue Niederlassung in Übersee übernehmen, und das würde sich sowohl finanziell als auch für ihre Position innerhalb der Firma positiv auswirken, wohingegen, wenn sie jetzt nicht mit nach Singapur komme, der Makel einer alleinerziehenden Mutter an ihr kleben würde, die eben doch im Berufsleben nur eingeschränkt einsetz- und belastbar sei. «Bitte, Elfie!» schloß sie ihren Monolog. «Es hängt so viel für mich davon ab. Und es ist doch bloß für eine Woche!»

Sie hätte gar nicht so ausführlich zu werden brauchen, denn Elfie konnte ihr ja doch keine Bitte abschlagen, egal ob groß oder klein. Und Melvin war ein netter Kerl, den sie schon sein ganzes Leben lang kannte. Hinzu kam, daß das kleinste Zimmer im Hotel in der betreffenden Woche voraussichtlich ohnehin nicht gebraucht wurde, und so wurde Melvins Zwangsaufenthalt im Hotel Elfie beschlossen und verkündet.

«Zwangsaufenthalt» war nicht das Wort, das Alrun und Elfie für diese Maßnahme benutzten, sondern Melvins Bezeichnung dafür. Und er war sehr wütend.

Sein leuchtend gelber, mit Stickern beklebter Koffer stand bereits gepackt im Flur. Melvin, auf Inlineskates, die er sich auszuziehen weigerte, eine seiner unzähligen Baseballkappen umgekehrt auf dem Kopf, fuhr Schlangenlinien und schrie: «Ich geh da nicht hin. Ich laufe weg. Lieber will ich tot sein.»

Als Alrun ihn dann endlich zu fassen bekam, sich zu ihm runterkniete, ihn festhielt und streichelte, wurde er ruhiger und platzte mit dem heraus, wovor er wirklich Angst hatte.

«Du läßt mich im Stich, wie Papa uns im Stich gelassen hat.»

Alrun schloß die Augen und holte tief Luft. «Nein!» stieß sie hervor. «Das darfst du nicht sagen, Melvin! Das bricht mir ja das Herz.» Und dann erklärte sie ihm, daß es im Leben manchmal Situationen gebe, in denen man gezwungen sei, anders zu handeln, als man gerne möchte. «Denkst du, für mich ist das so einfach, dich hier allein zu lassen?»

Melvin schien zum ersten Mal zu merken, daß es für sie tatsächlich nicht einfach war.

«Weißt du, ich muß doch für uns beide das Geld verdienen, das wir zum Leben brauchen, zum Essen und Trinken, um etwas zum Anziehen zu haben und diese schöne große Wohnung, und für deine Skates, deine CDs, deine Computerspiele, dein Mountainbike ... alles eben. Und zum Arbeiten, da gehören manchmal auch solche Reisen dazu. Du bist doch kein Kleinkind mehr, Melvin, das mußt du doch verstehen. Hm?» Alrun hielt ihren Sohn immer noch fest und küßte ihn jetzt auf die Stirn.

«Und du kommst wirklich wieder?»

Alrun stand auf und sah ihn sehr ernst an. «Ich bin deine Mutter, Melvin. Und das schwöre ich dir: Eine Mutter, die ihr Kind liebt, läßt es niemals im Stich. Niemals!»

Daß Melvin immer noch, wenn auch nicht mehr so vehement, gegen seinen «Zwangsaufenthalt» bei Elfie protestierte, war von dem Moment an nur noch pro forma. Außerdem sollte Elfie sich bloß nicht einbilden, daß er sie auch nur eine Minute lang als Ersatzmutter ansehen würde, und dasselbe galt für ihr komisches Hotel, das man ja wohl nicht ernsthaft als Wohnung akzeptieren konnte, es sei denn, man war auf Reisen, so wie seine Mutter. Und das war Elfie schließlich nicht.

Die Übergabe sollte am Flughafen stattfinden. Elfie, aufgehalten von einem sehr ermutigenden Gespräch mit Herrn Birkner, dem Filialleiter der Sparkasse, der endlich aus dem Urlaub zurückgekehrt war, kam mit fliegenden Fahnen und in letzter Sekunde in der Abfertigungshalle an. Das hatte den Vorteil, daß die Abschiedsszene – Elfie haßte Abschiedsszenen – kurz ausfiel.

Alruns Chef hatte sich schon von Elfie und Melvin verabschiedet, als Alrun doch noch sentimental zu werden drohte. Sie zog einen Zettel aus der Kostümjacke und reichte ihn Melvin. «Meine Adresse in Singapur. Falls was ist.»

«Was soll denn schon sein?» schnappte Elfie. «Nu mach hinne, sonst wird dein Chef noch ungeduldig!»

Alrun gab sich einen Ruck und hielt die Tränen zurück. «Also. Vertragt euch!»

Eine letzte Umarmung – dann waren Melvin und Elfie allein. Elfie wartete ab, solange er seiner Mutter hinterherwinkte, bis sie nicht mehr zu sehen war, und sagte dann: «Und wir gehen dann auch, nicht?» Sie streckte ihre Hand nach ihm aus.

Melvin ignorierte Worte und Hand.

«Also, *ich* gehe jedenfalls», präzisierte Elfie ihr Vorhaben. Melvin rührte sich immer noch nicht.

Mit den Worten «Bist du angewachsen, oder was?» nahm sie seinen Koffer, ging los und streckte ihre freie Hand nach hinten aus.

Die Hand nahm Melvin nicht, aber er setzte sich in Bewegung und trottete mißmutig hinter Elfie her.

Auf dem Weg zum Taxenstand führte er sich allerdings auf, als würde er entführt. Mehrere Passanten warfen den beiden besorgte Blicke zu, bis Elfie einem vorbeieilenden Reisenden zurief: «Sie können ihn gerne haben!»

Daß sein erster Tag im Hotel Elfie Melvin dann doch noch gnädig stimmte, hatte verschiedene Gründe. Zum einen gaben Cora, Julietta und Fatima ihm keine Chance, sie nicht zu mögen. Zweitens fühlte er sich plötzlich wie ein Filmstar oder ein großer Sportler oder ein berühmter Sänger auf Reisen, als er in seinem eigenen Hotelzimmer seine Sachen auspackte. Und drittens war es just der

Tag, an dem das Eröffnungsfest stattfand, das Elfies Freunde und Kollegen, jetzige wie ehemalige, in aller Heimlichkeit organisiert hatten.

Auf einem Tischchen standen Blumen und Präsente, als Elfie nichtsahnend von Cora und Fatima ins Frühstückszimmer geführt wurde. Dort hatten sich Herr Müggebrecht, der treue Zeitungslieferant, Schmolli, Vera, Julietta und Bernd versammelt. Sie hielten brennende, extra lange Wunderkerzen in den Händen. Dann ging die Küchentür auf, und Doris Barth kam mit einer doppelstöckigen Festtagstorte herein und sagte, die sei von den Kollegen aus dem Hansson Palace, von denen gerne noch mehr gekommen wären, wenn sie nicht Dienst hätten.

Inzwischen schenkte Fatima Sekt aus. Als sie zu Melvin kam, fragte sie Elfie: «Darf er auch ...?», was den Jungen sofort von seiner Schmuserei mit Kommher ablenkte, Elfies Katze, zu der er von jeher eine innige Beziehung hatte.

Vera sagte sofort: «Alkohol, das ist nicht gut!»

Aber Elfie hatte fast gleichzeitig zu sprechen begonnen, und sie sagte augenzwinkernd: «Na ja, zur Feier des Tages ...»

Als Melvin freudestrahlend sein Glas in Empfang nahm, setzte Schmolli zu einer kleinen Rede an, die Elfie sehr rührte, besonders als er an die Stelle kam, wo es hieß: «Wir sind glücklich, und ich darf mich da mit einbeziehen, zu Ihrem Kreis zu gehören.» Und als er Elfie im Namen aller den Erfolg wünschte, den sie verdiene, brach allgemeiner Beifall aus.

Elfie pustete Schmolli eine Kuß quer durch den Raum zu, der ihn mitten ins Herz zu treffen schien. Inzwischen hatte sie sich von der Überraschung erholt und fand es an der Zeit, auch eine kleine Rede zu halten.

«Danke», begann sie. «Dank euch allen.» Dabei blickte sie gen Himmel und flüsterte Alexanders Namen, ehe sie fortfuhr. «Das braucht man im Leben: wahre Freunde. Und noch etwas: Träume. Und vielleicht zwischendurch auch mal einen, der sich tatsächlich erfüllt. Schon als ich so kleen war» – sie zeigte auf Melvin – «habe ich immer einen Traum gehabt.»

«Ein eigenes Hotel», platzte Bernd dazwischen.

«Nee. Ich wollte immer Eiskunstlaufstar sein, aber dafür hatte meine Mutter natürlich kein Geld, und außerdem war ich da ja auch, ehrlich gesagt, noch 'n bißchen fett ...»

Allgemeines Gelächter zwang sie zu einer kleinen Pause. «Jedenfalls hab ich mir meine Goldmedaillen immer selbst gebastelt und im Rahmen von glanzvollen Siegerehrungen auch selbst verliehen, mit In-die-Kamera-Lachen und Ins-Publikum-Winken.» Während sie sprach, begleitete sie alles, was sie sagte, mit der entsprechenden Pantomime. «Damals hab ich was begriffen: Man muß was wirklich *wollen*, man muß was dafür *tun* ...»

«Oder braucht einen Schubs», warf Bernd trocken dazwischen.

«Oder das», gab Elfie zu. «Ich hab's dann aber nur bis zur Jugendmannschaft in ... na ja, Schwamm drüber! Aber zum Schluß zeige ich euch noch etwas, das ich zu Hause immer auf dem Teppich geübt habe: Pirouetten.»

Und was Elfie dann machte, war so unglaublich perfekt, und weil es so perfekt war, so unglaublich komisch, daß es ihr den johlenden Applaus ihrer Fangemeinde einbrachte.

Als erstes streifte Elfie ihre Schuhe ab, um mit täuschend echten Schlittschuh-Gleitschritten auf die Eisfläche einzulaufen, dann blieb sie stehen, legte die Unterarme in Taillenhöhe übereinander, schüttelte in einer rasenden Bewegung den ganzen Oberkörper, inklusive Hals und Kopf, hob die Arme, weiterhin zusammengelegt, unter denselben Schüttelbewegungen langsam nach oben, bis sie hoch über ihren Kopf gestreckt und nur noch ihre Hände gefaltet waren. Dann ebbte das kreisende Schütteln ab, und die ganze Elfie pendelte langsam aus, wie eine Eiskunstläuferin, die sich nach einer besonders gewagten Pirouette wieder fängt.

Lediglich Melvin hielt sich mit seiner Beifallskundgebung etwas zurück, indem er überwältigt «super!» murmelte.

Jemand stellte die Musik an, und als wenig später der Sparkassenfilialleiter mit einem riesigen Rosenstrauß ins Zimmer trat, um sich für das Benehmen seiner spießigen Kollegin Goldy zu entschuldigen, rief Elfie augenrollend: «Das ist doch kein Hotel, das ist ein Irrenhaus!»

3. KAPITEL

Obwohl Fatima, Julietta und Cora – alle drei mochten Kinder – weiterhin für Melvins Wohlergehen sorgten, indem sie ihm kindgerecht den Hotelbetrieb erklärten und ihm kleine Aufgaben übertrugen, so daß er seine Einsamkeit und Langeweile in solchen Momenten vergaß, war er grundsätzlich schlecht gelaunt und desinteressiert. Schon allein deswegen, weil es ausgerechnet eine Ferienwoche war, in der seine Mutter ihn bei Elfie «abgestellt» hatte. In dieser einen Woche wäre Melvin lieber zur Schule gegangen.

Elfie selbst tat sich schwer mit ihm. Sie hatte immer geahnt, daß Muttersein ihr nicht lag, aber die Probe aufs Exempel ausgerechnet in dieser Situation machen zu müssen, den Kopf voller Sorgen, das Hotel voller Gäste, und Melvin vierundzwanzig Stunden am Tag ohne Programm, empfand sie als ein ungerechtes Schicksal.

Die Programmlosigkeit – genauer gesagt: Fernsehprogrammlosigkeit – kam erschwerend hinzu. Aber Fernseher gab es auf den Zimmern in Elfies Hotel nur auf besonderen Wunsch und gegen extra Bezahlung. Elfie hatte es abgelehnt, Melvin einen eigenen Apparat aufs Zimmer zu stellen, denn das hätte zwangsläufig dazu geführt, daß der Junge den ganzen Tag davor gehockt hätte, und das glaubte sie nicht verantworten zu können. So konnte Melvin nur fernsehen, wenn er in Elfies Zimmer war, und auch das nur, wenn sie es verkraftete, die Geräuschkulisse der jeweils von Melvin ausgewählten Sendung zu ertragen. Seine Computerspiele durfte er allerdings nicht über Elfies Fernseher laufen lassen, weil das Gepfeife und Gezische der explodierenden Flugkörper, die es zu «scoren» galt, sie verrückt machten.

Folglich endete die Konversation zwischen Elfie und Melvin eines Morgens schon sehr bald wieder bei diesem Dauerthema.

«Du vermißt deine Mutter, was?» fragte Elfie mitfühlend, als sie Melvin lustlos in seinen Cornflakes stochern sah und sich zu ihm an den Tisch setzte.

«Nö», meinte der. «Eher vermiß ich 'nen Fernseher.»

Elfie verzog das Gesicht, sagte aber tapfer: «Wie wär's denn, wenn du später, wenn ich zurück bin, mit rauf in mein Zimmer kommst? Dann machen wir es uns gemütlich und schauen uns gemeinsam etwas an.»

Es war Melvin deutlich anzumerken, daß er in seinem kurzen Leben schon sehr viel bessere Vorschläge zu hören bekommen hatte. «Mal sehn», antwortete er lustlos.

Elfie folgte einem unwiderstehlichen Impuls, Melvins Gemuffel mit guter Laune in die Knie zu zwingen. «Ich hab mir schon ewig kein Kinderprogramm mehr angeschaut», schwärmte sie.

«Ich auch nicht», hielt Melvin dagegen, eher noch muffeliger als vorher.

Elfie hätte weit ausholen und ziemliche Kaliber auffahren müssen, um diesen «kleinen Stinker», wie sie ihn für sich titulierte, in eine andere Stimmung zu versetzen. Aber das konnte sie jetzt nicht, dafür stand ihr ein Gang zur Sparkasse zu sehr bevor. Sie stand auf und sagte zuversichtlich: «Na, bis nachher dann! Wir werden schon etwas finden, was uns beiden Spaß macht.»

«Kann ich mir nicht vorstellen», nuschelte Melvin in seine Cornflakes. Es ging ihm gar nicht darum, daß Elfie das hörte. Es sollte auch keine freche Bemerkung sein. Es war einfach nur eine Feststellung. Er legte Wert auf solche Unterscheidungen.

Elfie gab Fatima, die am Empfang saß und, wie meist, keine Scheu hatte, einen guten Teil ihrer beträchtlichen Oberweite zu zeigen – in den Grenzen des für ihre Position gerade so eben noch Akzeptablen – letzte Anweisungen. Sie blieb vor dem Spiegel neben dem Schreibtisch stehen und nestelte an ihrem eigenen Ausschnitt. Elfie hatte sich heute morgen mit viel Bedacht für ein ziemlich raffiniertes Outfit entschieden: ein schmal geschnittenes, taubenblaues Kostüm, das auf den ersten Blick streng und geschäftsmäßig wirkte, auf den zweiten jedoch das spitz nach unten zulaufende Dekolleté in den Vordergrund rückte und auf den dritten die Kürze des Rockes, mehr als eine Handbreit überm Knie. «Na, ich weiß nicht ...», sagte Elfie zweifelnd zu ihrem Spiegelbild.

«Ach was! Sie sind très chic, Frau Gerdes! Absolü!» sagte Fatima und klang ehrlich begeistert.

«Meinen Sie?»

«Absolü!» wiederholte Fatima. «Und schließlich ist auch Herr Birkner in seinem gesegneten Alter letzten Endes nur ein Mann.»

Und damit sollte sie recht behalten. Hatte Alfred Birkner Elfie von Anfang an sympathisch und ihr Geschäftsvorhaben mutig und unterstützenswert gefunden, so waren es anfangs überwiegend unternehmerische Erwägungen gewesen, die ihn zu einem zuvorkommenden Umgang mit ihr bewogen hatten. Schließlich waren auch die Schnabels wichtige Kunden seiner Filiale gewesen, und er hätte es sehr bedauert, wäre ihre Nachfolgerin zur Konkurrenz ein paar Häuser weiter abgewandert. Seit er jedoch aus dem Urlaub zurück war und es nun mit Elfie als Hotelchefin zu tun hatte, erlag er ihrem Charme mit jeder Begegnung mehr. Elfie war nach dem Tod Alexanders, den sie zunächst als ein Stück eigenes Sterben erlebt hatte, tatsächlich von dem Tag an wie verwandelt gewesen, als sie sich endgültig zur Übernahme des Hotels entschlossen und sich von Fatima äußerlich gleich mit «renovieren» lassen hatte. So saß Alfred Birkner jetzt einer Frau gegenüber, die wirklich etwas Atemberaubendes an sich hatte, obwohl – oder gerade weil – sie keinem der gängigen Schönheitsideale entsprach. Jeder ihrer Gesichtszüge, jede ihrer Bewegungen strahlte Lebensfreude und Esprit aus, Mut und Energie, Stil und Geschmack. Trotzdem war es fast schon unverschämt, daß er ihr praktisch nicht zuhörte, als sie ihm gegenübersaß, sondern sie mit den Augen verschlang, ihr ein Kompliment nach dem anderen machte und die Sorgen und Nöte, die Elfie vortrug und ganz klar auf die Bitte um Krediterhöhung hinausliefen, nur mit Phrasen und Sprüchen kommentierte. Zwar war das ohnehin eine Angewohnheit von ihm, aber wenn er bei klarem Verstande war, pflegte er zwischen den Sprüchen durchaus auch Substanzielles zu sagen. Heute nicht.

«Es wird doch nichts so heiß gegessen, wie es gekocht wird», war seine Analyse zum Thema Lieferantenrechnungen. «Solange ich meine schützenden Hände über Sie halte ...» Er ließ den Satz unvollendet, und damit war das Thema Laufende Kosten abgehakt.

«Kommt gar nicht in Frage, daß Ihnen jemand auch nur eins Ihrer bezaubernden Härchen krümmt.» Damit war die Krediterhöhung durch. Und «Eine Hand wäscht die andere» lautete sein augenzwinkernder Kommentar dazu, daß die Bank ja auch nicht schlecht daran verdiene, wenn der Kredit eines Tages zurückgezahlt würde.

«Aber das kann noch dauern», sagte Elfie warnend und ganz gegen ihren Willen, aber sie hatte das Gefühl, daß dieser Herr Birkner sich um Kopf und Kragen redete beziehungsweise überhaupt nicht merkte, *was* er redete.

Aber Alfred Birkner war durch nichts zu erschüttern. Lediglich seine bevorstehende Pensionierung, von der er nun zu sprechen begann, schien ihm Sorgen zu machen, bedeutete sie doch für Elfie das «Entschwinden eines guten Geistes», der, wie schon vorher gesagt, «eine schützende Hand» über die Jungunternehmerin halte.

Elfie, die sich schon in Sicherheit gewiegt hatte, geriet bei dem Stichwort Pensionierung völlig aus der Fassung, aber Birkner beruhigte sie und sagte, bis dahin fließe noch «eine Menge Wasser die Elbe hinab», und selbst wenn es dann soweit sei, sei Elfie bei seiner Nachfolgerin, Frau Goldy, «in den besten Händen».

Das bezweifelte Elfie vehement, sagte aber nichts. Zunächst beschränkte sie sich darauf, Birkner aufs herzlichste für die Kreditaufstockung zu danken. Erleichtert verabschiedete sie sich.

Wie neugeboren verließ Elfie die Sparkasse, was sich unter anderem in ihrem Gang ausdrückte. Wiegend und geschmeidig die Hüften schwingend, trat sie erhobenen Haupts auf die Straße. «Wie eine Königin», dachte Alfred Birkner, der ihr nachschaute. Zum ersten Mal, seit sie das Hotel übernommen hatte, ließ Elfie sich wirklich Zeit für den kurzen Weg zwischen der Straßenecke, an der die Sparkasse lag, und ihrem Hotel. Bei der älteren Frau, die immer, auf ein Kissen gestützt, aus dem Fenster schaute und deren Namen Elfie nicht kannte, blieb sie nach der Standardbegrüßung «Tag, Frau … äh» stehen und hielt ein kleines Schwätzchen mit ihr, den «kleinen blonden Bub» betreffend. Auf der anderen Straßenseite vom Hotel hielt sie ein Schwätzchen mit dem Gemüsehändler, der, wie fast immer, vor seinem Laden stand, aufgeräumt in die Gegend schaute und darauf achtete, daß seine blaue Mütze tief genug in die Stirn gezogen war. Er outete sich als jemand, der kein Gewinnspiel, keine Lotterie und kein Preisausschreiben ausließ und bereits über ein ganzes Lager von Gewinnen verfügte – Kochtopfsets, Stereokompaktanlagen, Westernstiefel und Warengutscheine für Läden, in denen es nichts gab, was er brauchte.

«Und was machen Sie mit dem ganzen Ramsch?» wollte Elfie wissen.

«Och, nichts», meinte der Gemüsehändler und grinste. «Ich freu mich nur immer, wenn ich wieder was gewonnen habe.»

«Tja ...», sagte Elfie. «'ne Million im Lotto würde mir auch über das Gröbste hinweghelfen.»

«Wir könnten doch 'ne Tippgemeinschaft gründen», schlug der Gemüsehändler halb im Scherz vor.

«Die Tippgemeinschaft Schwanenstraße, der Club der bedrohten Existenzen ...» Elfie lachte. «Also, ehrlich gesagt, wäre mir momentan schon mit ein paar Orangen gedient.» Der Gemüsehändler suchte ihr ein paar besonders schöne Exemplare aus. «War ja auch nur 'n Vorschlag», sagte er vergnügt.

«Danke, Herr ...» Elfie sah zu dem Schriftzug über dem Laden. «Herr Konopke.»

«Sie können ruhig Hajü zu mir sagen.»

«Gerne», sagte Elfie. «Und ich bin Elfie. Bei Gelegenheit trinken wir da einen drauf, aber jetzt muß ich ...» Sie zeigte auf die andere Straßenseite und setzte sich in Bewegung.

«Soll ich die Orangen auch anschreiben?»

Bei dem Geplänkel hatte Elfie das Bezahlen völlig vergessen. Sie kam zurück, zückte ihr Portemonnaie und hielt plötzlich inne. «Wieso *auch*?» fragte sie. «Welche Rechnung steht denn noch offen?»

«Na, die von Ihrem ... von deinem Lütten. Er war heute morgen hier.»

«Wie bitte?»

«Na ja, er hat sich heute morgen ein paar Trauben gekauft. Ich finde, es gibt Schlimmeres.»

Elfie lachte erleichtert auf. «Da hast du allerdings recht.» Sie zahlte die Trauben und Orangen und winkte noch einmal zu Hajü zurück, als sie auf ihr Hotel zuging.

Fatima berichtete, daß Melvin auf seinem Zimmer sei und daß ein unangemeldeter Gast, ein gewisser Herr Balk, angereist sei und nach Elfie gefragt habe. Elfie sagte der Name nichts, und da Herr Balk auch keine Nachricht für sie hinterlassen hatte, erzählte sie Fatima ausführlich über den Ausgang ihrer Verhandlung mit Herrn Birkner.

«... und deshalb können Sie sich ab sofort als angestellt betrachten», schloß sie die Erfolgsmeldung.

Fatima hatte damit so schnell noch gar nicht gerechnet. Und obwohl sie sich wahnsinnig freute, verschlug diese Mitteilung ihr im Moment die Sprache. Als sie sie wiederfand, stammelte sie: «Ich weiß gar nicht, was ich sagen soll. Ich ...»

Elfie baute sich vor ihr auf, was etwas schwierig war, denn Fatima war einen knappen halben Meter größer als sie. «Wie wär's denn mit: Auf gute Zusammenarbeit?»

«Ja!» Fatima strahlte. «Ja, ganz bestimmt! Sie werden Ihren Entschluß nicht bereuen.» Dann umarmte sie Elfie spontan und flüsterte: «Danke!»

Elfie winkte ab. «Ich hab zu danken. Sie machen Ihre Sache wirklich gut hier, und bis jetzt freiwillig und ohne Bezahlung. Ich weiß gar nicht, was wir die letzten Tage ohne Sie gemacht hätten.» Und ehe die ganze Szene zu rührselig wurde, sagte sie: «Ich glaube, wir müssen dann noch bereden, was Sie hier verdienen wollen.»

«Wollen ist gut!» Fatima grinste.

Elfie fand das nicht so lustig, wie sie momentan überhaupt vollkommen humorlos gegenüber allem war, was mit Finanzen zusammenhing, denn daß sie sich trotz der Kreditaufstockung auf extrem dünnem Eis bewegte, war ihr nur allzu klar. «Sagen wir mal so: Ich sage Ihnen, was ich zahlen kann, und Sie entscheiden, ob Sie dafür arbeiten wollen.»

Dazu kam es aber nicht mehr, weil Julietta mit der Hiobsbotschaft angestürzt kam, daß es in Herrn Balks Zimmer durch die Decke tropfte.

«O nein!» rief Elfie verzweifelt. «Fehlt nur noch, daß in diesem alten Kasten die Leitungen marode sind!» Sie wollte schon die Treppe hochstürzen, hielt dann aber inne und fragte Julietta nach der Zimmernummer. «Oh, mein Gott! Mein Zimmer liegt genau da drüber!» Um so schneller hechtete sie nun die Treppe hinauf und brüllte: «Melviiin!», denn sie ahnte, was los war.

Es war ein Videospiel, das Melvin zu sehr in Anspruch nahm, um das überlaufende Waschbecken zu bemerken. Und da er ganz bequem auf Elfies Bett hockte und von dort aus mit seinem Joystick die feindlichen Flugobjekte auf dem Fernsehschirm abschoß, hatte er auch nicht bemerkt, daß das ganze Zimmer bereits unter Wasser stand.

Während Julietta und Fatima wortlos versuchten, die Wassermassen aufzuwischen, flippte Elfie aus und entlud ihren Schrekken und die Angst vor den Folgekosten in einer gewaltigen Schimpfkanonade: ob er wahnsinnig geworden sei beziehungsweise noch alle Tassen im Schrank habe, wie er auf die Idee gekommen sei, er dürfe hier allein fernsehen, warum er sich hier heimlich reingeschlichen habe, daß er ein kleines Monster sei, das man keine Sekunde aus den Augen lassen könne, ob er überhaupt wisse, was er angerichtet habe, die Gäste würden ihr weglaufen, dies sei doch kein schwimmendes Hotel, daß die Versicherung das bestimmt nicht zahlen würde, wieso seine Mutter ihn aber auch ausgerechnet hierher gebracht habe ...

Als sie dann doch einmal Luft holen mußte, sagte Fatima: «Ach, lassen Sie mal, Frau Gerdes, das kriegen wir schon wieder hin. Pa de problem.» Das war nett gemeint, aber so ganz problemlos waren die fälligen Trockenlegungsarbeiten dann doch nicht.

Das war auch Melvin klar, und als er abends zerknirscht zu Bett ging, nahm er sich zum Trost Kommher mit. Die Katze hatte sich während der Überschwemmung auf Elfies Kleiderschrank geflüchtet und wußte das warme, trockene Bett zu schätzen. «Ey, das vorhin, das wollte ich echt nicht», setzte Melvin zu einer verspäteten Entschuldigung an und kraulte Kommher zwischen den Ohren. «Ich habe das Waschbecken total vergessen. Das verstehst du doch, oder? Tut mir echt leid. Weißte was? Ich besorg dir morgen was Anständiges zu fressen, nicht den Labberkram, den du dir sonst immer reinziehen mußt.»

Und da es ihm damit ernst war, führte ihn sein erster Gang am nächsten Morgen, noch vor dem Frühstück, zu der kleinen Zoohandlung um die Ecke, wo er eine schöne fette weiße Maus kaufte.

Waren Kommher und Melvin in körperlicher Hinsicht auch ein Herz und eine Seele, so haperte es doch an der verbalen Kommunikation zwischen den beiden. Es stellte sich nämlich heraus, daß Kommher das übliche Dosenfutter doch am liebsten fraß und daß sie sogar eine Heidenangst vor dem zappeligen, fiependen Tierchen hatte, das Melvin ihr zum Frühstück in der Küche kredenzte. Sie fürchtete sich davor so sehr, daß sie auf der Stelle Reißaus nahm und in einem für ihr sonstiges Phlegma erstaunlichen Tempo in den voll besetzten Frühstücksraum floh. Die Maus, einem wie auch immer gearteten animalischen Instinkt folgend, hinterher.

Wie ein Geschoß kam Kommher in den Frühstücksraum gejagt und sorgte für einen kleinen Tumult, indem Elfie, die gerade einen frisch aufgebrühten Kaffee an einen der Tische brachte, über das Tier stolperte und den Kaffee über einem Frühstücksgast verschüttete. Als im nächsten Moment die Maus auftauchte und zwei Frauen kreischend von ihren Stühlen aufsprangen, war das Chaos dann perfekt. Es nützte gar nichts, daß Elfie die Gäste zu beruhigen versuchte, indem sie beide Tiere zu ihrem persönlichen Besitz und festen Bestand des Hauses erklärte, vor dem sich niemand zu fürchten brauche. Für diesen Morgen war es mit der Frühstücksruhe vorbei, und die Gäste – je nach Veranlagung mehr oder minder konsterniert – verließen den Frühstücksraum. Elfie brauchte nicht lange, um zu überlegen, wie es wohl zu diesem Zwischenfall gekommen war, denn sein Urheber präsentierte sich im nächsten Moment von selbst im Frühstücksraum, sozusagen als Dritter im Bunde der kleinen Jagdgesellschaft Kommher / Maus / Melvin.

«Ich hatte ... ich wollte ... ich dachte ...»

«Es ist mir egal, was du hattest und wolltest und dachtest», schrie Elfie, der es absolut nicht gelingen wollte, sich in die Gedankenwelt eines zehnjährigen Jungen hineinzuversetzen. «Ab sofort hast du Stubenarrest, verstehst du? Du gehst keinen Schritt aus deinem Zimmer raus! Für heute habe ich genug von dir!» Damit rauschte sie aus dem Raum.

Melvin trollte sich. Zuerst tatsächlich auf sein Zimmer. Und als die Luft rein war, schlich er sich in die Küche, um sich ein paar Brote zu schmieren, die er zu dem Nötigsten, wie Walkman, Inlineskates und dem Taschengeld von seiner Mutter, das er schon in seinem Rucksack verstaut hatte, packte. Dann verließ er das Hotel, in dem man ihn nicht haben wollte und wo alles, was er tat, zu Wutausbrüchen von Elfie führte. Es waren ja auch nur noch dieser Tag, eine Nacht und dann noch ein Tag, die er untertauchen mußte, bis seine Mutter wiederkam und er endlich zurück nach Hause konnte. Darauf freute er sich mehr, als er das je für möglich gehalten hatte, und bis dahin würde er einfach ein bißchen durch Hamburg bummeln, sich mal den Hafen ansehen, was er immer schon vorgehabt hatte, sich am Bahnhof umsehen und zum Schluß irgendwie zum Flughafen rausfahren, um schon da zu sein, wenn seine Mutter landete.

Der Hotelgast, der das tierreiche Durcheinander beim Frühstück am ungnädigsten aufnahm, war Kai Balk. Fatima, die an der Rezeption schon öfter mit ihm zu tun gehabt hatte und ihn, wie die meisten Männer, nicht unattraktiv fand, entschuldigte seine unwirsche Reaktion damit, daß er angesichts des Wasserschadens vom Vortag ja «sozusagen vorgeschädigt» sei. Aber als Julietta in dem neuen, trockenen Zimmer, das man Herrn Balk zugewiesen hatte, besonders sorgfältig saubermachte, stieß sie auf etwas, das diesen Gast in einem ganz neuen Licht erscheinen lassen sollte. «Nein! Das gibt's doch nicht!» murmelte sie entsetzt, als sie sich etwas zu intensiv in ein Dokument vertiefte, das furchtbar offiziell und amtlich aussah, die Sorte Dokument, die Julietta schon ihr Leben lang in Angst und Schrecken versetzt hatte – was auch der einzige Grund dafür war, weshalb sie darin zu lesen begann. Dann stürzte sie zu Elfie ins Büro hinunter, die völlig ermattet vor einem Schuhkarton saß, den sie mit rotem Samt und winzigen Schälchen voller Nüsse zu einem kleinen Mäusepalast umfunktioniert hatte. Dabei schüttete sie Fatima ihr Herz aus und streichelte das Mäuschen.

«Jetzt haltet euch fest!» platzte Julietta in die traute Szene hinein. «Wißt ihr, wer der Typ in Nummer neun ist?»

Elfie und Fatima sahen die Kollegin verständnislos an.

«Das ist Herr Balk, ein äußerst charmanter ...», begann Fatima. «Quatsch mit Soße!» wurde sie von Julietta unterbrochen. «Dieser – ach so charmante – Herr Balk ist Hofstädters Sohn.»

«Was?» Elfie sprang auf. «Das gibt's doch nicht!»

Julietta sah sie überlegen an und forderte beide Frauen auf, mit nach oben zu kommen.

In Balks Zimmer zeigte Julietta mit vielsagendem Gesicht auf den Sekretär, und Elfie las, nachdem sie den Inhalt des Schreibens mit einem Blick erfaßt hatte, fassungslos daraus vor: «An das Amtsgericht Hamburg. Sehr geehrte ... Ach, ich lese jetzt mal nur das Wichtigste. Also: Ich, Kai Balk ... als einziges Kind des verstorbenen Alexander Hofstädter ... Alleinerbe ... und fechte daher das Testament meines Vaters an ... Entweder gütliche Einigung bei Dreiviertel der Erbmasse an mich ... oder aus Gründen, die in beiliegenden Anlagen angeführt werden ... gerichtliche Feststellung der Erbunwürdigkeit der von meinem Vater als Alleinerbin eingesetzten Elfriede Gerdes ...»

An dieser Stelle wollte Elfie sich auf den nächstbesten Stuhl sinken lassen, aber eine sonore Stimme von der Tür her ließ sie erstarren. «Ich glaube nicht, daß Sie das was angeht.»

Alle drei Frauen fuhren zur Tür herum. Elfie faßte sich zuerst. «Da bin ich aber anderer Meinung», sagte sie kampflustig.

«Frau Gerdes, nehme ich an?» Der Mann wirkte mit der schwarzen Brille, den straff zurückgekämmten Haaren und dem eng anliegenden Rollkragenpullover sehr streng und vor allem humorlos. Elfie nickte. «Würden Sie mir vielleicht verraten, was Sie in meinem Zimmer zu suchen haben?» fragte Balk in schneidendem Tonfall.

Einen Moment lang wurde Elfie schwarz vor Augen. Eine ungünstigere Ausgangslage für die anstehenden Verhandlungen mit diesem Mann konnte es ja wohl kaum geben. Aber – so ihr nächster Gedanke – das war im Grunde auch egal. Sie wußte von Alexander, daß sein Sohn sich nie um ihn gekümmert hatte. Noch nicht einmal zur Beerdigung war er erschienen. Es gab keinen Grund, ihm irgendwelche Sympathien entgegenzubringen oder ihn in irgendeiner Weise zuvorkommend zu behandeln. Und rechtliche Schritte hatte er ja ohnehin schon eingeleitet. Also bitte, dann eben voll Zoff, dachte Elfie.

Als Kai Balk dann übergangslos davon zu sprechen begann, welche Anteile des Hotels in Kürze ihm gehören würden, ließ Elfie ihn mit der Bemerkung «Meine Partner suche ich mir immer noch selbst aus» einfach stehen.

Wenig später diskutierte Elfie den für sie ganz neuen Begriff der Erbunwürdigkeit mit ihrem Anwalt, Dr. König, der auch Alexanders Anwalt gewesen war. Erstaunlicherweise hatte Kai Balk den Anwalt ebenfalls mit der Erbschaftsangelegenheit betraut. Für Balk war Elfie nur eine «kleine Nachtclubsängerin», und aus seinem Munde klang das wie «Nutte», die des Erbes seines Vaters nicht würdig war.

Elfie erzählte dem Anwalt nun von der Vernachlässigung, die Alexander all die Jahre habe ertragen müssen. König hätte Elfie nur allzu gern zu ihrem Recht verholfen, aber letzten Endes konnte er beiden Parteien nur raten, sich untereinander zu einigen, und zwar möglichst außergerichtlich, allein schon um das ganze Verfahren abzukürzen.

«Wie soll ich mich mit dem einigen?» seufzte Elfie.

Und auch Kai Balk hatte am Vortag keinerlei Bereitschaft gezeigt, von seinen Maximalforderungen abzugehen. Also blieb nur zu hoffen, daß das Gericht den Verhandlungstermin zügig ansetzen und schnell zu einem eindeutigen Urteil kommen würde.

Niedergeschlagen kehrte Elfie ins Hotel zurück, und es war klar, daß irgend jemand den Dampf abbekommen würde, den Elfie einfach ablassen mußte. Es traf Cora, die Elfie beim Einräumen der Spülmaschine antraf – eine Arbeit, die längst hätte erledigt sein müssen.

«Warum machen Sie das erst jetzt?» fragte Elfie, noch in Hut und Mantel.

«Tut mir leid. Echt», sagte Cora, und man sah, daß es ihr wirklich leid tat. «Aber ich bin heute leider etwas zu spät gekommen. Wissen Sie, Frau Gerdes, ich kann Ihnen das erklären. Als ich nämlich heute morgen meine Wohnung verlassen wollte ...»

«Ich will keine Erklärungen», unterbrach Elfie sie barsch. «Ich möchte, daß Sie pünktlich Ihren Dienst antreten.»

«Ja, natürlich», sagte Cora leise und arbeitete schnell weiter. Sie wollte ja pünktlich sein, jeden Tag, und eigentlich fand sie das auch selbstverständlich. Deshalb verstand sie auch nicht, warum es bei ihr nie klappte.

Dabei hätte man es belassen können, aber Elfie war wütend. «Gegen Ihre Arbeit will ich ja gar nichts sagen», fuhr sie fort. «Aber Ihre Einstellung zur Pünktlichkeit muß sich ändern!»

Cora setzte gerade zu einer Entschuldigung an, als Elfie ihr wieder über den Mund fuhr.

«Wenn Sie morgens ein bißchen weniger malen würden» – dabei schminkte sie sich pantomimisch im Gesicht – «würden Sie morgens mindestens eine Stunde sparen.»

Das war gemein. Es stimmte, daß Cora immer stark geschminkt war, aber das war eben Cora und Teil ihrer Selbstinszenierung. Elfie wußte das, und eigentlich gefiel es ihr auch.

Fatima kam zu den beiden in die Küche, weil sie mitbekommen hatte, daß etwas nicht in Ordnung war. Elfie sah beide Frauen herrisch an und rauschte zur Küche hinaus. Fatima legte Cora eine Hand auf die Schulter. «Mach dir nichts draus, bei der läuft doch auch nicht alles so, wie es soll!»

Elfie bekam diese Bemerkung noch mit. Sie blieb stehen und sah sich um. «Ach ja?» sagte sie gereizt. «Ich denke, das sollten Sie mir bei Gelegenheit mal erklären.»

Diese Gelegenheit ergab sich schon am selben Nachmittag. Fatima hatte sich seufzend Elfies Schreibtisch gewidmet, der ein einziges Durcheinander von persönlichen Gegenständen, geöffneter und ungeöffneter Post, Resten eines kleinen Imbisses, Notizzetteln, mehreren Teetassen, einem Schlüsselbund ungewisser Herkunft und noch so allerlei beherbergte. Stück für Stück räumte sie weg oder stapelte sie fein säuberlich zusammen, als Elfie mit den Worten «Kümmern Sie sich lieber draußen um den

Empfang!» in ihr Büro kam. «Im Moment ist alles ruhig», sagte Fatima, schaute kurz auf und fuhr dann mit ihrer Arbeit fort. «Da wollte ich mich hier nützlich machen.»

«Wo Sie sich nützlich machen, entscheide immer noch ich!» Erst jetzt nahm Fatima die Kampfansage wahr, die schon in Elfies erster Bemerkung gelegen hatte. Sofort legte sie den Zettel aus der Hand, den sie gerade auf den Stapel legen wollte, auf den er gehörte. «Ja, natürlich», sagte sie. «Sie sind die Chefin.»

Fatima stand auf, um wieder an die Rezeption zu gehen, und dachte, damit sei die Situation entschärft. Aber Elfie war noch längst nicht fertig. Zuerst kam sie auf Fatimas Bemerkung in der Küche zu sprechen, die Fatima mit Blick auf den immer noch ziemlich chaotischen Schreibtisch erklärte.

«Sie haben so ein gewisses ... na ja ... Laisser-faire ...»

«Auf gut deutsch: Ich bin eine Schlampe», übersetzte Elfie und holte zu einer wütenden Belehrung darüber aus, wer hier was zu sagen und zu bestimmen und zu verantworten hatte. «Und außerdem: Wenn ich den Laden hier nicht ordentlich führen würde, dann hätten wir schon längst dichtmachen können. Sie machen gefälligst das, wofür Sie bezahlt werden! Wenn ich eins nicht leiden kann, dann ist es, wenn man sich ständig in meine Angelegenheiten einmischt. Und noch mal: Das ist mein Hotel! Kapiert?»

Bei dieser Frage gab es für Fatima nichts zu kapieren, was sie nicht längst gewußt hätte. Was ihr während Elfies Ausbruch jedoch klar wurde, war, daß der Anwaltstermin ihre Chefin wohl ziemlich erschüttert hatte und daß es anstelle eines Gegenangriffs klüger war, ihr die Sicherheit zurückzugeben, die sie gerade zu verlieren drohte. «Ja, natürlich», sagte sie ernst. «Und ich möchte auch, daß es Ihr Hotel bleibt. Dafür würde ich alles tun. Denn, ehrlich gesagt, ich liebe diesen alten Kasten.» Sie sah sich um und schaute dann Elfie an, deren Gesichtsausdruck sich plötzlich veränderte. Offenbar war sie den Tränen nahe.

«Und die Chefin», fuhr Fatima fort, ohne den Blick von Elfie abzuwenden, «die habe ich mittlerweile auch sehr in mein Herz geschlossen.»

Elfie war sichtlich gerührt, und Fatima glaubte, nun grünes Licht für eine kleine Selbstrechtfertigung zu haben. «Auch wenn die hin und wieder ein bißchen chaotisch ist», sagte sie. Dann wandte sie sich zum Gehen.

Elfie wischte sich über die Nase, bevor sie Fatima hinterhereilte. «Moment, warten Sie!»

Fatima blieb in der Tür stehen und drehte sich zu Elfie um, die gar nicht wußte, wie sie ihren widerstreitenden Gefühlen und Gedanken so schnell Ausdruck verleihen sollte.

«Ich glaube … ich sollte wohl …» Elfie brach wieder ab, sah Fatima direkt in die Augen, zwinkerte und sagte: «Also manchmal bin ich wirklich schrecklich.»

«Nein, nein.» Fatima lächelte. «Ist schon okay. Tut mir leid, wenn ich Sie gekränkt habe.»

«Ach was! Ich finde es doch gut, wenn jemand sagt, was er denkt. Grundsätzlich … Aber heute ist einfach nicht mein Tag.» In die entstehende Pause hinein sagte Fatima: «Dann will ich mal wieder nach vorne gehen und …»

«Quatsch! Da ist doch nichts los, das haben Sie doch selbst gesagt. Nein, ich finde, wir sollten zur Versöhnung erst mal 'n kleinen schasseln, ja?»

«Nichts dagegen.»

«Gut.» Elfie zeigte aufs Sofa, hinten im Büro, und Fatima ging darauf zu, während sie Elfie zum ersten Mal sagen hörte, was sie später noch oft hören sollte, nämlich: «Mandel oder Sahne?» Fatima verstand sofort. «Mandel», entschied sie, und Elfie steuerte auf den Ordner zu, hinter dem der Mandellikör stand. Schon beim Anstoßen gingen die beiden Frauen zum Du über. «Und wenn du deiner so sehr verehrten Chefin jetzt auch noch sagen kannst, wie sie diesen Kai Balk in den Griff kriegt, dann wäre sie dir ewig dankbar.»

Fatima sah Elfie einen Moment nachdenklich an und entwikkelte dann einen Plan.

Der Plan bestand darin, besonders aufmerksam und reizend zu ihm zu sein. Er aber erkannte und nutzte seine Chance, indem er Elfie ein Bild von seiner Jugend und den Qualen seiner Mutter vermittelte, das Elfie die Tränen in die Augen trieb. Alexander Hofstädter habe seine Mutter in dem Augenblick sitzenlassen, als er erfuhr, daß sie schwanger war. Und so ging es weiter. Jeden Kontaktversuch habe sein Vater schon im Vorwege blockiert. Nie habe seine Mutter gewußt, wovon sie die nächste Miete zahlen solle. Und nie habe sein Vater sich gemeldet, weder an Geburtstagen noch zu Weihnachten, in den Ferien oder sonstwann.

Elfie fiel es schwer, sich dieses Szenario vorzustellen. Das heißt: Kai Balk schilderte es so lebhaft und eindringlich, daß sie es sich sehr gut vorstellen konnte – daher ja auch ihre Tränen –, aber was sie sich bei alldem nicht vorstellen konnte, war der Alexander Hofstädter, den sie geliebt hatte. Aber wenn es stimmte, was sie hier zu hören bekam, konnte sie nur zu gut verstehen, daß es Kai Balk bei seiner Erbschaftsklage nur um «eine kleine Entschädigung für das, was er uns angetan hat» ging.

Still und bedrückt zog sie sich auf ihr Zimmer zurück. Nach einigem Zögern öffnete sie die Schachtel mit den persönlichen Hinterlassenschaften Alexanders, unter denen sich auch sein Tagebuch befand. Schweren Herzens und mit einem Blick auf das Foto, das in einem großen goldenen Rahmen wirkungsvoll auf der rot gestrichenen Wand über ihrem Bett hing, begann sie in dem dicken Band irgendwo ziemlich weit vorne zu blättern.

Es macht mich traurig, zu wissen, daß ich einen Sohn habe, zu dem mir der Kontakt verwehrt bleibt, las sie. *Er ist ein Teil von mir, ein Teil meines Lebens, das ich nicht leben darf. Was würde ich darum geben, sehen zu dürfen, wie er aufwächst! Wie gerne würde ich mit ihm all die Dinge tun, die Vater und Sohn miteinander teilen! So aber kann ich nur versuchen, für ihn da zu sein, wenn er eines Tages selbst darüber entscheiden kann.*

Elfie schüttelte den Kopf, sah dann noch einmal auf Alexanders Foto und murmelte: «Entschuldige bitte! Ich hätte es auch ohne diese Lektüre wissen müssen.» Dann klappte sie das Tagebuch zu. Traurig, wütend und vor allem sehr unsicher über die weitere Entwicklung saß sie da, als es an ihre Tür klopfte. Es war Fatima. «Sag mal, hast du Melvin gesehen?»

«Der muß auf seinem Zimmer sein», sagte Elfie, noch ganz gedankenverloren. «Er hat doch Stubenarrest.»

«Da ist er aber nicht.»

Da war er schon seit Stunden nicht mehr. Es hatte nur noch niemand bemerkt.

Zuerst hatte er mit diebischer Freude über seinen gelungenen Ausbruch aus dem «Knast», wie er Elfies Hotel inzwischen bezeichnete, kreuz und quer zwischen Landungsbrücken und dem Speicher am Fischmarkt herumgestöbert, ab und zu Rast gemacht und seinen Proviant verzehrt. Aber je mehr abgerissene Gestalten ihm in Kieznähe begegneten, desto mehr Angst hatte er bekommen. Außerdem kam ein frischer Wind auf, und ihm wurde kalt. Doch zurück, so sein fester Vorsatz, zurück würde er nicht gehen.

Er war froh, als er bei Einbruch der Dunkelheit in der Nähe des Großneumarktes einen Souterraineingang fand, der ganz offensichtlich nicht mehr benutzt wurde und ruhig und windgeschützt war. Er schob sich seine Kapuze über den Kopf, drehte sich zur Hauswand und versuchte zu schlafen. Etwa zur selben Zeit begann Elfie eine verzweifelte Suche in der Umgebung des Hotels. Sie guckte in jede Toreinfahrt und in jeden Hinterhof, befragte alle Nachbarn. Cora und Fatima übernahmen inzwischen das Abtelefonieren von Krankenhäusern und riefen alle Bekannten von Alrun an, deren Nummern sie herausfanden. Aber am Ende mußten sie einsehen, daß doch nichts half, außer eine Vermißtenmeldung bei der Polizei aufzugeben, auch wenn das ein Eingeständnis eines schwerwiegenden persönlichen Versagens war.

Cora und Fatima blieben über Nacht. Alle drei Frauen übernachteten auf Sesseln und Sofas in der Sitzecke hinter dem Frühstücksraum, um gleich da zu sein, wenn eine Meldung von Melvin oder Melvin selbst käme. Eigentlich hatten sie gar nicht schlafen wollen, waren nach und nach aber doch eingenickt.

Gegen sechs Uhr morgens läutete die Nachtglocke. Alle drei sprangen auf und behinderten sich gegenseitig auf dem Weg zur Haustür, wo zwei riesig wirkende Polizisten und ein winzig kleiner Melvin standen.

Elfie, zwischen Lachen und Weinen, Wut und Erleichterung stürzte sich als erste auf den Jungen. «Melvin! Wo warst du denn bloß?»

«Das interessiert dich doch sowieso nicht», sagte Melvin bokkig und rannte sofort die Treppe zu seinem Zimmer hoch.

Die Polizisten beließen es bei ein paar mahnenden Worten und verschwanden wieder.

Elfie verdrehte genervt die Augen und ging hinter Melvin her.

Fatima sah auf die Uhr. «Allerhöchste Eisenbahn, Frühstück zu machen», sagte sie.

«Stimmt», sagte Cora. «Dann nutze ich mal die Tatsache, einmal im Leben nicht zu spät zu kommen.»

Melvin war und blieb so bockig, daß Elfie es schnell aufgab, sich mit ihm versöhnen und irgendwie für einen schönen Tag sorgen zu wollen. Das einzige, was ihr blieb, war die energische Anweisung: «Die paar Stunden, bis deine Mutter zurückkommt, nimmst du dich gefälligst zusammen! Haben wir uns verstanden?»

Als Melvin auch darauf nichts erwiderte, sagte sie im Rausgehen: «Ob du's glaubst oder nicht: Ich hatte eine Scheißangst um dich!»

Cora und Fatima hatten «den Laden voll im Griff», wie sie erklärten, und erteilten Elfie Absolution für das, was sie jetzt am liebsten tun wollte: Alexanders Grab besuchen und sich mit ihm besprechen.

«Das wächst mir einfach alles über den Kopf», sagte sie, nachdem sie ein paar verwelkte Blüten abgeknipst hatte. «Du fehlst mir so! Aber daß ihr Männer auch nie für Klarheit sorgt, nicht im Leben und nicht ... Na, laß mal. Die ständige Zitterpartie mit der Bank macht mich noch ganz fertig. Und dann dieser Melvin!»

Sie sah auf das Grab und horchte.

«Natürlich weiß ich, daß er noch ein Kind ist. Aber ich habe wirklich nicht gewußt, daß Kinder *so* schrecklich sein können. Aber deiner ist ja noch viel schlimmer. Haste mitgekriegt, was der jetzt vorhat?»

Sie sah zum Himmel hoch und schien sich zu freuen. «Haste, was?»

Dann atmete sie tief durch, wurde wieder ernst und fragte: «Und nu?»

Eine Weile stand sie still da und staunte. Schließlich grinste sie. «Gedacht hatte ich daran auch schon. Also gut, wenn du mir grünes Licht gibst ...»

Noch einmal sah sie liebevoll auf das Grab hinab, und dann verabschiedete sie sich.

Kurz und knackig war der Auftritt, den sie gleich nach ihrer Rückkehr ins Hotel in Kai Balks Zimmer hinlegte: Erstens sei alles gelogen, was er über das Verhalten seines Vaters gesagt habe, zweitens sei er es, der seinem Vater das Leben schwergemacht habe, drittens werde sie nicht zulassen, daß Alexanders Andenken beschmutzt werde, viertens werde sie um jeden Pfennig aus seinem Erbe kämpfen, weil er, Kai Balk, fünftens «ein Geier und Erbschleicher» sei, und sechstens habe er auf der Stelle dieses Hotel zu verlassen.

Letzteres mußte Kai Balk zähneknirschend akzeptieren, und Fatima war es eine große Freude, ihm wenig später die Rechnung zu präsentieren. Die anderen Punkte würde er allerdings nicht kampflos hinnehmen, das war allen klar.

Als Alrun nachmittags ins Hotel kam, war ihr die Erleichterung sofort anzumerken. Sie hatte nicht gewußt, wie sehr sie Melvin vermissen und wie viele Sorgen sie sich um ihn machen würde. Und auch Melvin wußte erst jetzt, was ihm seine Mutter bedeutete. Alle, die zur Stammbesatzung des Hotels gehörten, allen voran Elfie, freuten sich darüber, daß sie nun wenigstens diese eine Sorge los waren. Und mitten in all der Freude versagten Elfie plötzlich die Nerven, und schluchzend fiel sie Alrun um den Hals.

«O je ... so schlimm?» sagte Alrun und umarmte die Freundin ganz fest.

Der Ausbruch war heftig und kurz. Als sie wieder sprechen konnte, sagte Elfie: «Als Mutter bin ich, glaub ich, nicht so geeignet.» Dann wischte sie sich die Tränen ab, schneuzte sich, bückte sich zu Melvin runter und streckte ihm die Hand entgegen. «Trotzdem: Friede?»

Melvin überlegte einen Augenblick, dann ergriff er Elfies Hand und nickte.

4. KAPITEL

Das Engagement, mit dem Fatima ihre Arbeit in Elfies Hotel aufgenommen hatte, war nicht ganz uneigennütziger Natur. Denn abgesehen davon, daß Fatima nicht zum Müßiggang geboren war, sondern Menschen und Aktivität um sich herum brauchte wie die Luft zum Atmen, und auch abgesehen davon, daß sie Elfie einfach spontan in ihr Herz geschlossen hatte, trug sie monentan schwer an einem großen Geheimnis. Sie, die nie ohne Mann gewesen war, mußte seit einiger Zeit damit zurechtkommen, daß sie – rechtlich gesehen – in festen Händen und doch allein war. Ihr Mann hatte vor zwei Jahren eine Kneipenschlägerei ausgelöst, als er sie, Fatima, vor einem zudringlichen Gast beschützen wollte, und saß nun wegen Totschlags im Gefängnis. Fatima besuchte ihn regelmäßig und arbeitete mit ihrem Anwalt daran, eine Revision des skandalösen Urteils zu erwirken, das auf einer völligen Verdrehung des fatalen Geschehens an jenem Abend basierte. Aber daß sie in der Zwischenzeit etwas brauchte, das ihr Seele und Körper wärmte, war zwischen ihr und ihrem Mann eine ebenso unausgesprochene wie akzeptierte Tatsache. Und daß sie Elfie kennengelernt und sich die Möglichkeit ergeben hatte, in ihrem Hotel zu arbeiten, war für sie ein wahrer Glücksfall. Die fast unbegrenzten Fülle von Aufgabengebieten, denen sie sich widmen konnte, war ganz nach ihrem Geschmack. Das bißchen Lebensberatung, das sie als Friseurin so nebenbei hatte leisten können, war nichts im Vergleich zu dem, was sich hier abspielte. Und dann war da noch der deutlich höhere Männeranteil. Wäre doch gelacht, hatte Fatima schon bei ihrer zunächst unbezahlten Einstellung gedacht, wenn da nicht die eine oder andere Chance läge, was für den Körper – und vielleicht sogar für die Seele – zu finden.

«Ach», seufzte sie eines sehr frühen Morgens vor Dienstantritt, als Hajü Konopke ihr ungefragt eine Ananas in die Hand drückte und meinte, sie sähe so aus, als könne sie ein paar Vitamine vertragen, «ein netter Mann, der mir ab und zu mal Kaffee ans Bett bringt, täte es auch.» Fatima wußte nicht nur, was sie wollte, sie hatte auch keinerlei Scheu, das vor sich und anderen zuzugeben. Das Problem war nur, daß sie ihr Leben lang keine glückliche Hand für ausgerechnet das besessen hatte, was ihr so wichtig war.

«Na!» Hajü ließ seinen Blick wohlgefällig, ja fast schon unverschämt, über Fatimas Ausschnitt gleiten. «Der wird sich doch wohl finden lassen!»

«Wenn das man so einfach wäre …» Fatima seufzte noch einmal. Halb sieben war auch für sie keine Zeit, sich diesem Thema so zuversichtlich zu widmen wie sonst.

Hajü fischte eine langstielige rote Rose aus einem frischen Bündel, das er vom Großmarkt mitgebracht hatte, und reichte sie Fatima. Außer Vitaminen schien sie ihm momentan auch ein wenig Trost zu brauchen.

Fatima war gerührt. «Eine Rose?» fragte sie. «Für mich?»

«Nein.» Hajü schob sich seine Mütze tiefer in die Stirn. «Eine Wünschelrute. Damit Sie ihn leichter finden. Den Mann. Mit dem Kaffee.» Und da Fatima mit dem Fahrrad zur Arbeit gekommen war, eine Hand am Lenker hatte und in der anderen die Ananas hielt, steckte Hajü ihr den Stengel einfach zwischen die Zähne.

«Ganke», nuschelte Fatima mit halb geöffnetem Mund, radelte die paar Meter zum Eingang des Hotels hinüber, stellte ihr Rad ab, winkte noch einmal zu Hajü hinüber und ging beschwingt die Stufen hoch. Nicht daß Hajü ihr Fall war, aber mit einer geschenkten Rose den Arbeitstag zu beginnen … das hatte doch was, absolü!

Kaum hatte sie das Hotel betreten, war sie schon mittendrin im allgemeinen Gewühl und strahlte. Ein älteres Ehepaar fragte nach einer Route für einen Stadtspaziergang zwischen Alster, Innenstadt, Reeperbahn und Fischmarkt, ein Gast checkte aus. Elfie beschwerte sich darüber, daß Cora schon wieder bei Dienstbeginn durch Fehlen glänzte. Gleichzeitig drückte sie Fatima eine Belegungsliste in die Hand und informierte sie darüber, daß sie am Vormittag diverse Termine habe, so daß Fatima an der Rezeption allein sein werde.

«Pa de problem», flötete Fatima. Ebensogut hätte sie sich bedanken können. So liebte sie es: viel zu tun, nichts durfte schiefgehen, und sie mittendrin und verantwortlich für alles. An diesem Tag war sie besonders hübsch zurechtgemacht. Sie hatte sich die Haare etwas dunkler getönt und trug eine schwarze Kombination aus engem Rock und Oberteil mit großem Straußenfedernkragen, der sich bis unters – wie üblich – tief ausgeschnittene Dekolleté zog. Als hätte sie geahnt, daß sie heute die Herrscherin über die Rezeption und alles andere sein würde, jedenfalls am Vormittag.

Und dann hatte sie eine Erscheinung. Es war kurz nach zehn, als Bernd das Hotel betrat, weniger um die Bohrmaschine zurückzubringen, die er sich von Elfie geliehen hatte, sondern vielmehr um Elfie von der großen Liebe zu erzählen, die er in Gestalt des Studenten Marc Albrecht gefunden hatte, der momentan an seiner Schule ein Praktikum absolvierte.

Bernd war so beseelt von seiner neuen Leidenschaft, daß er etwas an sich hatte, das Fatima sofort genauer hinsehen ließ, obwohl sie sich gerade mit Cora abmühte, zwei schwere Koffer die Treppe hinaufzuwuchten.

«Uuups, der Weihnachtsmann!» rief Cora hocherfreut aus, als sie Bernd mit der Bohrmaschine und diversem Zubehör hereinkommen sah.

«Irgendwas nicht in Ordnung?» fragte Bernd hilfsbereit.

«Sie schickt der Himmel!» murmelte Fatima und glaubte in diesem Moment wirklich an göttliche Fügung.

Als Bernd, der kräftig gebaut war, die Koffer wie zwei leere Hutschachteln nach oben trug, schmolz Fatima endgültig dahin. Obwohl eigentlich nichts passiert war, als Bernd drei Minuten später das Hotel wieder verließ, außer daß sich die Koffer nun auf Zimmer sieben befanden und Bernd erfahren hatte, daß Elfie sich im Café Alsterblick aufhielt, um mit Alrun etwas Buchhalterisches zu klären, hatte Fatimas Leben plötzlich wieder einen Sinn bekommen. Auch Cora bemerkte Fatimas Verwandlung und fragte sie, die wie verklärt dastand und Bernd hinterherschaute: «Is was?»

Langsam löste Fatima ihren Blick von der Stelle, an der sie Bernds Rückansicht zuletzt genossen hatte, und sagte achselzukkend: «Was nicht ist, kann ja noch werden!»

Das war auch Bernds größte Hoffnung, wenn auch nicht auf Fatima, sondern auf Marc bezogen. Und es drängte ihn so sehr, Elfie zu erzählen, wie gewaltig es ihn erwischt hatte, daß er sofort zum Alsterblick weiterfuhr. Elfie kam die Unterbrechung eines eher schleppenden Gesprächs mit Alrun nicht ungelegen. Zum einen freute sie sich immer, wenn sie Bernd sah, und von Alruns Skepsis, die Konsolidierung des Hotels betreffend, hatte sie für den Moment wirklich genug. Das Haus war ausgebucht, auch für den nächsten Monat. Was wollte Alrun bloß noch mehr? Alte Miesmacherin, dachte Elfie, als sie Bernd sah und sich ihre Miene augenblicklich erhellte.

Alrun, die über den Gesprächsverlauf auch nicht gerade glücklich war, merkte, daß sie störte, und zog sich diskret in Richtung Toiletten zurück.

Der Überschwang, mit dem Bernd nun seine Gefühle vortrug, ließ Elfie die Rolle der Skeptikerin einnehmen. «Klappe, die hundertsiebenundachtzigste», sagte sie trocken und ordnete Marc Albrecht damit in die endlose Reihe all derer, die einmal Bernds Traummann und «genau der Richtige» gewesen waren.

«Nein!» wies Bernd diese Einschätzung zurück. «Diesmal ist es ernst. So schlimm war es noch nie!»

Elfie seufzte und war fast froh, als Alrun sich wieder ihrem Tisch näherte. Da sie wußte, daß Bernd über sein Schwulsein nicht öffentlich redete, blieb ihr nur noch, ihn auf den Abend im Checkers zu vertrösten. «Aber ich muß vorher mit Alrun die ganze Buchhaltung machen, die während ihrer Reise liegengeblieben ist. Es kann also später werden.»

«Egal.» Bernd strahlte. «Hauptsache, du kommst.»

Er verabschiedete sich, drehte sich um und wollte zu seinem Wagen zurückgehen, als er plötzlich wie angewurzelt stehenblieb. Offenbar kannte er den gutaussehenden, dunkelhaarigen Endzwanziger auf dem Alsteranleger, der in Begleitung eines jungen, schlanken, blonden Mannes auf die sonnige Caféterrasse zuging, die Bernd soeben verlassen hatte. Ihre Wege mußten sich unweigerlich kreuzen.

Ihre Begegnung fand unweit von dem Tisch statt, an dem Elfie und Alrun saßen, und Elfie beobachtete, daß das Zusammentreffen der drei für Bernd offenbar von einem Haufen unausgesprochener Fragen und unterdrückter Gefühle begleitet war. Schnell war ihr auch klar, daß einer der beiden jungen Männer Bernds jüngste Flamme sein mußte, sie sah es an Bernds Blicken. Und schon im nächsten Moment haspelte Bernd eine peinliche Vorstellung herunter, von der Elfie inbrünstig wünschte, Bernd hätte darauf verzichtet.

«Marc, das ist Elfie ... Elfie Gerdes.» Dann zeigte er auf Alrun. «Alrun Schmidt.» Zum Schluß sah er die beiden Frauen an, zeigte auf den dunkelhaarigen Mann und sagte: «Marc Albrecht.»

Marcs Freund bei der Vorstellung auszulassen war furchtbar peinlich und brachte das Drama auf den Punkt. Trotzdem tat Bernd Elfie unendlich leid. So mühelos er sich sonst auf dem gesellschaftlichen Parkett bewegte, so anstrengend waren seine Blackouts, wenn es um sein Liebesleben ging.

«Horst Edel», sagte der blonde Jüngling in das allgemeine Schweigen hinein, und anschließend sagten alle zu allen «Hi» und «Hallo» und «Guten Tag», aber das entkrampfte die Situation auch nicht.

Gleich darauf sagte Marc zu Bernd: «Du, ich hab tierisch Kohldampf. Wir sehen uns in der Schule.» Er packte seinen Begleiter am Jackettärmel und zog ihn zu einem der Tische im Freien.

Bernd sah Elfie hilfesuchend an, und sie begegnete seinem Blick mit einer Mischung aus Mitleid und Verständnis. «Dann bis heute abend im Checkers», murmelte Bernd resigniert.

Elfie nickte ihm aufmunternd zu.

An diesem Tag machte Elfie die Bekanntschaft eines weiteren gutaussehenden Mannes. Seine dunklen Haare waren kurz, aber nicht zu kurz geschnitten, er hatte einen schön geschwungenen Mund, wache Augen und strahlte eine lässige Eleganz aus. All das sah Elfie aber erst auf den zweiten, dritten und vierten Blick. Sie konnte das, was an diesem Mann so bemerkenswert war, schon deswegen nicht auf Anhieb sehen, weil sie bei ihrer ersten Begegnung nach einem Hechtsprung rückwärts in seinen Armen landete. Nur daß diese Arme stark waren, das merkte sie sofort, denn sonst wäre sie schwungvoll aufs Straßenpflaster gestürzt, nachdem ein Fahrradkurier sie mit Tempo 33 angerempelt und fast zu Fall gebracht hatte. Was Elfie in diesem Moment auch nicht wissen konnte, war, daß es sich bei diesem Mann um jemanden handelte, der in unmittelbaren Geschäftsbeziehungen zu ihr stand, so daß sie noch reichlich Gelegenheit haben würde, sein gutes Aussehen, seinen Charme und seine starken Arme genießen zu dürfen.

Es handelte sich nämlich um Tom Claasen, den Getränkelieferanten der ehemaligen Pension Schnabel, und er beabsichtigte, das Haus auch nach dem Besitzerwechsel weiter zu beliefern. Nachdem er Elfie kennengelernt hatte, war er dazu um so fester entschlossen. Der Fast-Unfall ereignete sich eineinhalb Minuten, nachdem er vergeblich versucht hatte, Elfie im Hotel anzutreffen. Nun befand Elfie sich also in Tom Claasens Armen, und die Blumen, die sie gerade gekauft hatte, lagen verstreut auf der Straße. Der rasende Kurier hatte sie bei seiner fluchtartigen Weiterfahrt auch noch überfahren, so daß von der ganzen Pracht nichts mehr übrig war.

«Arschloch!» brüllte Elfie und fuchtelte dem Verkehrsrüpel mit den Armen hinterher. «Ich hasse Radfahrer!»

«Die schönen Blumen ...», sagte Elfie, indem sie sich aus Toms Armen befreite und auf das traurige Gestrüpp zeigte.

«Wissen Sie was? Wir besorgen einfach einen neuen Strauß. Kommen Sie!»

Elfie sah Tom zum ersten Mal an. Ohne schon Einzelheiten zu registrieren, war sie doch verwirrt. Von seiner direkten Art, seiner Stimme, seinem unbekümmerten Lächeln? Elfie wußte nicht, was genau sie beeindruckte. Und im selben Moment, in dem sie merkte, *daß* sie auf diesen Mann reagierte, dachte sie: Alles klar! Mitten auf der Straße und zur dicksten Geschäftszeit ein Techtelmechtel anfangen! Sonst noch was, Frau Gerdes? Laut sagte sie, und zwar xanthippisch, wie nur Elfie xanthippisch sein konnte: «Danke, das mach ich schon selbst.»

Bei Tom Claasen verursachte diese Reaktion aber lediglich,

daß er noch breiter lächelte. «Keine Widerrede», sagte er und bot Elfie seinen Arm an.

Elfie zögerte einen Moment. Dann schob sie seinen Arm beiseite und sagte: «Also gut. Aber laufen kann ich allein.»

«Schade, daß es keinen Japanischen Jasmin gibt», sagte er und sah Elfie verträumt an, als sie sich gemeinsam über Hajüs Angebot beugten. «Wissen Sie, was die Japaner damit machen?»

«Keine Ahnung», sagte Elfie knapp, fast patzig, und setzte dann noch mit routinierter Schnoddrigkeit hinzu: «Sushi?» Elfie merkte, daß Tom Claasen, dessen Namen sie noch nicht einmal kannte, genauso wenig wie er ihren, es scheinbar mühelos schaffte, ihre Knie von Minute zu Minute weicher werden zu lassen. Dagegen wollte sie sich wenigstens verbal zur Wehr setzen.

Tom Claasen, der einen guten Witz sehr wohl zu schätzen wußte, zeigte sich vollkommen unbeeindruckt, ja er ignorierte ihre Bemerkung rundheraus. Er hob die rechte Hand, als hielte er damit einen Blütenstengel, und begann mit leiser Stimme zu sprechen. «Zur Zeit der Jasminblüte stecken sich die jungen Mädchen einige Zweige davon ins Haar. Dann tanzen sie die ganze Nacht hindurch mit ihrem Liebsten, und während sie tanzen, öffnen sich im Licht des Vollmondes ganz langsam die Blüten.» Geschmeidig spreizte er die Finger wie eine aufgehende Blüte, dann krümmte er Daumen, kleinen Finger und Ringfinger zur Faust, so daß nur noch Zeige- und Mittelfinger in die Höhe ragten. «Und dann werden die zwei …» – nun ließ er auch noch den Mittelfinger verschwinden – «ein Paar.»

Ganz gegen ihren Willen hatte Elfie gebannt seiner Erzählung zugehört. Mit aufgerissenen Augen sah sie in seine Augen, und er hielt ihren Blick fest.

Toms Worte waren längst verklungen, aber sein Blick war noch fest mit Elfies verbunden. Elfie brauchte einen Moment, ehe sie sich kurz schüttelte, um sich ins Hier und Jetzt zurückzubeamen, und sagte dann wegwerfend: «Wo haben Sie das denn gelesen?»

«Das hat mir eine Japanerin erzählt. In Kyoto», sagte Tom völlig ungerührt.

«Eine Japanarin», sagte Elfie anzüglich, «in Kyoto. Sie sind wohl viel in der Welt rumgekommen.» Und es klang wie: In jedem Hafen hat er eine.

Tom seufzte, und er sah verblüffend ernst und ehrlich dabei aus. «Das ist lange her. Meine Ehe ist daran kaputtgegangen. Seitdem bin ich seßhaft.»

Elfie glaubte, nicht recht zu hören. Nicht nur, daß dieser Unbekannte ihr seine halbe Lebensgeschichte erzählte – er tat es offensichtlich mit voller und eindeutiger Absicht. Sie wußte nicht, was sie dazu sagen sollte, zumal Tom mit allem, was er tat und sagte, bei Elfie eine offene Tür einrannte, die er selbst erst vor wenigen Minuten aufgestoßen hatte.

Tom wußte, daß er für den Moment erreicht hatte, was er erreichen wollte. Indem er ihr den Blumenstrauß entgegenhielt, fragte er fast unschuldig: «Gefällt er Ihnen?»

Elfie schluckte und war erleichtert darüber, daß sie nun wieder mitreden konnte. «Der ist Bombe!»

«Er gehört Ihnen.»

«Aber … aber …», stammelte Elfie. «Der … der kostet ein Vermögen!»

Leise und eindringlich erwiderte er: «Bitte, tun Sie mir den Gefallen!»

Elfie war hin und her gerissen. «Also gut», sagte sie schließlich. «Dann fifty-fifty.»

Tom schüttelte lächelnd den Kopf. «Wenn ich eins nicht mag, dann sind das halbe Sachen.» Er drückte Elfie den Strauß in den Arm und ging wortlos zu Hajü in den Laden.

Bis er wieder rauskam, hatte Elfie zu wenig Zeit, um ihrer Verwirrung Herr zu werden. Unaufdringlich und ohne jedes Gerede über ein Wiedersehen, ohne Frage nach Namen und Adressen verabschiedete sich Tom Claasen kurz darauf von ihr, und Elfie stolperte mehr über die Straße auf ihr Hotel zu, als daß sie ging, während Tom ihr lächelnd nachsah, was sie ahnte, aber nicht überprüfen konnte, weil sie sich bei jedem Schritt erneut schwor, sich ganz bestimmt nicht umzuschauen.

Elfie wurde erst wieder die alte, als sie Gelegenheit bekam, sich über Cora aufzuregen. Cora hatte während ihrer Abwesenheit plötzlich wie in Trance vor Fatima gestanden und verkündet, das Licht sei momentan genauso, wie sie es sich schon seit Tagen gewünscht habe, es tue ihr leid, aber das müsse sie ausnutzen und schnell nach Haus gehen, um an dem Bild weiterzumalen, das sie gerade in Arbeit habe. Fatimas Einwände hatte sie damit abgetan, daß sie mit ihrem Tagespensum bereits fertig sei, Elfie ihr noch reichlich Lohn für Überstunden schulde, und daß das Gespräch, um das Elfie sie gebeten habe – Cora wußte, daß es sich um nichts anderes als eine Abmahnung in Sachen Pünktlichkeit handeln konnte –, auch bis morgen warten könne.

Als Fatima Elfie von alledem berichtete, bekam sie die volle Ladung Ärger ab, die eigentlich Cora zugedacht war, und obwohl sie sich nach Kräften bemühte, die liebenswerte, wenn auch chaotische Kollegin in Schutz zu nehmen, hatte sie das klare Gefühl, daß Cora am nächsten Tag einiges zu hören bekommen würde. Von da an ging sie Elfie aus dem Weg, so gut es ging. Es gab Tage, an denen war mit Elfie einfach nicht gut Kirschen essen, und Fatima zog es vor, in aller Ruhe von Bernd zu träumen. Als sie Feierabend hatte, ging sie in Elfies Büro, um sich zu verabschieden. Elfie saß dort schon seit einiger Zeit mit Alrun zwischen Rechnungs- und Quittungsstapeln. Ganz offensichtlich herrschte dicke Luft.

Das war tatsächlich der Fall, und zwar aus mehreren Gründen.

Zum einen war Alrun mehr als ungehalten über Elfies Zettelwirtschaft, bei der das Auffinden jedes einzelnen Belegs eine langwierige und manchmal aussichtslose Suchaktion auslöste, weil Elfie es ablehnte, sich in ein Leben einzuzwängen, das von buchhalterischem Denken bestimmt war. Zum anderen war Alrun ohnehin sehr bedrückt, was Elfie schon die ganze Zeit über gemerkt hatte, ohne daß es ihr gelungen wäre, Alruns Schweigemauer zu durchbrechen. Als sich dann auch noch eine buchhalterische Krise in Form einer ebenso wichtigen wie unauffindbaren Rechnung anbahnte, bekam Elfie die ersten zusammenhängenden Worte aus Alrun heraus, ganz gegen deren Willen. Es ging darum, daß ein anstehender Auslandsjob von Alruns Chef reichlich Überstunden bedeutete, daß Alrun sich deswegen Sorgen um Melvin machte beziehungsweise vor unvereinbaren Aufgaben stand, die nicht gerade leichter zu bewältigen waren, wenn jeder Termin für Elfies Hotelbuchhaltung sich wegen deren Unordnung unnötig in die Länge zog.

Gerade hatte Elfie es geschafft, Alrun ein wenig zu beruhigen, als Fatima sich in ihrem Büro einfand. In dem Moment fiel Elfie die Verabredung mit Bernd ein, doch es erschien ihr unmöglich, das Treffen mit Alrun an diesem Punkt abzubrechen, und so fragte sie Fatima: «Gehst du direkt nach Haus?»

Fatima fand die Frage etwas unpassend, aber nachdem sie es geschafft hatte, den Arbeitstag friedlich hinter sich zu bringen, sagte sie einfach nur freundlich: «Ja.»

«Dann kommst du doch am Checkers vorbei?» fragte Elfie.

Fatima nickte.

«Da wartet ein Freund auf mich, Bernd Bosch. Das ist der, der heute die Bohrmaschine zurückgebracht hat, weißt du. Du könntest mir einen großen Gefallen tun, wenn du da kurz reinspringst und ihm sagst, daß es bei mir entweder sauspät wird oder daß ich's gar nicht mehr schaffe. Würdest du das für mich tun?»

Wie gerne Fatima das für sie tat, konnte Elfie natürlich nicht ahnen, und Fatima hoffte, das Herzklopfen, das sie auf der Stelle bekam, möge nicht an Elfies Ohren dringen. «Klar, mach ich doch gerne», sagte sie leichthin und beeilte sich, den beiden Frauen eine gute Nacht zu wünschen.

Bernd hatte schon von seinem ersten Cocktail glasige Augen bekommen, und der Alkohol war daran nur zum Teil schuld. Den Rest besorgten seine aufgewühlten Gefühle. Marc hatte sich nicht wieder bei ihm gemeldet, wie er sich außerdienstlich sowieso noch nie bei ihm gemeldet hatte, und Bernd fragte sich, ob er sich nicht ganz fürchterlich irrte. Dabei war er sich so sicher gewesen, daß seine Gefühle für Marc auf Gegenseitigkeit beruhten, seit sie gestern über drei Stunden lang äußerst produktiv und wie ein eingespieltes Team Pläne für die Projektwoche der Schule geschmiedet hatten. Jetzt wußte er nicht mehr, was er denken sollte und welches seiner zahlreichen und widersprüchlichen Gefühle nun eigentlich dominierte. So kam Fatima ihm wie eine gute Fee vor, als sie sich im Checkers zu ihm an den Tisch stellte, eine gute Fee, die zumindest für den Moment das Gedankenkarussell anhalten konnte, das sich in ihm drehte.

Die Nachricht von Elfie haute ihn nicht um, so etwas war er von ihr schließlich gewohnt, und Fatima machte nicht den Eindruck, als wolle sie gleich wieder gehen.

«Laden Sie mich zu einem Cocktail ein?» fragte sie ganz unverblümt.

Bernd lachte und war dann ganz Gentleman. «Gerne! Wenn Sie mir die Freude machen wollen ...»

«Nun gut», sagte Fatima geziert, «wenn Sie unbedingt darauf bestehen ...»

Beide lachten, und es war der Beginn eines wunderbaren Abends voller Mißverständnisse. Bernd war so froh, Gesellschaft zu haben, daß er Fatimas offensichtliche Verliebtheit erst gar nicht bemerkte und später dann unter «harmloser Flirt» abhakte. Und Fatima war zu verliebt, um zu merken, daß Bernd ihre Avancen (unter anderem Brüderschaft trinken, mit Kuß) lediglich amüsiert und nur freundschaftlich aufnahm.

Auch als die beiden reichlich angeheitert das Checkers verließen und Bernd sie noch die paar Schritte bis zu ihrer Wohnung begleitete, merkte sie noch nichts. Daß Bernd dann den Kaffee ablehnte, den sie ihm vor der Haustür anbot, war ihr allerdings völlig unverständlich. Schon gar nicht, nachdem sie unmittelbar vorher über Sternschnuppen geredet und beide gesagt hatten, sie wüßten genau, was sie sich wünschen würden, sollte sich jetzt eine am Himmel zeigen. Aber es half nichts. Bernd kam nicht mit zu ihr rauf, und die Verabschiedung war – wenn auch nicht kühl, so doch nicht mehr als geschwisterlich. Fatima rettete sich in den tröstenden Gedanken, daß Bernd womöglich Vollromantiker sei, der Schnellschüsse nicht liebe. «Ich kann auch warten», murmelte Fatima, als sie sich im Bett zusammenrollte. «Und wie ich warten kann!»

Fatimas folgender Arbeitstag war von intensivem Warten gekennzeichnet, was sich auch künstlerisch ausdrückte. Wann immer sie einen Stift und ein Stück Papier in Reichweite hatte, malte sie Herzchen, große, kleine, mit Pfeil, ohne Pfeil, mit B oder B+F in der Mitte, ohne B oder B+F in der Mitte, aber Herzchen malte sie.

Das tat sie auch, als Elfie in die Halle reingerauscht kam und zur Vorbereitung einer Verhandlungsposition mit der Sparkasse die Buchungen für den Folgemonat zu sehen wünschte. Noch bevor Fatima aus ihrer Träumerei erwacht war und Elfie die entsprechenden Unterlagen übergeben konnte, bemerkte ihre Chefin süffisant grinsend: «Sehe ich heute noch mal was anderes von dir als dieses Pfefferkuchengrinsen?»

Fatima fragte nur ungerührt zurück: «Stört's dich?»

«Du siehst aus wie ein schwangeres Mondkalb», präzisierte Elfie. «Was ist nun mit den Buchungen?»

Fatima griff nach irgendwas, reichte es Elfie, und Elfie starrte ungläubig auf ein besonders gelungenes Nebeneinander von verschiedenen großen Herzchen. «Sag mal, willst du mich verarschen?» fragte sie und drehte das Blatt so um, daß Fatima sehen konnte, was sie Elfie in die Hand gedrückt hatte.

«'tschuldigung!» murmelte Fatima und machte sich auf die Suche nach den Buchungen.

«War wohl ein Cocktail zuviel gestern abend, was?» versuchte Elfie, Fatimas Zustand zu verstehen. «Und hing auch noch ein Mann mit dran?»

Das entrückte Lächeln, das sich auf Fatimas Gesicht ausbreitete, als sie zu einer Erklärung ansetzte, verhieß nichts Gutes, zumindest aber nichts, was in Elfies Zeitplan gepaßt hätte. Doch zu einer Erklärung kam es gar nicht mehr, weil Cora in diesem Moment mit einem bedauernden Lächeln im Gesicht und einem zerbrochenen Bilderrahmen in den Händen die Treppe herunterkam und sagte: «Ist mir runtergefallen, beim Staubwischen auf der Drei.»

«Kein Problem», sagte Elfie in einem Ton, der alles andere als problemfrei klang. «Das ziehe ich Ihnen vom Lohn ab.»

Fatima war mindestens so geschockt wie Cora. Wollte Elfie jetzt eine neue Unternehmensphilosophie einführen?

Cora, sonst forsch, unerschrocken und selbstbewußt, war wie vor den Kopf gestoßen und sagte leise: «Ich dachte, wir könnten statt dessen vielleicht eins von meinen Bildern ...»

«Dann können wir ja gleich das da aufhängen», schnitt Elfie ihr scharf und zickig das Wort ab und hielt Fatimas Herzchenzeichnung hoch.

In dieser Sache vertrug Cora keinen Spaß. «Ich mache keine

Kritzeleien. Ich mache Kunst», sagte sie. «Zufällig studiere ich das.»

«Zufällig ist mir das bekannt», fuhr Elfie ihr in die Parade. «Denn zufällig leiden meine Gästezimmer darunter. Weil Sie nämlich zufällig immer gerade dann studieren müssen, wenn Sie eigentlich hier saubermachen sollten.»

Das war gemein und ungerecht, und es stimmte auch nicht, selbst wenn Cora sich nicht immer an die vereinbarten Dienstzeiten hielt. Ihr blieb keine Wahl, als zum Gegenangriff überzugehen. «Wissen Sie eigentlich, wie viele Überstunden ich habe?» fragte sie.

«Mein liebes Fräulein Blitz! Ein Hotel ist kein Postamt. Wenn Sie jedoch etwas gegen Überstunden haben, dann sind Sie hier verkehrt.» Elfie hätte sich ohrfeigen können. Warum war ihr Mund bloß immer wieder so viel schneller als sie? In der momentanen Situation eine so fitte Mitarbeiterin wie Cora Blitz zu kündigen oder ihr zumindest damit zu drohen ... Wahnsinn!

Aber Cora blieb ganz ruhig. «Ich habe überhaupt nichts gegen Überstunden», sagte sie freundlich und fügte dann spitz hinzu: «Solange sie bezahlt werden.»

Elfie hielt es für klüger, einen Gang runterzuschalten, und nachdem sie ein paar für sie untypische Momente erst mal gar nichts gesagt hatte, fragte sie abwehrend: «Wieviel Geld bekommen Sie denn noch?»

Cora setzte ein hinreißendes Lächeln auf. «Hab ich mir alles genau aufgeschrieben», sagte sie. «So um die dreihundert.»

Jede Summe über zwanzig Mark machte Elfie zur Zeit unruhig. Nervös nestelte sie an der kleinen Kasse auf dem Schreibtisch. «Na schön. Ich geb Ihnen erst mal hundert. Reicht das für den Anfang?»

Für Cora waren hundert Mark momentan noch mehr Geld als für Elfie. «Besser als gar nichts», sagte sie fröhlich.

Nachdem Elfie diese unerwartete und schmerzhafte Hürde einigermaßen elegant genommen hatte, setzte sie noch nach: «Aber dann erwarte ich in Zukunft auch mehr Pünktlichkeit und daß Sie nicht einfach verschwinden, wenn die Sonne mal zum Fenster reinscheint.»

Fatima wollte etwas zu Coras Verteidigung sagen, und Elfie setzte zu einem Hohelied auf Ruhe und Ordnung an, das sie selbst nicht ernst meinte, als Tom Claasen mit federnden Schritten die plötzlich wieder sonnendurchflutete Rezeption betrat.

Die nun einsetzende Verwirrung verschonte lediglich Cora, die sich zufrieden den Hunderter einsteckte. Fatima hingegen glaubte im ersten Moment, Bernd sei zur Tür hereingekommen, obwohl sich die beiden Männer nun wirklich nicht besonders ähnelten, während Elfie und Tom einige Zeit brauchten, um zu begreifen, daß die magischen Momente, die sie gestern miteinander erlebt hatten, im Grunde nur das etwas verstolperte Kennenlernen zwischen Getränkelieferant und neuer Kundin gewesen waren.

Toms Lächeln wurde beim gedanklichen Zuordnen des Who-is-who eher noch wärmer. Um so besser, dachte er. Ist sie eben nicht eine mysteriöse Madame X, sondern eine Frau mit Namen, Adresse, Berufsbezeichnung und jederzeit möglichem Zugriff.

Elfie ging es ähnlich, obwohl sie Verwicklungen dieser Art im Grunde nicht schätzte. Im Geiste hörte sie ihre Ex-Kollegin Marie Schäfer sagen: «Immer schön Berufliches und Privates voneinander trennen!» Elfie wischte sich über die Augen und beschloß, die Sache von der praktischen Seite zu nehmen. Worauf lief es denn schließlich hinaus? Ein gutaussehender, interessanter Mann war in ihr Leben geschneit. Ob er nun ihr Getränkehändler, ein Märchenprinz ohne festen Wohnsitz oder Steuerberater war – was spielte das schon für eine Rolle? Und ehrlich gesagt, war ihr der Getränkelieferant sogar noch am sympathischsten. Elfie setzte ihr vermeintlich damenhaftestes Lächeln auf (einem von Verliebtheit entstellten Pfefferkuchen- beziehungsweise Mondkalbgrinsen nicht ganz unähnlich) und bat Tom in ihr Büro.

Später konnte Elfie nicht sagen, wie Tom es schaffte, so über «leicht rauchige Pouilly-Lagen», die «typische Säure der Sauvignontraube» oder Spezialabfüllungen eines «eleganten Champagners aus Épernay» zu sprechen, daß es sich anhörte wie das Kleingedruckte in einem Beate-Uhse-Katalog. Vielleicht hatte alles, was Tom sagte, diese unverschämte Art, sich einem auf die Haut zu legen wie eine warme Hand, überlegte Elfie und schloß kurz die Augen, als sie mit ihm in der Sitzecke ihres Büros an dem kleinen Tischchen saß. Mehrere halb ausgetrunkene Probiergläschen standen bereits darauf. Und wenn er mir jetzt mit dieser Stimme die Gebrauchsanweisung eines Radioweckers vorlesen würde, sinnierte Elfie weiter, es würde sich wahrscheinlich genauso anfühlen.

Tatsächlich aber war Tom nach einer zufriedenstellenden Weinbestellung nun zum Thema Champagner vorgedrungen und pries gerade die Vorzüge eben jener Spezialabfüllung aus Épernay an, als Elfie sich einen Ruck gab und sagte: «Wenn ich wieder nüchtern bin. Gott, ist mir blümerant!»

Sie sah ihn an. Er beugte sich zu ihr vor, als Fatima ihren Kopf zur Tür hereinsteckte, weil Elfie am Telefon verlangt wurde. Fatima zog sich sofort wieder zurück. Elfie stand schwankend auf, stolperte über den Papierkorb und fiel Tom Claasen auf den Schoß, der schon seine Arme ausgebreitet hatte, um sie aufzufangen. Einen Moment lang blieben die beiden so sitzen. «Das ist jetzt schon das zweite Mal ...», begann Elfie einen Gedanken, von dem sie selbst nicht wußte, wie er weitergehen sollte.

«Wie heißt es so schön?» flüsterte Tom. Seine Lippen berührten fast Elfies rechtes Ohr. «Aller guten Dinge sind drei.»

Bevor Elfie sich den Visionen vom dritten Mal hingab, befreite sie sich schnell aus Toms Armen, stand auf und eilte ans Telefon. Tom packte seine Sachen und ging auch an die Rezeption.

«Dann also alles wie besprochen?» fragte er, als Elfie ihr Telefonat beendet hatte.

«Genau», sagte Elfie knapp und um Contenance bemüht, die ihr sofort wieder abhanden kam, als sie fragte: «Wann können Sie liefern?» Es klang, als könne sie es gar nicht abwarten.

«Wären zwei Tage okay?» fragte Tom, und da er Elfies Unterton mitbekommen hatte, klang es bei ihm wie: «Oder möchten Sie mich schon eher wiedersehen?»

Elfie versuchte zu retten, was zu retten war, indem sie, ganz die strenge Chefin, sagte: «Wenn ich mich darauf verlassen kann ...» Aber auch das, stellte sie ärgerlich fest, hatte nicht souverän und geschäftsmäßig genug geklungen.

«Hundertprozentig», sagte Tom und strahlte. «Also dann, schönen Tag noch, die Damen!»

Elfie zupfte an ihrer etwas verrutschten Bluse und murmelte: «Danke. Ebenso.» Das wenigstens hatte kühl genug geklungen.

Tom zwinkerte Elfie zu und ging.

Den Blick, mit dem Elfie ihm nachsah, hatte sie wiederum nicht unter Kontrolle.

«War wohl ein Cocktail zuviel?» bemerkte Fatima grinsend.

Elfie zwang sich in die Realität zurück, beugte sich über einen von der Wäscherei zurückgebrachten Wäschekorb und warf Fatima einen ungnädigen Blick zu. «Zicke!»

«Selber!» Fatima grinste immer noch.

«Und was ist mit deinem Kavalier?» fragte Elfie, da sie schon mal beim Thema waren. «Hat er was von sich hören lassen?»

«Nein. Seitdem habe ich nichts von Bernd gehört.»

Elfie hielt mitten in der Bewegung inne. «Bernd?» fragte sie völlig entgeistert. «Bernd Bosch?»

«Und?» fragte Fatima zurück, während sie wieder den Platz an der Rezeption einnahm. «Was dagegen?»

Es tat Elfie unendlich leid, Fatima durch ihren spontanen Ausruf «Aber der ist doch schwul!» so plötzlich und unvorbereitet aus ihren Träumen zu reißen, aber es war geschehen, bevor sie darüber nachgedacht hatte, und nun stand Fatima da und starrte sie mit offenem Mund und weit aufgerissenen Augen an.

«Das glaub ich nicht!» murmelte sie immer wieder, während sie sichtbar in sich zusammensackte. «Das glaub ich einfach nicht!»

Etwa zur selben Zeit weigerte auch Bernd sich, zu glauben, was Marc ihm unmißverständlich klar machte. Die beiden hatten sich in einem Café getroffen, angeblich um ihr Vorgehen in der Projektwoche zu koordinieren. Tatsächlich ging es Bernd aber um eine Klärung ihres Verhältnisses beziehungsweise um dessen Intensivierung. Zuerst erkundigte er sich umständlich nach jenem Horst, mit dem er Marc an der Alster getroffen hatte, ohne von Marc die gewünschten Informationen zu bekommen. Dabei legte Marc es gar nicht darauf an, Bernd im unklaren zu lassen. Er brauchte lediglich eine gewisse Zeit, um zu begreifen, welches Ziel Bernds Fragen überhaupt verfolgten und was Bernd von ihm wollte. Als er das endlich herausbekommen hatte, nahm er Bernd traurig, aber herzlich in den Arm und erklärte ihm dann rundheraus, daß er nicht schwul sei und nicht auch nur die geringste Neigung verspürte, es zu werden.

Bernd brach das Herz, wie schon so viele Male zuvor, aber er war ein fairer Verlierer und akzeptierte Marcs offene Worte am Ende ohne Groll. Trotzdem war er am Boden zerstört, als er am folgenden Tag in Elfies Büro aufkreuzte, um ihr sein Herz auszuschütten.

Bevor er dazu kam, mußte er sich jedoch Elfies Vorwürfen stellen. «Das kannst du mir nicht erzählen, daß du nicht gemerkt hast, wie du Fatima den Kopf verdrehst!» legte sie los. «Malt den ganzen Tag Herzchen, starrt dauernd aufs Telefon und auf die Tür ... Mensch, Bernd! Ich verstehe ja sehr gut, daß du es nicht offen in die Welt hinausposaunst, aber wenn du so direkt mit jemandem zusammenrasselst wie mit Fatima, dann mußt du ehrlich sein und ihr sagen, daß du schwul bist!»

Bernd machte noch einen halbherzigen Versuch, den Abend im Checkers zu verharmlosen, aber Elfie blieb unerbittlich und verlangte von Bernd eine sofortige Aufklärung der Angelegenheit. Er mußte es Fatima selbst erzählen. Das Gefühl, Bernd habe leichtfertig mit ihr gespielt, konnte nur Bernd selbst ihr nehmen.

«Also gut», seufzte Bernd und machte sich auf den Weg zur Rezeption, während Elfie zu Tom Claasen in den Weinkeller eilte, der bereits heute mit seiner Lieferung gekommen war.

Fatima machte es Bernd viel leichter, als er befürchtet hatte. Elfie hatte recht gehabt mit ihrer Vermutung, daß ein offenes Wort von ihm genügte, um sie versöhnlich zu stimmen. Und mehr als das.

Die beiden saßen auf der Treppe neben dem Rezeptionsschreibtisch, und Bernd tat ihr richtig leid, als er auf ihre Frage, warum er angesichts der Sternschnuppe in jener Nacht denn gesagt habe, er wisse, was er sich wünschen würde, leise antwortete: «Ich hatte an den Jungen gedacht, von dem ich jede Nacht träume.»

«Ach so», sagte Fatima. «Und ich Schaf hab gedacht, ich sei gemeint!»

Bernd schüttelte traurig den Kopf. «Nee, nee, es war ein junger Mann, der nicht auf Männer steht.»

«Dann wäre er ja vielleicht was für mich», meinte Fatima, um mit Humor die Flucht nach vorn anzutreten. Aber als Bernd sie irritiert ansah, sagte sie: «War nur 'n Joke. Aber mal im Ernst: Einen Zwillingsbruder hast du nicht zufällig?»

Bernd lachte. «Tut mir leid. Aber vielleicht können wir beide wenigstens Freunde sein ...»

Fatima sah Bernd überrascht an. Dann strahlte sie über das ganze Gesicht, beugte sich zu ihm vor und küßte ihn auf den Mund. «Idiot!» sagte sie.

«Selber!»

«Also? Beschlossen und verkündet?» fragte Bernd.

«Beschlossen und verkündet», sagte Fatima.

Die beiden faßten sich an den Händen und halfen sich gegenseitig von der Treppe auf, als im Hotel Elfie wieder mal alles gleichzeitig passierte.

Elfie kam mit Tom Claasen aus dem Weinkeller und Cora Blitz mit einem großen, flachen Paket zur Tür herein. Die Verabschiedung zwischen Elfie und Tom knisterte genauso, wie es die ganze Zeit über im Weinkeller geknistert hatte, nur daß es jetzt, an der Rezeption, vor Publikum passierte. Als Tom gegangen war, wandte Elfie sich an Cora, die sich in den Frühstücksraum zurückgezogen hatte und einen recht gespannten, erwartungsvollen Eindruck machte.

«Keine Sorge, ich habe Ihr Geld nicht vergessen», sagte Elfie und fischte die nächste Hunderterrate aus der kleinen Kasse vom Schreibtisch. «Was ist denn das?» fragte sie, als sie auf Cora zuging, und zeigte auf das große Paket. Es war so hübsch mit Bast und einer langen, violetten Orchidee verpackt, daß es sich ganz offensichtlich um ein Geschenk handelte. Nur für wen, war die Frage.

Cora lächelte geheimnisvoll unter ihrer frechen blauen Kappe und sagte: «Nicht fragen, auspacken!»

«Wer? Ich?» Elfie fragte sich, welche Veranlassung Cora hatte, ihr etwas zu schenken. Dann erst machte sie sich klar, was jedem, der nicht von Tom Claasen und einer kleinen Champagnerprobe so durcheinander war wie sie, längst klar gewesen wäre: Hier konnte es sich nur um ein Bild handeln. Elfie verdrehte die Augen und dachte an die Episode mit dem zerbrochenen Bilderrahmen von Zimmer drei. Elfie schluckte. «Aber das ist doch ... viel zu groß für unsere Gästezimmer! Das Bild, das Ihnen runtergefallen ist, war doch höchstens so.» Sie spreizte Daumen und Zeigefinger auseinander. «Außerdem war das auch nicht ernst gemeint, daß ich Ihnen das vom Lohn abziehe. Das war doch nur so ein Schnack.»

«Nun machen Sie's nicht so spannend!» sagte Cora.

«Na gut, dann wollen wir mal ...» Elfie raffte den Bast beiseite, reichte Fatima die Orchidee und nahm das Tuch von dem Gemälde. Im nächsten Moment schnappte sie nach Luft, faßte sich an den Kopf und fühlte, wie ihr die Tränen kamen. «Aber das ist ja ... Alexander!»

Es war Alexander. Cora hatte sich in den letzten Tagen die Seele aus dem Leib gemalt, um die größtmögliche Ähnlichkeit mit einem Foto von ihm auf die Leinwand zu übertragen. Lange bevor Elfie das fertige Produkt zu sehen bekommen hatte, war sie mit ihrer Arbeit zufrieden gewesen. Sehr zufrieden.

Elfie war erst mal nur überwältigt. «Das haben Sie gemalt?» fragte sie ungläubig.

«Da!» sagte Cora und zeigte auf eine Ecke des Bildes, in der ein kleiner Blitz ein schwungvolles C durchzuckte. «Steht doch drauf!»

«Aber wie haben Sie das ...? Ich meine, Sie kannten ihn doch gar nicht ...», stammelte Elfie.

«Ich hab mir ein Foto aus Ihrem Büro ... na ja, geborgt.» Und stolz fügte Cora hinzu: «Ist mein erstes Portrait nach einem Foto.» Dabei holte sie es aus ihrer Kostümtasche und legte es auf ein Beistelltischchen.

Elfie war ganz in die Betrachtung des Gemäldes versunken.

«Die Augen …», sagte sie gedankenverloren, «der Mund … So hat Alexander mich immer angesehen, wenn er glücklich war.»

Eine Weile genoß sie das gelungene Konterfei wortlos. Dann sagte sie, an Cora gewandt: «Ich wußte gar nicht, daß Sie so schön malen können.»

«Nun ja», meinte Cora trocken und erinnerte noch einmal an die strittige Episode von neulich. «Die Sonne stand eben genau richtig.»

«Es ist wunderschön», sagte Elfie.

«Ich denke, am besten würde es sich über dem Kamin machen», sagte Cora, nahm das Bild und stellte es auf den Kaminsims. Und sie hatte recht. Dort machte es sich wirklich sehr gut. Der Platz zwischen den großen Kerzenleuchtern war dafür wie geschaffen.

Elfie wußte nicht, wie sie Cora dafür danken sollte, und sagte das auch. Und dann entschloß sie sich, an die Annahme dieses Geschenks eine Bedingung zu knüpfen. Sie kam ihr direkt aus dem Herzen, wo Cora sich soeben einen festen Platz erobert hatte. «Ich behalte es aber nur, wenn Sie mich ab sofort Elfie nennen», sagte sie.

Cora grinste. «Mach ich. Und ich heiße Cora.»

Die beiden Frauen umarmten sich, und Elfie konnte es gar nicht erwarten, zum Friedhof zu eilen und Alexander alles zu erzählen.

Eins hätte sie aber doch beinahe ausgelassen, als sie sich am frühen Abend vor dem Grab von Alexander verabschiedete. Sie hatte sich schon zum Gehen gewandt, als sie sich noch einmal zum Grab umdrehte. «Ach, du willst wissen, was mein Getränkelieferant für einer ist? Keine Angst, der Typ ist zwar ganz nett, aber über meinem Kamin wird der nie hängen.»

5. KAPITEL

Immer wenn Elfie das Gefühl hatte, so langsam kehre Ruhe und Routine ein, passierte etwas Unvorhergesehenes, dem mit Ruhe und Routine nicht beizukommen war. Und da Elfie im Grunde nichts fremder war als Ruhe und Routine, war sie meist die erste, die spontan und ehrlich reagierte und alles über den Haufen warf, was die Hausordnung eigentlich vorsah. Und am Ende stellte sich dann immer heraus, daß ein kühler Kopf und ein Herz auf dem rechten Fleck, aber auch ein bißchen Schlamperei und Vergeßlichkeit genau das war, was ein Betrieb wie das Hotel Elfie brauchte, um zu florieren oder zumindest zu funktionieren, wenn die Buchungslage mal gerade nicht so optimal war.

Und herrschte dann und wann einmal allgemeine Ratlosigkeit oder Erschöpfung, so konnte man sich immer noch in Elfies schönem alten Büro einfinden und bei «Mandel oder Sahne» die Seele baumeln lassen. Daß gerade dieses Quentchen Chaos, das Elfies Hotel auszeichnete, genau das richtige war, erwies sich zum Beispiel, als Cora eines Morgens beim Aufbacken der tiefgekühlten Frühstücksbrötchen nicht auf die Zeit achtete und ein Backblech voll brikettartig verkohlter Klumpen aus dem Ofen zog. Da es sich um die letzte vorrätige Packung Brötchen handelte, hätte dieses Mißgeschick eine mittelschwere Revolte im Frühstücksraum auslösen können, zumal Cora an diesem Morgen allein Frühdienst hatte und deshalb nicht mal eben schnell zum Bäcker flitzen und frische Brötchen kaufen konnte. Glücklicherweise erschien in genau diesem unheilvollen Moment Elfie in der Küche, obwohl es ihr Ausschlafmorgen war. Aber da sie die ganze Nacht nicht schlafen konnte und statt dessen in alten Fotos gekramt und in Alexanders Tagebuch gelesen hatte und erst gegen Morgen in einen unruhigen Schlaf mit häßlichen Träumen gefallen war, denen sie entfliehen wollte, war sie kurzerhand aufgestanden, um sich ins Tagesgewühl zu stürzen. Und nicht nur sie tauchte plötzlich in der Küche auf, um gleich darauf den fälligen Gang zum Bäcker zu erledigen, sondern auch Herr Müggebrecht, der fragen wollte, ob es denn nun wirklich bei der dürftigen Auswahl Hamburger Zeitungen bleiben solle, die Elfie bislang von ihm bezog. Sie hatte mittlerweile selbst gemerkt, daß das provinzlerisch war und eine Reihe von Gästen unzufrieden machte. So konnte Herr Müggebrecht sich über eine größere Order freuen, und gleichzeitig bot er an: «Och, wissen Sie was? Denn bring ich in Zukunft auch immer frische Brötchen mit. Ist doch 'n ganz annerer Schnack als so 'n aufgebackener Pappkram.»

Elfie sah ihre Betriebskosten durch Müggebrechts erweiterte Dienstleistungen explodieren und lehnte das Angebot dankend ab.

«Nee, nee, die Brötchen gibt's denn zum Einkaufspreis. Ich komm ja sowieso bei der Bäckerei vorbei, und wenn ich da selber keine Kosten von hab, denn brauch ich Ihnen ja auch keine zu berechnen, nich?»

Und so gab es in Elfies Hotel nicht nur an diesem Morgen frische Brötchen, sondern ab sofort jeden Morgen.

Daß derselbe unkonventionelle Führungsstil und Mitarbeitermix, den Elfies Hotel so unverwechselbar machte, auch größere Krisen zu meistern imstande war, erwies sich, als ein seltsamer Gast das gesamte Personal tagelang in Atem hielt. Er hieß Martin Lund, war Anfang fünfzig und fiel allen als Sonderling auf. Tagelang verließ er sein Zimmer nicht, und seine Vorhänge blieben auch tagsüber geschlossen.

Als er sich eine Flasche Whisky aufs Zimmer bestellte, wurde einhellig beschlossen, den Phantasiepreis von 180 Mark dafür zu kassieren. Elfie wand sich, weil sie das unverschämt überteuert fand, aber Cora und Fatima fanden das in Ordnung, und Julietta, die dem Gast die Flasche bringen sollte, meinte: «Wer saufen will, soll auch zahlen! Dies ist ein anständiges Haus! Und schließlich willst du ja auch was verdienen, Elfie! Im übrigen erkennt man die Qualität eines Hotels auch an seinen Preisen.» Als sie wenig später die Treppe wieder runterkam und triumphierend mit zwei Hundertmarkscheinen wedelte, zwanzig Mark davon Trinkgeld, blieb den Frauen nur fortgesetztes Rätseln über die Absichten dieses Herrn Lund. Zudem berichtete Julietta, er habe die Tür nur einen Spalt breit geöffnet, als habe er etwas zu verbergen. Trotzdem habe sie gesehen, daß er lauter Teelichter auf dem Fußboden verteilt hatte.

Sowohl Elfie als auch Fatima schlichen mehrfach an seine Tür, um daran zu horchen, wenn sie auch nicht wußten, was sie zu hören erwarteten. Was sie bei diesen Gelegenheiten dann hörten, war entweder ein gleichmäßiges Schnarchen oder absolute Stille. Eines Vormittags klopfte Cora an seine Tür und fragte, ob er nicht frühstücken wolle, es werde gleich abgeräumt. Eine barsche Zurechtweisung war die Folge, verbunden mit der Frage, ob dies eine Jugendherberge oder ein Hotel sei. Julietta fügte dem Rätselraten über Martin Lund weitere Mysterien hinzu. Eines Tages kramte sie seinen Anmeldebogen aus dem Ordner und stellte fest, daß es in Bremen, wo sie aufgewachsen war und immer noch der größte Teil ihrer Familie wohnte, keine Straße mit dem Namen von Herrn Lunds angeblicher Heimatadresse gab. «Und so eine Postleitzahl gibt es in Bremen auch nicht, inklusive Osterholz-Tenever!» trumpfte Julietta auf. Und noch eine Beobachtung steuerte sie zur allgemeinen Beunruhigung über diesen Gast bei. Als er eines Morgens tatsächlich einmal das Hotel verlassen hatte und sie in seinem Zimmer saubermachen konnte, fand sie eine große

Menge Schlaftabletten auf seinem Nachttisch. «Zusammen mit dem Whisky, der *nicht* mehr in der Flasche ist, bedeutete das …» Sie sprach nicht weiter, als sie Elfie, Fatima und Cora Bericht erstattete. Das war auch nicht nötig. Die Frauen beschlossen, diesen Herrn Lund nun um so schärfer ins Visier zu nehmen. Aber alle Angebote, ihm Kaffee oder Tee zu bringen oder ihm nach der Frühstückszeit etwas zu essen zu machen, lehnte er mit inzwischen fast schon gewohnter Barschheit ab.

Herr Lund hatte seine Rechnung bereits bezahlt und sich verabschiedet, als Elfie ihn eines Abends mit schleppenden Schritten noch einmal auf das Hotel zukommen sah. Doch statt hereinzukommen, setzte er sich vor das Hotel auf den Kantstein. Froh, ihn endlich gefunden zu haben, kam Elfie hinausgestürmt. Spät abends, als sie auf ihrem Schreibtisch eine Quittung suchte, war ihr nämlich der Brief in die Hände gefallen, den Lund ihr am Vortag für die ausgehende Post gegeben hatte. Sie hatte ihn völlig vergessen, und Kontoauszüge, Telefonnotizen, Rechnungen und Lieferscheine waren nach und nach auf diesen Brief geflattert und hatten ihn verdeckt. Als Elfie ihn plötzlich in die Finger bekam und sich über ihre Schlamperei und Vergeßlichkeit ärgerte, hatte sie eine plötzliche Eingebung. Der Brief war an eine Kerstin Lund adressiert und trug keinen Absender. Noch bevor Elfie den Brief geöffnet hatte, wußte sie, daß es ein Abschiedsbrief war und daß Martin Lund das Hotel vor ein paar Stunden verlassen hatte, um sich umzubringen. «Was er vermutlich schon hier tun wollte. In meinem Hotel!» murmelte sie mit einer Mischung aus Empörung und Schrecken. Sie sprang auf und hatte nur noch einen Gedanken: Wenn er es hier im Hotel nicht geschafft hat, trotz all des Whiskys und all der Tabletten, dann traut er es sich da draußen vielleicht auch nicht. So war sie losgerannt, wieder mal ohne zu wissen, wohin. Und sie hätte ihn – trotz ihres Riechers für Menschen und Situationen – nicht gefunden, wäre er nicht zu ihrem

Hotel zurückgekehrt, dem einzigen Ort, wo man sich seit langem zum erstenmal wieder spürbar um ihn bemüht hatte.

Elfie setzte sich kurz entschlossen zu ihm auf die Straße.

«Ich bin zu feige», eröffnete Martin Lund unvermittelt das Gespräch, und Elfie wußte sofort, was er meinte und daß ihr Verdacht richtig gewesen war. Und sie wußte noch etwas: Der Moment, in dem dieser Mann anfing zu reden, war der Anfang vom Ende seiner Krise. Und dieser Moment war jetzt.

«Gutes Zeichen», sagte Elfie leise. «Das bedeutet nämlich Mut, Lebensmut. Es gehört doch viel mehr Mut dazu, dieses Leben auszuhalten, als es zu beenden, meinen Sie nicht?»

Martin Lund hatte das Gesicht in seinen Händen verborgen, jetzt ließ er die Hände fallen und sah Elfie an. Elfie konnte nicht viel Mut in seinem Blick entdecken, aber jetzt galt es dranzubleiben.

Im nächsten Moment schüttelte Lund sich fröstelnd und sagte: «Mir ist kalt.»

Elfie nickte, faßte ihn am Arm, stand auf und zog ihn mit. «Ich mach uns einen Tee», sagte sie. «Mit Schuß.»

Am nächsten Morgen fand Cora ihre Chefin und den seltsamen Gast, der sich ihres Wissens bereits gestern ausgecheckt hatte, einträchtig schlafend über den Küchentisch gebeugt. Leise zischte sie durch die Zähne und murmelte dann vor sich hin: «Na sauber! Stilleben mit Gast und Teeservice. Muß man erst mal drauf kommen, auf so ein Arrangement! Wie gut, daß wir unsere Elfie haben, der immer wieder was Neues einfällt!»

Dann rüttelte sie sanft an ihrer Chefin, und abgesehen davon, daß es höchste Zeit war, das Frühstück vorzubereiten, brannte Cora doch darauf, die Situation erklärt zu bekommen. Die aber war viel zu kompliziert, als daß Elfie sie ihr so eben auf die schnelle erklären konnte. Der Untergang von Lunds Firma im

Meer der großen Haie, die sich auf dem Gebiet der Lebensmittelchemie tummelten, der Verrat seiner Frau, Sabotage, Werksspionage und noch so allerlei spielten darin eine Rolle, und nach ein paar vagen Andeutungen vertröstete Elfie Cora auf später. «Wichtig ist erst mal: Er ist über'n Berg», sagte sie und strich Martin Lund sanft über den Kopf.

Der schreckte hoch, und sein erster Gedanke, den er auch sofort erschrocken aussprach, war: «Der Brief! Kerstin muß ja denken, daß ich ...»

Elfie schüttelte beruhigend den Kopf, zog den Brief aus ihrer verknitterten Jackentasche und reichte ihn Lund. Er betrachtete ihn nachdenklich und gab ihn dann Elfie zurück. Elfie sah Lund fragend an, Lund nickte, und Elfie zerriß den Brief langsam und genüßlich in klitzekleine Fetzen. Lund lächelte, und Elfie stolzierte triumphierend auf den Mülleimer zu, um die letzten sichtbaren Überreste von Martin Lunds Lebensüberdruß darin zu versenken. Was so 'n bißchen Schlamperei und Vergeßlichkeit doch manchmal bewirken können ..., dachte sie.

Als Lund sich kurz darauf endgültig aus Elfies Hotel verabschiedete, plagte sie aber doch ein schlechtes Gewissen, zumal sie sich immer noch für den maßlos überteuerten Whisky schämte, und bestand darauf, daß Lund das Geld für die zusätzliche Nacht wieder einsteckte. «Kein Wort mehr!» beendete Elfie das Hin und Her. «Sie haben's schließlich auch nicht mehr so dicke. Wir sind quitt.»

Lund mußte lachen. «Sie sind der Boß», kommentierte er die Art, wie Elfie gesprochen hatte.

«Das will ich meinen», setzte Elfie nach.

Wenig später trennten die beiden sich mit einer herzlichen Umarmung.

Schlamperei und Vergeßlichkeit gehörten zu den Eigenschaften, die Rita Schnabel am allerwenigsten ausstehen konnte. Just in den Tagen, als Lund für Unruhe sorgte, tauchte sie unerwartet in Elfies Hotel auf, um im Auftrag ihres Mannes einige Bankgeschäfte zu erledigen. Schon als sie zur Tür hereinkam, hielt sie ein Büschel Unkraut in der Hand, das sie aus den Blumenkübeln auf der Terrasse gezupft hatte. Elfie erfaßte die Absichten ihrer Vorgängerin, die während des Reinkommens über den Unterschied zwischen gepflegten und ungepflegten Häusern dozierte, mit einem Blick, eilte auf sie zu, grapschte ihr das Unkraut aus der Hand und sagte: «Och, Blumen! Sind die für mich? Das ist aber lieb!» Damit begann ein aktiver Kleinkrieg zwischen Elfie Gerdes und Rita Schnabel, den beide mit Wonne, Überzeugung und viel Phantasie einige Tage lang führten. Für Rita Schnabel war das Hotel Elfie im Vergleich zur ehemaligen Pension Schnabel eine heruntergekommene Kaschemme, wobei sie das Wort «heruntergekommen» offen aussprach und «Kaschemme» praktisch hörbar dazudachte. Abgesehen von den völlig unfachmännisch – wenn überhaupt – gepflegten Blumen, fand sie die Gestaltung des Frühstücks- und Aufenthaltsraums unmöglich. In dem großen Saal, wo beide Funktionsbereiche ineinander übergingen, dominierten im vorderen, dem Frühstücksbereich, edle Antiquitäten, darunter Einzelstücke aus verschiedenen Epochen, die bislang von allen anderen Gästen als außerordentlich geschmackvoll zusammengestellt empfunden worden waren. Im hinteren Teil mit Spiel- und Leseecke, Kamin, Sofa und Sesseln überwogen mallorquinische Elemente. Die Stoffe etwa, mit denen Sitzmöbel und Kissen bezogen waren, trugen traditionelle mallorquinische Muster in warmen, fröhlichen Farben. Kerzenhalter, Vasen, Keramiken, Beistelltischchen, der holzgeschnitzte Kaminsims – alles war genauso edel und zum Teil antik wie im Frühstücksbereich, aber eben unverkennbar mallorquin. «Unmöglich», befand Rita

Schnabel, «wie aufem Stadtteilflohmarkt.» Als sie das sagte, hatte sie allerdings schon beschlossen, alles in und an Elfies Hotel – und hauptsächlich Elfie selbst – unmöglich zu finden. Die große Standuhr ging nicht richtig, die Frühstückseier waren zu weich oder zu hart, die neuen Vorhänge paßten farblich nicht, die Gästezimmer waren viel zu individuell, der Umgangston unter den Mitarbeitern viel zu lax und ... und ... und ...

Nun hätte Elfie mit der Unzufriedenheit einer Rita Schnabel prächtig leben können, wenn diese nicht, wo sie ging und stand und vorzugsweise in Räumen, zu denen die Hotelgäste keinen Zutritt hatten, Dinge verändert, sich in alles und jedes eingemischt und auch vor der Buchhaltung und der Vorratswirtschaft nicht haltgemacht hätte. So aber gerieten die beiden Frauen immer wieder aneinander, und mehrfach drohte Rita Schnabel, vorzeitig abzureisen. Das heißt, sie empfand das als Drohung, während Elfie jedesmal neuen Mut schöpfte, wenn davon die Rede war.

Einen Höhepunkt der fortwährenden Kampfhandlungen stellte die Auseinandersetzung über die vollkommen veraltete und unleserliche Stammkundenkartei der Schnabels dar. Obwohl Elfie die finanzielle Situation ihres Hotels aufmerksam und mit großer Sorge im Auge hatte, so trauerte sie doch nie lange irgendwelchen bereits ausgegebenen Geldbeträgen nach. Die 5000 Mark jedoch, die Rita Schnabel ihr für diesen alten Kasten mit wertlosem Papier abgeknöpft hatte, schmerzten sie immer noch und vor allem deswegen, weil ihr immer klarer wurde, daß ihre Vorgängerin sehr genau gewußt hatte, daß der praktische Nutzen dieser Adressensammlung ihr Haltbarkeitsdatum längst überschritten hatte. So kam es nach viel häßlichem Gezänk am Ende dann doch noch dazu, daß Rita Schnabel, den Karteikasten auf dem Schoß, einen Tag früher als ursprünglich geplant, in einem eiligst herbeigerufenen Taxi vom Hotel Elfie abfuhr. Sie hatte alles erledigt, was ihr aufgetragen worden war, und Gelder langfristig angelegt, so daß die Schnabels sich nicht mehr darum zu kümmern und nur noch in ihrer neuen Heimat Baden-Baden in aller Ruhe die Erträge einzustreichen brauchten. Insofern und nach all der niederträchtigen Behandlung, die ihr hier widerfahren war, hatte Rita Schnabel nicht die Absicht, «diesen alten Kasten» – und damit meinte sie nicht die Adressenkartei – je im Leben wiederzusehen, geschweige denn zu betreten. Daß es ganz anders kommen sollte, ahnte in diesem Moment noch niemand.

6. KAPITEL

Wieder mal kehrte Ruhe im Hotel ein. Ein bißchen zuviel Ruhe. «Aber was willste machen?» seufzte Elfie, als Fatima und sie sich vollkommen fasziniert etwas von der Faltencreme unter die Augen tupften, die ein Gast im Hotel vergessen hatte.

«Keine Messe, kein Alstervergnügen, kein Dom, kein nix. Soviel ich weiß, müssen sich alle Hoteliers durch diese Zeit mühsam durchbeißen. Und ein bißchen Ruhe ist doch auch mal ganz schön.»

«Die Betonung liegt in diesem Fall aber absolü auf *ein bißchen*», sagte Fatima entschieden.

Und wie bestellt traten drei Menschen auf einmal zur Tür herein. Es waren Tom Claasen und ein Paar mittleren Alters. «Kümmerst du dich bitte um die Herrschaften, Fatima?» säuselte Elfie und wischte sich schnell die fettigen Hände an einem Papiertaschentuch ab. Dann nickte sie mit dem Kopf in Richtung auf das Frühstückszimmer. «Kommen Sie, Herr Claasen!» Es klang ein wenig wie: «Warum kommen Sie jetzt erst?» Dabei stand gar kein Termin zwischen ihnen aus. Elfie war fürs erste mit Spirituosen versorgt, und Tom Claasen hatte gar nicht die Absicht, den lästigen Vertreter zu mimen, der seine Kundschaft mit Angeboten überhäuft. Trotzdem war ihre Beziehung vorerst noch geschäftlicher Art.

Elfie bot ihm einen Platz an der mallorquinisch gekachelten Bar an und rückte ihren Barhocker näher an seinen, bevor sie sich setzte. Wie es kam, daß er plötzlich von dem Baumhaus erzählte, das er sich als Dreizehnjähriger im Sachsenwald in einer wuchtigen Eiche gebaut hatte, statt die Vorzüge des 96er Bordeaux aus dem Médoc zu preisen, den er ihr mitgebracht hatte … Elfie wußte es nicht. Gebannt hörte sie ihm zu.

«… mit richtigen Fenstern und rot-weiß karierten Gardinen davor, Holzbänken und einem kleinen Tisch», sagte er.

«Eine richtige kleine Puppenstube», sagte Elfie verträumt. Tom Claasen nickte ernst. «Sechs Wochen vor Weihnachten war sie fertig. Und Heiligabend war mein Vater tot. Bevor er ins Krankenhaus kam, haben wir noch mal da oben gesessen. Und da hat er mir gesagt, daß er sterben muß.»

Dann sprach Elfie über ihren Vater, den sie nie kennengelernt hatte, weil er ihre Mutter verlassen hatte, bevor Elfie geboren wurde. Und ohne daß sie es recht bemerkten, sprachen sie plötzlich darüber, wie man mit dem Tod eines über alles geliebten Menschen umgeht. Es war nicht so, daß Tom und Elfie nichts anderes zu tun gehabt hätten, aber aus irgendwelchen Gründen saßen sie mitten am Vormittag ganz still an der Bar im Aufenthaltsraum und versuchten, sich gegenseitig zu erklären, welche Rolle der Verlust von Toms Vater für Tom spielte und welche Rolle der Verlust von Alexander Hofstädter für Elfie spielte.

«Die Trauer kriegt man ja irgendwann in den Griff. Viel schlimmer ist die Frage, die man sich immer wieder stellt: Wie wäre das Leben wohl verlaufen, wenn der Mensch, den man so wahnsinnig geliebt hat, noch da wäre?» sagte Tom, und Elfie kam es so vor, als habe sie selbst gerade gesprochen. Es waren ihre Worte, ihre Gefühle, ihre Fragen, die Tom da formulierte. Und als er sagte: «Jetzt verrate ich Ihnen was: Wenn ich ein Problem habe, ein richtiges Problem, dann gehe ich auch heute noch zum Grab meines Vaters, um mir Rat zu holen. Halten Sie mich jetzt für verrückt?», da konnte Elfie nur mit Tränen in den Augen das Portrait von Alexander ansehen, das inzwischen über dem Kamin hing. Sie nickte, weil Tom ihr so sehr aus der Seele gesprochen hatte, und gleichzeitig schüttelte sie in Beantwortung seiner letzten Frage den Kopf. Tom hatte so leise gesprochen, daß Elfie sich ganz nah zu ihm vorgebeugt hatte. Eine Weile verharrten sie so und sahen sich an, als jemand sich vom Eingang zum Frühstückszimmer her räusperte.

Elfie fuhr auf und sah den Gast an, der vor gut eineinhalb Stunden zusammen mit Tom hier im Hotel aufgetaucht war, und eilte ihm entgegen.

«Entschuldigung», sagte der Gast, «ich will Sie nicht stören ...»

«Aber ich bitte Sie! Meine Gäste stören nie.» Das stimmte zwar nicht, und es war deutlich zu sehen, daß Elfie Mühe hatte, den Zauber der Situation abzuschütteln, die sie gerade erlebt hatte, aber mit professionellem Charme meisterte sie diesen inneren Konflikt. Inzwischen stand sie hinter dem Schreibtisch an der Rezeption, strich sich die Kostümjacke glatt und fragte sich, wo Fatima bloß steckte. Laut sagte sie: «Ist mit Ihrem Zimmer etwas nicht in Ordnung, Herr .. äh ... Matzen?» Der Anmeldebogen lag noch auf dem Schreibtisch, zusammen mit einer angehefteten Rechnung für eine Flasche Sekt, und Elfie hatte schnell nach dem Namen gespäht.

«Doch, doch, alles bestens, es ist nur so ...» Es folgte eine umständliche Erklärung darüber, daß seine Frau in einem Telefonat mit Zuhause gerade erfahren habe, daß eines ihrer Kinder krank geworden sei, und nun müsse man leider vorzeitig abreisen.

«Das tut mir aber leid», sagte Elfie. «Hoffentlich ist es nichts Ernstes.»

Nun kam auch Frau Matzen die Treppe herunter und machte den Eindruck, als sei sie ziemlich durcheinander.

«Tja, was machen wir denn da?» fuhr Elfie mit einem bedauernden Blick auf die besorgte Mutter fort. «Wissen Sie was? Ich berechne Ihnen einfach den halben Preis. Doppelzimmer mit Bad ... das wären dann sechzig Mark ... und der Sekt ... na ja, wollen wir mal nicht so sein, sagen wir dreißig. Macht dann neunzig Mark, Herr Matzen.»

Herr Matzen zückte einen Hunderter, erklärte, die restlichen zehn Mark seien Trinkgeld, bedankte sich und eilte mit seiner Frau davon.

Im nächsten Moment stand auch Tom an der Rezeption. Das Zusammensein mit Elfie war inniger gewesen, als er zu hoffen gewagt hatte, und es war unsinnig zu glauben, es könne, nach dieser profanen Unterbrechung und da der Alltag sie nun wieder hatte, eine unmittelbare Fortsetzung geben. Nein, es war der richtige Moment zu gehen, und Tom wußte, daß er von nun an keinen geschäftlichen Vorwand mehr brauchen würde, um in Elfies Nähe sein zu können. Daß die beiden sich jetzt an der Rezeption wie Kundin und Lieferant voneinander verabschiedeten, bestätigte seine Vermutung. Elfie war ganz offensichtlich verunsichert und lavierte zwischen ihren Rollen als Frau und Geschäftsfrau. Fast amüsiert zwinkerte Tom ihr im Gehen zu.

Wie verunsichert Elfie war, zeigte sich sehr bald. Und zwar allen, die näher mit Elfie zu tun hatten. Als erster bekam Bernd den Zustand zu spüren, in dem Elfie sich neuerdings befand. Die beiden hatten sich zu einem abendlichen Spaziergang getroffen. Elfie ging es bei dieser Verabredung hauptsächlich darum, im Gespräch mit Bernd herauszufinden, was Tom ihr eigentlich bedeutete und wie sie künftig mit ihm umgehen sollte – so wie die beiden das häufig miteinander machten und auf diese Weise viel Geld für Psychiater und sonstige Seelenreparaturen sparten. Und so waren sie kaum an dem kleinen Spielplatz angekommen, zu dem Elfies und Alexanders erster gemeinsamer Spaziergang geführt hatte, als Elfie sich auf eine Schaukel setzte und gleich mit der Quintessenz ihrer Gefühle herausplatzte, die eigentlich erst das Ergebnis eines gemeinsamen Gesprächs sein sollte. «Ich bin total verliebt!» schrie sie fast und holte Schwung.

«Was?» Auch Bernd hatte sich auf eine Schaukel gesetzt, aber jetzt stellte er die Füße wieder auf den Boden.

Elfie war schon viel zu sehr in Fahrt, um zu merken, daß es sich nicht um eine Verständnisfrage handelte, sondern um einen entsetzten Kommentar. «Ich habe mich verliebt», wiederholte sie fröhlich und schaukelte schwungvoll weiter. «Er heißt Tom und sieht umwerfend aus, und er bringt mich zum Lachen und manchmal auch zum Weinen, aber das wichtigste ist: Wenn Tom in der Tür steht, geht's mir einfach gut.»

«Mann, Elfie!» sagte Bernd warnend. «Die Narbe ist doch noch frisch! Und frische Narben reißen leicht.»

Elfie bremste ab, blieb stehen und sah Bernd herausfordernd an. «Meinst du, das weiß ich nicht? Wer liebt, ist verletzbar, aber ...» Sie wollte wieder Schwung holen, als Bernd ihr ins Wort fiel.

«Wer liebt, muß sich vor allem auf Streit gefaßt machen, auf Eifersucht, Warten, Versetztwerden ...»

Die Stimme der Vernunft, dachte Elfie. Wenn's weiter nichts ist! Sie schaukelte weiter und setzte die Aufzählung unbekümmert fort: «Auf Ängste, Enttäuschungen, Unsicherheit, Streß ...»

«Und brauchen wir das noch in unserem Alter?» fragte Bernd resignierend dazwischen. Er merkte schon, daß mit Elfie momentan nicht ernsthaft zu reden war.

Elfie schwang sich so hoch sie konnte, und mit einem Jubelschrei schmetterte sie in die Nachtluft: «Jaaa! Ja, genau das brauchen wir in unserem Alter!» Dann sprang sie vom höchsten Punkt elegant ab und landete mit einem gekonnten Schlußsprung ein paar Meter vor der Schaukel.

Bernd begann nun, sich wirklich Sorgen zu machen. «Elfie!» sagte er beschwörend. «Laß dir Zeit!»

«Wozu?» fragte Elfie leichthin zurück. «Ich habe keine Zeit zu verschenken.»

Bernd stieß sich nach hinten ab, um im Vorwärtsschwingen ebenfalls abzuspringen, und haute bei der Landung so heftig mit den Fußknöcheln zusammen, daß er sich mit schmerzverzerrtem Gesicht runterbeugte und die verletzten Stellen massierte. «Verdammt!» stieß er hervor und meinte damit sein Mißgeschick ebenso wie Elfies Unvernunft. «Ich will doch nur, daß man dir nicht weh tut. Ich kenne doch die Männer.»

Elfie lachte kurz auf.

Aber Bernd blieb ernst. «Du gerätst doch immer an die falschen. Nutzen dich aus und ...»

Das hätte Bernd nicht sagen dürfen. «Was?» schrie sie.

«Alexander hat mich also ausgenutzt? Er war der falsche, ja?»

«So hab ich das doch nicht gemeint», begann Bernd versöhnlich. «Ich wollte doch nur sagen: Was du jetzt am allerwenigsten gebrauchen kannst, ist eine unglückliche Liebe.»

«Wieso unglücklich?» fauchte Elfie ihren besten Freund an. «Du kennst Tom doch gar nicht! Du bist genauso egoistisch wie alle anderen. Willst mich nur für dich alleine. Warum gönnt mir eigentlich niemand, aber auch wirklich niemand, auch nur ein klitzekleines bißchen Glück?» Die ganze Zeit über hatte sie wild mit ihrer Handtasche in der Luft herumgefuchtelt, und jetzt setzte sie sich wutschnaubend in Bewegung und stapfte los.

Bernd humpelte ihr unglücklich hinterher. Daß dieser Streit sie nicht entzweien würde, wußte er, aber er hätte sich gewünscht, Elfie davor bewahren zu können, sich Hals über Kopf in ein Abenteuer zu stürzen, bei dem sie wieder mal alles investierte. Denn was sie zurückbekommen würde, schien ihm höchst ungewiß.

So klar sich Elfie auch gegenüber Bernd geäußert hatte, so unklar verhielt sie sich in den folgenden Tagen gegenüber Tom Claasen. Für sich selbst zu bilanzieren und ihrem besten Freund zu beichten, daß sie sich in Tom verliebt hatte, war eine Sache. Eine ganz andere war es, tatsächlich eine Beziehung einzugehen. Vorsicht und Angst vor etwas Neuem, Unbekannten, Uneinschätzbaren ließen Elfie zögern. Aber auch eine gewisse Unwilligkeit, vor ihren Mitarbeiterinnen als verliebte Turteltaube dazustehen. Die Mädels hielten sich schon jetzt nicht mit eindeutig-zweideutigen Kommentaren zurück, was Elfie jedesmal auf die Palme brachte. So lehnte sie Toms telefonische Einladung zu einem traumhaften Essen ab, um sich, kaum hatte sie den Hörer wieder aufgelegt, über sich selbst zu ärgern.

Lange brauchte sie sich nicht zu ärgern, denn Tom kam wenig später persönlich vorbei. Er hatte zwei wunderschöne Weingläser dabei und eine kleine Holzkiste mit drei Flaschen Wein. «Die erste sollte man allein trinken und in der Vergangenheit schwelgen, mit der zweiten vertreibt man sich die trübe Gegenwart, doch die dritte ... die sollte man zu zweit trinken, denn bei der dritten, da träumt man von der Zukunft. Heute abend? Um sieben? Hier?»

Elfie ließ vor Schreck eine der Blumen fallen, die sie soeben im Frühstückszimmer in die große Bodenvase steckte. Schnell hob sie sie auf und stammelte: «Hier? Heute? Nein!»

Bevor Tom antworten konnte, klingelte sein Handy. Entschuldigend trat er etwas beiseite, um ein Gespräch zu führen, bei dem es um einen unmittelbar bevorstehenden Geschäftstermin ging. Als Tom das Handy wieder einstecken wollte, stieß er das Gästebuch von dem kleinen Sekretär, neben dem er gestanden hatte. Er legte das Handy auf den Sekretär, und gleichzeitig bückten Elfie und er sich nach dem Gästebuch. Ihre Hände berührten sich, ihre Gesichter kamen sich sehr nah. Einen Moment lang sahen sie sich tief in die Augen, und Elfie rettete sich in die Bemerkung: «Ihr

Termin!» Tom nickte, richtete sich auf und sagte: «Heute abend um sieben. Aber auf neutralem Gebiet, okay? Im Checkers.»

«Nein», sagte Elfie wie unter Zwang.

«Doch. Ich sitze an der Bar, ein Glas in der Hand, eine Rose im Knopfloch und Sehnsucht im Herzen.» Dann wandte er sich zum Gehen.

«Das wird auf die Dauer aber stinklangweilig, so ganz allein», sagte Elfie fast wütend, weil dieser Mann etwas Magisches an sich hatte, gegen das sie sich kaum wehren konnte und das so bestimmend war, daß sie sich überrumpelt fühlte, wenn auch angenehm überrumpelt.

Elfie sah ihm nach und bemerkte erst, als er weg war, daß sein Handy immer noch auf dem Sekretär lag. Lächelnd nahm sie es und ging damit in ihr Büro.

Fatima hatte die ganze Szene beim Gläserpolieren aus dem Augenwinkel beobachtet. Jetzt ging sie Elfie nach. Elfie stand mitten im Zimmer und zupfte der Gerbera, die ihr hingefallen war, die Blütenblätter aus. «Er liebt mich, er liebt mich nicht, er liebt mich ...», murmelte sie.

Fatima baute sich unbemerkt hinter ihr auf. «Wenn mich nicht alles täuscht, bist du gerade dabei, diesem Schnapsvertreter auf den Leim zu gehen», sagte sie beißend.

«Und wenn *mich* nicht alles täuscht, geht dich das einen feuchten Kehricht an», gab Elfie genauso beißend zurück.

«Also ehrlich, Elfie!» sagte Fatima entrüstet. «Ich verstehe dich nicht. Was willst du denn mit so einem Hallodri? Der macht doch alles an, was nicht bei drei auf'm Baum ist!»

«Dann habt ihr beide ja was gemeinsam», konterte Elfie.

«Ich will mich ja nicht einmischen», sagte Cora, die ihren Kopf zur Tür hereinsteckte und genau das tat, «aber für mich wäre dieser Schleimbeutel auch nichts, Elfie. Tschüs dann, ich geh jetzt!»

Elfie pfefferte die gerupfte Blume auf ihren Schreibtisch und schrie los: «Warum müssen sich eigentlich alle in meine Angelegenheiten einmischen? Gerade ihr, die ihr bei jedem knackigen Männerarsch feuchte ...» Sie biß sich auf die Lippen und vollendete: «... Augen kriegt.»

Cora und Fatima sahen sich verdutzt an, als Elfie aus dem Büro rauschte.

«Ich jedenfalls würde mich schämen», gab Fatima ihr noch mit auf den Weg. «Der Mann kaum unter der Erde und ...»

Elfie blieb abrupt stehen, drehte sich zu Fatima um und funkelte sie böse an. «Und *was*?» fragte sie auf eine Art, die keine Antwort duldete.

Fatima schwieg, und Elfie knallte die Bürotür zu.

Elfie war sich nicht sicher, ob sie nicht einfach nur aus Trotz gegen die Bernds, Coras und Fatimas dieser Welt am Tresen des Checkers saß. Die Juliettas dieser Welt waren genauso schlimm, sinnierte sie. Auch Julietta hatte sich abfällig über Tom geäußert. «Anne, noch 'n Caipi!» schob sie eine weitere Order zwischen ihre trüben Gedanken, bevor sie zu Tom zurückkehrten. Aber was sollte das? Er war nicht hier. Kein Glas in der Hand, keine Rose im Knopfloch und vor allem keine Sehnsucht im Herzen. Davon hatte Elfie um so mehr. Und einen gehörigen Schwips. Aber bevor die nette Barkeeperin, die schon mehrfach nachgefragt hatte, aus ihr noch herauskriegte, warum sie hier alleine saß und trank, beschloß sie zu gehen. Es reichte. Irgendwie reichte überhaupt alles.

Als Tom im Checkers anrief, um zu erklären, warum er nicht kommen könne, war Elfie gerade gegangen.

Am nächsten Morgen bereute Elfie alles. Daß sie überhaupt ins Checkers gegangen war, daß sie sehnsüchtig auf Tom gewartet hatte – und jeden einzelnen Schluck von den leckeren Cocktails.

Ihr Kopf drohte zu bersten, Fatima warf ihr böse Blicke zu, und Herr Müggebrecht kam mit Zeitungen und Brötchen von der Veranda her reingepoltert. Elfie schmiß eine Aspirin plus C in ein Glas Wasser, als Herr Müggebrecht ihr ein Päckchen hinhielt.

«Für Sie, Frau Gerdes. Hat mir jemand vor der Tür in die Hand gedrückt, ist denn aber gleich weitergefahren.» Neugierig untersuchte er den Umschlag und las umständlich den Absender vor: «Tom Claasen.»

«Was?» Elfie knallte das Glas auf den Küchentisch. «Das geht nur mich was an.»

Sie schnappte sich das Päckchen und raste damit durch die Küche, den Frühstücksraum, die Rezeption, die Treppe hoch und in ihr Zimmer. Schon im Aufwärtsstürmen hatte sie das Päckchen aufgerissen und eine Videokassette daraus hervorgeholt. In ihrem Zimmer war sie mit zwei Schritten am Videorecorder, legte das Band ein und ließ sich auf ihr ungemachtes Bett fallen.

Toms Oberkörper erschien auf dem Bildschirm und sah aus wie ein Sträfling in einem Comic: blau-weiß gestreifte (Schlafanzug-)Jacke, ein (selbstgemaltes) Schild mit einer Nummer auf der Brust, Sonnenbrille, unordentliche Haare, zerknirschtes Gesicht.

«Mein Name ist Tom Claasen. Ich bin 38 Jahre alt, von Beruf Spirituosenvertreter. Ich gestehe: Ich habe Fliegen die Beine ausgerissen. Ich habe meiner Mutter nie beim Abtrocknen geholfen. Einmal habe ich meiner Schwester eine Kröte ins Bett gelegt. Ich habe in Mathe abgeschrieben und Religion fast immer geschwänzt. Ich habe Scheiben zerschossen und Äpfel geklaut. Ich habe mit sechzehn die beste Freundin meiner Freundin geküßt. Ich gehe heimlich zu McDonald's. Ich liebe Sex am Morgen. Ich werfe das Geld mit beiden Händen zum Fenster raus. Ich kann keine Hemden bügeln und Nudeln kochen. Mein Kaffee schmeckt scheußlich, und meine Briefmarkensammlung ist stinklangweilig. Aber ich habe noch nie eine Frau versetzt.»

Absolut fasziniert und sehr amüsiert verfolgte Elfie die geistreiche Inszenierung.

Tom riß sich jetzt die Sonnenbrille vom Gesicht und sagte mit verstellter Stimme: «Angeklagter, reden Sie nicht so 'n Stuß! Äußern Sie sich zur Sache und nur zur Sache!»

Tom setzte die Sonnenbrille wieder auf und machte nun einen noch schuldbewußteren Eindruck.

«Mein Tank war leer, mein Benzinkanister auch. Es regnete Katzen und Hunde, und kein Mensch auf der Straße, der mir helfen konnte. Kein Telefon weit und breit, und mein Handy habe ich irgendwie verlegt. Ich gestehe: Ich kam zu spät und konnte mich nicht mal melden.»

Wieder nahm Tom die Sonnenbrille ab, um den Ankläger oder Richter zu mimen. Er schaute geradewegs in die Kamera und fragte ernst: «Schuldig oder nicht schuldig?»

Dann war die Aufnahme zu Ende, und die Antwort lag ganz allein bei der Betrachterin.

Es hatte durchaus schon Männer gegeben, die Elfie tief berührt hatten, aber bislang hatte das noch keiner per Video geschafft. Elfie seufzte und freute sich plötzlich auf das, was der Tag noch für sie bereithielt.

Sie wollte gerade wieder nach unten gehen, als es an ihrer Tür klopfte und gleich darauf Fatima zu ihr ins Zimmer kam. Sie trat von einem Bein auf das andere und sagte leise: «Das mit gestern tut mir leid. Dein Liebesleben geht mich schließlich nichts an.»

«Nee, nee!» sagte Elfie. «So einfach geht das nicht.»

«Ist ja nicht viel zu tun unten», meinte Fatima und fragte ein wenig schuldbewußt: «Soll ich dir die Haare machen?»

Elfie lächelte gnädig und nickte.

Es wurde richtig gemütlich in der Küche, nachdem auch Cora ihren Dienst mit Champagnertrüffeln für alle als Entschuldigung für gestern angetreten hatte. Da war es für Elfie dann auch ganz problemlos möglich, ihr wunschgemäß für den Rest der Woche freizugeben, damit sie ihr Gesicht mal wieder an der Kunsthochschule sehen lassen konnte.

Den ganzen Kopf voller Folienstreifen und Blondierungscreme saß Elfie einige Zeit später mit einer Klatschzeitung in den Händen am Küchentisch, als es an der Rezeption läutete. Cora war schon gegangen, und Fatima machte Einkäufe. Panisch sprang Elfie auf und hatte nur einen Gedanken: So durfte Tom sie nicht sehen! Ein neuer Gast aber möglichst auch nicht. Und es gab nichts, was sie gegen ihren momentanen Look tun konnte, wenn sie nicht wochenlang mit orangen Haaren herumlaufen wollte. «Klasse!» rief sie verzweifelt, als sie sich nach einem Handtuch umsah. «Kommt Kundschaft, und die Chefin sieht aus, als hätte Captain Kirk sie von der Enterprise gejagt!»

Das Handtuch zu einem Turban drapiert, ging sie auf die Rezeption zu und entdeckte zu ihrer Erleichterung Schmolli, der ihr mit feierlichem Gesicht und einem Blumenstrauß in der Hand entgegenkam. Sofort zog Elfie sich den Kopfschmuck wieder runter, denn vor Schmolli brauchte sie keine Show abzuziehen.

Schmolli war gekommen, um ... nun ja, genau wußte er es selbst nicht. Aber seit Elfie nicht mehr im Hansson Palace arbeitete, gab es dort niemanden, der sie so sehr vermißte wie er. Deshalb kam er immer wieder zu ihr. Diesmal bot er ihr mit der Vermutung, «in so einem Hotel ist doch immer was zu tun», seine Dienste für den Tag an.

Elfie fiel spontan nichts ein, was Schmolli für sie tun konnte. Sie wollte sich einfach in Ruhe zu Ende frisieren lassen und dann ... dann würde sich ja auch Tom sicher noch im Laufe des Tages melden.

«Entschuldigen Sie bitte», ertönte im selben Moment Toms sanfte Stimme von der Rezeption her.

Elfie griff sich entsetzt an den Kopf und stöhnte: «Ach, du Scheiße!» Tom war aber schon mit ein paar schnellen Schritten bei ihr und betrachtete sie mindestens so amüsiert, wie sie ihn in seiner Panzerknackerverkleidung auf dem Video betrachtet hatte.

Schmolli erfaßte die Situation sofort. Da sowieso niemand mehr auf ihn achtete, brauchte er die Enttäuschung, die sich auf seinem Gesicht ausbreitete, nicht sonderlich zu verstecken. «Na, denn vielleicht ein andermal», murmelte er und trat, den Blumenstrauß noch in der Hand, den Rückzug an. Auf diese Weise kam die Nachbarin, die neben Elfies Hotel immer auf Sofakissen gelehnt aus dem Fenster schaute und deren Namen Elfie immer noch nicht kannte, wenig später zu dem unerwarteten Vergnügen, einen Blumenstrauß geschenkt zu bekommen.

«Mich werden Sie nur wieder los, wenn Sie meine Einladung für heute abend annehmen», sagte Tom und ließ Elfie keine Sekunde aus den Augen. «Wir zwei haben heute abend nämlich eine Verabredung mit der Kameliendame. Punkt sieben hole ich Sie ab. Und diesmal kann mich nicht mal ein Blizzard aufhalten.»

Tom hatte nicht zuviel versprochen. John Neumeiers Choreographie und Frédéric Chopins Musik waren überwältigend. Als Tom und Elfie nach dem Staatsoperbesuch ins Taxi stiegen, ließ Elfie sich mit einem Seufzer ins Polster des Rücksitzes sinken. «Ach, war das schön!»

Tom sah sie an, nickte und fügte hinzu: «Zum Verlieben.» Seine Hand suchte Elfies, aber die zuckte zurück.

«Früher ging man hinterher immer noch tanzen und dann ...» Tom sprach nicht weiter, und Elfie fragte gespannt: «Ja? Und dann?»

«Auf die Alsterwiesen, zum Knutschen.»

Elfie nickte wie selbstverständlich und konterte dann: «Früher konnte ich auch ausschlafen, im Bett frühstücken und mir die Augsburger Puppenkiste ansehen.»

Als hätte er nur darauf gewartet, schmetterte Tom los: «Eine Insel mit zwei Bergen ...»

Elfie sah ihn verblüfft an. «Genau, Jim Knopf und Lukas, der Lokomotivführer.»

Dann intonierte Tom: «Alle Mamis sagen immer, Tindchen, deh zu Bett ...»

«Urmel aus dem Eis», sagte Elfie, und Tom nickte.

«Tief unter der Erde, ja da ist es schön ...», sang Tom.

«Kleiner König Kalle Wirsch», sagte Elfie.

Dann sahen die beiden sich an, holten zu einer triumphalen Geste aus, Elfie mit der linken Hand, Tom mit der rechten, und sagten gleichzeitig: «Von Titiwu bis Lummerland!» Bei der letzten Silbe waren ihre Hände ausgestreckt in der Luft und berührten sich. Diesmal zuckte Elfie nicht zurück. Bis das Taxi vor dem Hotel hielt, hielt sie Toms Hand.

Zum Abschied – mit dem größten Bedauern mußte Elfie eine Verabredung für den folgenden Abend ablehnen, weil sie sich mit Alrun um die Buchhaltung kümmern mußte – küßte Elfie ihren rechten Zeigefinger und legte ihn auf Toms Lippen. Erstaunlicherweise begnügte er sich damit. Als Elfie ihr Hotel betrat und sich noch einmal nach Tom umdrehte, tanzte er durch die Schwanenstraße davon.

Wieder verabschiedete sich ein Paar mittleren Alters aus dem Hotel, nachdem es nur knapp zwei Stunden auf dem Zimmer gewesen war. Auch dieses Paar, das fiel Fatima auf, war gar nicht erst dazu gekommen, sein Gepäck aus dem Wagen ins Hotel zu holen, bevor der Mann zu einem dringenden geschäftlichen Termin abberufen wurde. Aber anders als Elfie sagte Fatima, die diesmal das vorzeitige Auschecken abwickelte, völlig ungerührt: «Leider muß ich Ihnen trotzdem den vollen Preis berechnen. Macht einhundertzwanzig Mark.» Das Paar akzeptierte das, ohne mit der Wimper zu zucken.

Es war Julietta, die in ihrer bodenständigen Art am nächsten Tag dem Spuk mit den Stundengästen mittleren Alters ein Ende bereitete. Sie legte mit Elfie in der Küche Bettlaken zusammen, was nicht einfach war, weil Elfie ein Liebeslied mitträllerte, das im Radio gespielt wurde, und auch noch dazu tanzte, so daß ihr das Laken immer wieder aus der Hand rutschte und die ganze Prozedur wieder von vorne losging. In dem Moment trat Fatima sichtlich verwirrt in die Küche: «Da gibt es ein Problem, Elfie. Die Matzens stehen draußen und wollen schon wieder früher abreisen. Also, ich versteh das nicht.»

«Ich schon», sagte Julietta.

Elfie und Fatima sahen sie überrascht an, während Julietta ruhig weiterarbeitete. «Das ist doch klar wie Leitungswasser: ein Hausfrauenring.»

«Ein *was*?» fragte Elfie.

Fatima schlug sich mit der flachen Hand an die Stirn. «Aber natürellmang! Daß ich da nicht eher drauf gekommen bin! Haben wir doch gestern beim Haaremachen was in dieser Klatschzeitung drüber gelesen: Hausfrauen gründen einen Callgirlring und treffen sich dann mit ihren Freiern in puscheligen kleinen Hotels.»

«Nee, nich? Mein Hotel – eine Absteige?» Elfie kam in bekannter Manier von Null auf Hundert.

«Doch, Elfie!» sagte Julietta.

«Da haben wir wohl öng peti problem, nesspa?» faßte Fatima zusammen.

«Problem?» Elfie war schon auf dem Weg zur Rezeption. «Nicht daß ich wüßte!»

Herr Matzen druckste noch herum von einem wichtigen Termin, den er total vergessen habe, als Elfie ihn anstrahlte und sagte: «Aber das macht doch nichts! Macht tausendfünfhundert Mark.»

«Was? Wie bitte?» Herr Matzen starrte Elfie entgeistert an. Elfie lächelte ruhig. «Fünfhundert fürs Zimmer und tausend der Sekt.» Und nach einer Weile, als Herr Matzen sie immer noch fassungslos anstarrte, fügte sie erklärend hinzu: «Puffpreise eben.»

Herr Matzen begann zu schwitzen, Frau ... nun ja, Matzen hieß sie sicher nicht, aber die Frau an seiner Seite wurde blaß, und keiner von beiden versuchte zu feilschen. Herr Matzen sagte lediglich: «Soviel habe ich nicht bei mir.»

«Wir nehmen auch Schecks», beruhigte ihn Elfie.

Herr Matzen stöhnte, die Frau nestelte betreten an ihrer Kostümjacke herum, während Matzen einen Scheck ausstellte und ihn Elfie reichte.

«Ihre Visitenkarte bitte noch», sagte Elfie eiskalt. «Falls es mit der Bank Probleme gibt.»

Mit feuchten Händen überreichte Matzen ihr auch noch eine Visitenkarte, auf der tatsächlich Matzen stand, Theo Matzen, Malermeister aus Bergedorf.

An die Frau gewandt, machte Elfie dann noch unmißverständlich klar, daß sie eine fortgesetzte Benutzung ihres Hotels für «diese Zwecke» unter keinen Umständen dulden und im Wiederholungsfalle die Polizei verständigen werde.

Wie zwei ertappte Lausbuben verließ das Paar das Hotel.

Fatima und Julietta, die vom Eingang zum Frühstücksraum aus die ganze Szene beobachtet hatten, applaudierten ihrer Chefin, und alle drei zusammen freuten sich über den Scheck.

Abends jedoch verging Elfie die Freude an dem guten Tagesschnitt. Ernst, ja fast drohend, saß Alrun ihr am Schreibtisch gegenüber und malte, wie so oft, den Teufel an die Wand. «Weißt du eigentlich, was da alles auf dich zukommen kann?» fragte sie und antwortete gleich selbst: «Vorwurf der Kuppelei, Begünstigung zur Prostitution, Anzeige wegen gewerblich nicht genehmigter Nutzung von vermieteten Räumen, Gerichtsverfahren, Geldbuße, Schließung des Hotels.»

Elfie hatte mehrfach vergeblich versucht, Alrun zu unterbrechen, und sich am Ende die Ohren zugehalten. Der Streit darüber, was mit dem Scheck zu tun sei, in dem Alrun ein Beweismittel sah und Elfie nur Geld, war noch in vollem Gange, als das Telefon klingelte und Herr Matzen sich am anderen Ende meldete. Inständig bat er Elfie, den Scheck nicht einzulösen, weil seine Frau die Hoheit über die Finanzen habe und nichts merken dürfe. Er komme am nächsten Morgen ins Hotel und werde die Summe in bar bezahlen.

Elfie lächelte still in sich hinein, aber Alrun genügte es nicht, daß das lästige Scheckproblem nun gelöst war. «Laß die Finger davon, Elfie!» sagte sie beschwörend. «Das ist nicht korrekt. Du bist doch nicht der König von St. Pauli!»

«Erstens sind wir hier nicht auf St. Pauli», sagte Elfie trocken, «und zweitens wäre ich, wenn überhaupt, eine Königin.»

Und damit hatte sie gar nicht so unrecht. Denn als am nächsten Vormittag nicht Herr Matzen mit dem Geld kam, sondern die Frau, die ihn begleitet hatte und sich jetzt als Renate Förster vorstellte, folgte Elfie einer ihrer untrügerischen Eingebungen, bat die elegant gekleidete Frau in die Sitzecke hinter dem Frühstücksraum und bekam eine so traurige Lebensgeschichte zu hören, daß Elfie sich am Ende entschloß, das Geld doch nicht anzunehmen.

Nachdem die Frage «Mandel oder Sahne?» mit «Mandel» beantwortet worden war, erzählte Renate Förster vom Zusammenbruch der Firma, in der sie zwanzig Jahre lang einen gutdotierten Job gehabt habe, von Rationalisierungsmaßnahmen, die auch ihren Mann arbeitslos gemacht hätten, daß das Arbeitsamt beiden eineinhalb Jahre lang keine neue Stelle angeboten habe, daß die Familie nie etwas auf die hohe Kante gelegt habe und ihr sozialer Abstieg schnell und steil gewesen sei, bis eine Freundin sie auf dieses Gewerbe mit den netten, seriösen Damen und Herren mittleren Alters aufmerksam gemacht habe ...

Elfie konnte sich nicht vorstellen, selbst in der größten Not diesen Weg zu gehen, akzeptierte aber, daß Renate Förster keinen anderen mehr gesehen hatte, und reichte ihr das Bündel Geldscheine zurück.

«Nein, nein!» wehrte diese ab. «Das ist Ihr Geld, Frau Gerdes.»

«Und deshalb kann ich damit auch machen, was ich will», sagte Elfie entschieden, stand auf und begleitete eine sehr erleichterte und dankbare Renate Förster aus dem Hotel. Daß sie so auf keinen grünen Zweig kommen konnte, war Elfie durchaus bewußt, aber sie freute sich doch, als sie Renate Förster gedankenvoll nachsah.

«Guten Tag», sagte eine wohlvertraute Stimme ganz dicht an ihrem Ohr. Elfie fuhr herum und sah in das strahlende Gesicht von Tom. Sie lächelte und wollte ihn begrüßen, als er, mit Blick auf die sich entfernende Renate Förster, sagte: «Wer war denn das? Die Frau habe ich hier doch schon mal gesehen.»

«Ach», sagte Elfie und machte eine vage Handbewegung, «die Kameliendame.»

Tom sah sie fragend an und sah dabei so hinreißend jungenhaft aus, daß Elfie nicht anders konnte und ihn mitten auf den Mund küßte. Als Tom sich von dem freudigen Schrecken erholt hatte, nahm er Elfie an beiden Händen und sagte: «Zieh dir schnell was über, und dann komm mit, ich muß dir was zeigen!»

Elfie lachte. «Das geht jetzt nicht. Ich kann erst weg, wenn Fatima zum Spätdienst kommt. Was hast du denn vor?»

«Überraschung», sagte Tom geheimnisvoll.

Zwar mußten sie sich noch ein Stündchen gedulden, aber als Tom dann wiederkam, um Elfie abzuholen, und die Fahrt eindeutig in den Sachsenwald ging, wußte Elfie, wohin es ging. Eine Überraschung war Toms Baumhaus aber dennoch. Elfie glaubte, noch nie eine so gewaltige Eiche gesehen zu haben, und in einer Astgabelung war Platz für das wunderschönste Baumhaus, das sie je gesehen hatte. Es hingen zwar keine rot-weiß karierten Gardinen mehr an den Fenstern, aber die Holzbänke waren noch da, und auf dem Tisch lag eine blau-weiß karierte Tischdecke, und auf der Tischdecke standen Wein, zwei Gläser, zwei Teller, Käse, Trauben, Oliven, frisches Weißbrot, Pfirsiche und Erdbeeren.

«Willkommen im Traumhaus meiner Kindheit ...», sagte Tom.

«... in deinem Märchenschloß ...», sagte Elfie.

«... zu dem sich der tapfere Prinz durch Dornenhecken hindurch vorkämpfte, vorbei an schlafenden Pferden und schnarchenden Köchen ...», fuhr Tom fort.

«... um dann in einem Turm die schlafende Prinzessin zu entdecken ...», ergänzte Elfie und lachte.

«... von deren Schönheit der Prinz so geblendet war, daß er sich über sie beugte ...» An dieser Stelle machte Tom eine Pause und beugte sich über Elfie.

«... und sie küßte», vollendete Elfie, wobei sie die letzte Silbe schon nicht mehr richtig herausbekam.

7. KAPITEL

Das Frühstück, das Tom an Elfies Bett brachte, war nicht gut gemacht, aber gut gemeint, und das wußte Elfie zu würdigen. Es hatte den Vorteil, daß es nicht zu sehr von der wunderbaren Nacht ablenkte, die sie hinter sich hatten. Und so räkelte Elfie sich noch in Toms Armen, als das Telefon läutete und Fatima fragte, ob es in Ordnung sei, wenn sie heute ein paar Stunden später komme. Da Elfie so etwas von Fatima gar nicht kannte, fragte sie nach dem Grund, und Fatima stammelte: «Es ... ich ... also es ist so ... Ich habe da gestern jemanden kennengelernt und möchte ... also ich würde gerne noch mit ihm frühstücken.»

Tom war inzwischen an Elfie heruntergerutscht und küßte ihren Bauchnabel. Elfie stöhnte leise auf und sagte: «Jaa! Solche Frühstücke sind schön! Laß dir Zeit! Wir kommen hier schon zurecht. Und viel Spaß!»

Während Elfie sich erneut in das Frühstücksvergnügen stürzte, das sie Fatima gerade anempfohlen hatte, beendete Fatima ihre sorgfältige Toilette. Heute war für sie ein besonderer Tag, und da wollte sie besonders hübsch und verführerisch aussehen. Freudig erregt, aber auch unruhig und gespannt machte sie sich auf den Weg zum Gefängnis, um ihren Mann zu besuchen. Ein Haftprüfungstermin hatte am Vortag stattgefunden, und da Ralf sich bisher vorbildlich geführt hatte, war sie sich eigentlich ganz sicher, daß er die restlichen neun Monate nicht würde absitzen müssen. Aber man weiß ja nie, dachte sie und versuchte, sich auf alles gefaßt zu machen. Und das war gut so. Schon als sie auf den kleinen

Holztisch im Besucherraum der Justizvollzugsanstalt zuging, an dem Ralf bereits auf sie wartete, sah sie an seiner Körperhaltung, daß etwas nicht in Ordnung war, ganz und gar nicht in Ordnung. Ralfs hünenhafte Gestalt war in sich zusammengesunken, und selbst als er Fatima hereinkommen sah, richtete er sich nicht zu voller Höhe auf.

«Ich muß hier raus!» war das erste, was er zu Fatima sagte. «Ich halt das nicht mehr aus. Die machen mich hier fertig.»

Und dann sprudelte die ganze Geschichte aus ihm heraus: daß in seiner Zelle Kokain gefunden worden war, von dem jedermann wußte oder zumindest ahnte, daß es seinem Zellengenossen gehörte, der aber viel zu gerissen war, um sich erwischen zu lassen, und nun sah es so aus, als sei er, Ralf Bürgenstock, der Knastdealer, hinter dem man schon lange her war. «Das heißt, die Gefängnisdirektorin glaubt das nicht wirklich», sagte er niedergeschlagen. «Sie weiß ganz genau, daß das Zeug von Metz stammt. Aber sie braucht meine Aussage, um an ihn ranzukommen. Und die kriegt sie nicht.»

Dann zeigte er seiner Frau die Wunde an seiner Wange, die sein Zellengenosse ihm noch rechtzeitig vor dem Haftprüfungstermin mit einer Glasscherbe beigebracht hatte. «Die Direktorin hat die Entscheidung über meine vorzeitige Entlassung von meiner Zeugenaussage abhängig gemacht. Und wenn ich ihr die geliefert hätte, würde ich jetzt wahrscheinlich gar nicht hier sitzen, sondern mit 'nem Loch im Kopf im Wäschereikeller liegen. Metz hat mich voll im Griff, Fatima», sagte er verzweifelt, und Fatima sah die nackte Angst in seinen Augen.

Das Schlimmste für Fatima war, daß sie nichts für ihren Mann tun konnte, was ihm wirklich half. Sie beschloß, bei ihrem Anwalt noch einmal Druck zu machen, weil sie zunehmend das Gefühl hatte, daß der sich gar nicht richtig um ihre Angelegenheit kümmerte, und zur Not, so sagte sie sich, obwohl dann eine neue

Kostenlawine auf sie zukäme, müßte sie den Anwalt wechseln. Davon sagte sie aber Ralf nichts, der hier drinnen schon genug Sorgen hatte. Statt dessen kam sie seiner Bitte nach, einen Blick auf ihren Spitzen-BH werfen zu dürfen, den sie extra für ihn angezogen hatte. Und dann beendete der wachhabende Justizvollzugsbeamte räuspernd die Besuchszeit.

Eine sehr bedrückte Fatima traf wenig später auf eine sehr exaltierte Elfie, die gerade einen Bilderrahmen von einem der vollgestopften Regale in ihrem Büro herunterangelte, um ein Foto von Tom Claasen neben das Konterfei von Alexander Hofstädter zu schieben.

«Das ist doch unser Getränkefuz ... äh ... lieferant!» sagte Fatima verdutzt und wenig erfreut.

«Die Kandidatin hat hundert Punkte!» Elfie strahlte. Dann beugte sie sich zu dem Doppelportrait vor und flüsterte: «Vertragt euch, ja?!»

«Jetzt sag bloß nicht, du hast was mit dem!» Fatima konnte es nicht fassen.

«Und ob ich was mit dem hab!» Und wie zum Beweis geriet Elfie sofort ins Schwärmen. «Wenn der mich so anguckt ...» Elfie schüttelte sich wohlig. «Ich hab jedesmal das Gefühl, der Kerl bringt mich um den Verstand.»

Fatima hatte den Eindruck, daß das bereits geschehen war, sagte aber nur trocken: «Glückwunsch!»

«Wenn dich jemand im Arm hält und einfach nicht wieder losläßt ...» Elfie seufzte. «Ich hab erst jetzt gemerkt, wie sehr mir das gefehlt hat.»

Erst als Fatima schluckte und sich räusperte, fiel Elfie auf, daß ihre Freundin alles andere als glücklich war. Folglich fragte Elfie sie nach dem amourösen Frühstück, aber sie bekam keine direkte Antwort, und es bedurfte einiger Hartnäckigkeit, bis sie aus Fatima das stockende Geständnis herauslockte, alles sei ganz anders gewesen, sie habe ihren «Bruder» im Gefängnis besucht.

Fatima war sehr froh darüber, daß sie sich nicht viel weiter in diese Lüge zu verstricken brauchte. Denn im selben Moment klingelte das Handy, das Elfie von Tom geschenkt bekommen hatte. Es war knallrot, und Tom hatte es, in einen regenbogenfarbenen Seidenschall gehüllt, auf Elfies Schreibtisch gelegt. Im Display leuchteten die Worte: DRUECK DICH – TOM. Und es gab nur einen, der die Nummer kannte. Elfie strahlte, und Fatima flüchtete sich erleichtert aus Elfies Büro und in die Arbeit.

So glücklich Elfie zunächst über diesen Anruf war, so enttäuscht war sie kurz darauf, denn Tom sagte die abendliche Verabredung fürs Kino ab. «Och», Elfie versuchte erst gar nicht, ihre Enttäuschung zu verbergen, «und ich hatte mich so darauf gefreut.»

«Ich doch auch», behauptete Tom. «Aber ausgerechnet heute habe ich einen wichtigen Termin. Du kennst das ja: Business! Man muß die Pflaumen pflücken, wenn sie reif sind.»

Schon diese Formulierung hätte Elfie zu denken geben sollen. Statt dessen bedauerte sie Tom für seine ausgedehnten Dienstzeiten. «Mußt du denn oft nachts arbeiten?» fragte sie.

«Ich sag immer: Getränkehändler ist kein Beruf, sondern eine Berufung», dozierte Tom. «Und nachts machst du in dem Job einfach die besten Geschäfte. Aber sei nicht traurig, wir können uns ja morgen abend treffen!»

Damit mußte Elfie sich vorerst begnügen. Später, am Ende eines wenig arbeitsreichen Tages, dessen hervorragendstes Highlight das ewig undichte Abflußrohr von Zimmer drei gewesen war, beschloß Elfie, kein Trübsal zu blasen und sich den Film allein anzusehen. Die Begegnung, die sie vor dem Kino hatte, brachte sie auf den Boden der Tatsachen zurück: Tom stand auch vor dem Kino.

«Du hier?» Etwas Schlaueres fiel Elfie nicht ein.

«Tja … voll der Zufall, was?» Tom wirkte weniger überrascht als ertappt.

Der Grund dafür löste sich schon im nächsten Moment aus der Menschenmenge, die sich vor der Kinokasse angesammelt hatte. Er war blond, extrem langbeinig und körperbetont ganz in Schwarz gekleidet, was das regenbogenfarbene Halstuch um so stärker betonte.

«Nichts zu machen, Tom, ausverkauft!» sagte das Beinwunder und hakte sich bei Tom ein.

Während Elfie noch nach Luft schnappte, trat Tom, der ganz offensichtlich am liebsten im Erdboden versunken wäre, die Flucht nach vorn an und stellte die beiden Frauen einander vor.

«Vanessa, das ist Elfie. Elfie, das ist Vanessa, eine Kundin von mir.»

Elfie brauchte nicht das geringste bißchen Phantasie, um sich vorzustellen, was diese Kundin von Tom geliefert bekam. «Ich glaub, ich bin im falschen Film», murmelte sie und streckte Vanessa ihre Kinokarte hin. «Hier, das Ticket ist gerade frei geworden.»

Vanessa lehnte dankend ab. «Ist ja nur *eine* Karte», sagte sie bedauernd. «Und Tom und ich wollen doch einen Abend *zu zweit* verbringen.»

Tom räusperte sich in äußerster Verlegenheit, und Vanessa setzte sich in Bewegung und zog ihn mit.

«Also, wir gehen dann», sagte sie über die Schulter zu Elfie und setzte ein siegreiches Lächeln auf. «Auf Wiedersehen.»

«Ich ruf dich an», sagte Tom im Vorbeigehen und ließ Elfie stehen.

Elfie sollte aber noch mit einer weiteren menschlichen Tragödie konfrontiert werden. Als sie übelster Stimmung ins Hotel zurückkam, saß Fatima nicht am Empfang, wo sie hingehörte, und war auch sonst nirgends zu sehen. Elfie war wütend, und sie ahnte, wo Fatima steckte. Als Fatima tagsüber gerade einige Einkäufe erledigte, hatte sich ein Mann eingemietet, nachdem er sich vergewissert hatte, daß Fatima bald zurück sein würde. Und richtig: Elfie hörte Fatimas Stimme in dem Zimmer des neuen Gastes. Sie klopfte an und beorderte Fatima aufs rüdeste nach unten.

Fatima war froh über Elfies Erscheinen. Denn der Gast auf Zimmer neun war niemand anderes als ihr Mann Ralf. Bei einem Zahnarztbesuch war der Polizist, der ihn begleitete, kurz Zigaretten holen gegangen und noch nicht wieder zurück, als Ralf nach der Behandlung wieder ins Wartezimmer kam. Da hatte Ralf die Abwesenheit seines Bewachers, ohne nachzudenken, zur Flucht genutzt. Er war auf dem schnellsten Weg nach Haus gegangen, hatte Fatima dort nicht angetroffen und war zu ihrem Arbeitsplatz geeilt. Elfie hatte am Empfang gesessen und gesagt, Fatima sei unterwegs, und es könne noch ein Weilchen dauern. Da hatte Ralf sich kurzentschlossen unter falschem Namen ein Zimmer genommen. Allerdings war er so unvorbereitet in diese Situation hineingeschliddert, daß er Elfies Fragen beim Ausfüllen des Anmeldeformulars nicht vernünftig beantworten konnte. Elfie hatte gemerkt, daß dem Mann aus irgendwelchen Gründen gerade nicht der Sinn nach Formalitäten stand, was sie gut verstehen konnte, und das Formular beiseite gelegt. Fürs erste genügte ihr, daß der Mann ein Bekannter von Fatima war, und da er nicht die geringste Ähnlichkeit mit ihr hatte, brauchte sie auch nicht zu befürchten, daß es sich um ihren womöglich aus dem Gefängnis entflohenen Bruder handelte. Mit den Worten «Das können wir ja später noch ausfüllen» hatte sie ihm den Zimmerschlüssel gegeben und ihm empfohlen, sich erst mal auszuruhen, denn das hatte er offensichtlich nötig. Kurz bevor Elfie dann ins Kino ging, war Fatima zurückgekehrt, und Elfie hatte sie über den Gast informiert und sie gebeten, die Sache mit dem Anmeldeformular zu erledigen. Fatima schwankte zwischen Freude und Entsetzen, als sich der ominöse Gast als Ralf entpuppte. Deshalb war sie heilfroh, als Elfie sie jetzt so barsch zur Pflicht rief, und um ungestört mit ihr reden zu können, lotste sie Elfie in die Küche.

Trotzdem war es ein hartes Stück Arbeit, Elfie begreiflich zu machen, was los war. Die Bruder-Lüge mußte aufgeklärt werden, ebenso die Tatsache, daß Fatima verheiratet war, sowie auch der Grund für Ralfs Inhaftierung, seine derzeitige Situation im Gefängnis, die Sache mit dem Kokain und seinem Zimmergenossen, dem Haftprüfungstermin und der verlangten und verweigerten Zeugenaussage.

Hätte das Verhältnis von Elfie und Fatima nicht auf ziemlich soliden Füßen gestanden, so hätte Fatimas Geschichte beziehungsweise die ihres Mannes wohl kaum Gnade vor Elfie gefunden. Aber Elfie war nun einmal Elfie und Fatima ihre Freundin, und so beschränkte Elfie ihre Kanonade auf die Rolle, die sie selbst in dieser höchst prekären Situation spielte.

«Sag mal, bist du eigentlich geisteskrank?» tobte sie los. «Hast du sie nicht mehr alle? Schon mal eine Sekunde überlegt, in was für eine Situation du mich bringst? Letzte Woche hatte ich hier drin einen halben Puff, da stand ich schon mit einem Bein im Gefängnis! Und jetzt kommst du mit einem Häftling an, der in meinem Hotel ein paar privat verordnete Urlaubstage einschiebt! Mensch, Fatima, du bist nicht mehr ganz dicht!»

Daß Schmolli just diesen Moment wählte, um bei Elfie vorbeizuschauen und ein Schwätzchen mit ihr zu halten, bescherte ihm eine weitere Abfuhr. Und daß eine halbe Minute später auch noch der Polizist Poggensee an Elfies Küchenfenster stand, um seinen Routinecheck zu absolvieren, versetzte Elfie und Fatima in Angst und Schrecken. Trotzdem war Elfie noch geistesgegenwärtig genug, um ihm ein paar ausgelesene Illustrierte für seine Frau in die Hand zu drücken.

Als beide Männer wieder abgezogen waren, der eine pikiert, der andere fröhlich pfeifend, brach Fatima in Tränen aus, und auch Elfie war nach heulen zumute.

«Und jetzt?» fragte Fatima schluchzend.

Elfie sah auf die Uhr, atmete tief durch und ging dann auf Fatima zu und nahm sie kräftig in den Arm. «Jetzt gehst du nach oben und verbringst eine schöne Nacht mit deinem Ausbrecher», sagte sie. «Und morgen sehen wir weiter.»

Fatima löste sich aus der Umarmung, wischte sich die Tränen ab und sah Elfie fragend an. «Aber das ... das geht doch nicht ...», begann sie.

«Schon vergessen, wer hier Chef ist?» sagte Elfie mit gespielter Strenge.

Fatima trat wieder auf Elfie zu und umarmte sie noch einmal.

«Ach, Elfie, du bist wirklich so eine tolle Freundin! Danke.»

In dieser Nacht empfand Elfie ihre Einsamkeit schmerzhafter als in der ganzen letzten Zeit. Und nicht einmal das Wechseln der Bettwäsche in ihrem Zimmer hatte den erhofften Effekt. Nun roch ihr Bett zwar nicht mehr nach Tom Claasen, aber fröhlicher stimmte sie das auch nicht.

Am nächsten Morgen saß Fatima schon beim Frühstück, als Elfie in die Küche kam. Sie war in die Morgenzeitung vertieft, die nach Ausbruch eines Häftlings den Sicherheitsstatus der Hamburger Vollzugsanstalten diskutierte.

«Ist klar, daß er sich stellen muß», sagte Elfie, und es klang mehr wie eine Frage.

Fatima schüttelte auch prompt den Kopf. «Da kannst du genauso gut mit einer Wand reden. Es ist zwecklos, absolü!»

«Er muß», sagte Elfie nüchtern. «Wie stellt er sich das denn vor?»

«Untertauchen, hat er gesagt.» Fatima zeigte auf den Kaffee. «Auch einen?» fragte sie.

Elfie nickte. «Untertauchen! So ein Blödsinn! Wo will er denn hin? Er muß zurück, und zwar sofort. Sonst wird doch alles noch schlimmer.»

«Hab ich ihm doch auch gesagt.» Fatima stellte Elfie einen Becher Kaffee hin und schüttelte den Kopf. «Aber es ist sinnlos. Wenn Ralf sich etwas in den Kopf gesetzt hat, dann bringen ihn keine zehn Pferde davon ab.»

Elfie trank einen Schluck, kniff die Augen zusammen und sagte: «Das wollen wir doch mal sehen! Wenn du nichts dagegen hast, knöpfe ich mir den Jungen mal vor.»

Fatima zuckte bedauernd mit den Schultern. «Ich warne dich», sagte sie leise. «Der ist so eigensinnig, da fällt dir nichts mehr ein.»

Elfie marschierte zur Küchentür, doch bevor sie nach oben stürmte, blieb sie kurz stehen. «Der Mann, zu dem *mir* nichts mehr einfällt, muß erst noch geboren werden!»

Was ihr in dem Gespräch mit diesem speziellen Mann einfiel und ihn letzten Endes überzeugte, war das Argument, daß es nicht nur um ihn ging, sondern auch um Fatima und die gemeinsame Zukunft mit ihr. «Diese Zukunft fängt an, wenn Sie aus dem Gefängnis wieder raus sind», sagte Elfie. «Wenn Sie Ihre Zeit nicht absitzen und nicht ganz offiziell entlassen werden, gibt es keine Zukunft für Sie und Fatima. Oder an was für eine Art von Leben hatten Sie gedacht, das Sie ihr bieten wollen, ewig auf der Flucht, ewig alles illegal ...?»

Ralf Bürgenstock wurde ganz still und erklärte sich schließlich damit einverstanden, ins Gefängnis zurückzugehen.

Elfie gab Fatima frei, damit sie ihren Mann begleiten konnte, und als die beiden im Taxi davonfuhren, hatte sie den Kopf frei, um sich ihres persönlichen Elends wieder bewußt zu werden.

Neustart -- Von der Hotelsekretärin zur Hotelchefin: Ex-Girlfriend Elfie Gerdes (Manon Straché) übernimmt ihre eigene kleine Pension.

Freunde fürs Leben -- Elfie steht das Wasser bis zum Hals: Sie hat nicht nur ihren Mann verloren, sondern sich auch noch hoffnungslos verschuldet. Doch zum Glück sind da ihre Freunde: der Lehrer Bernd Bosch (Thomas Limpinsel),

die Buchhalterin Alrun Schmidt (Annette Kreft) **und Empfangschefin Fatima** (Jennifer Steffens) **helfen Elfie, wo sie können.**

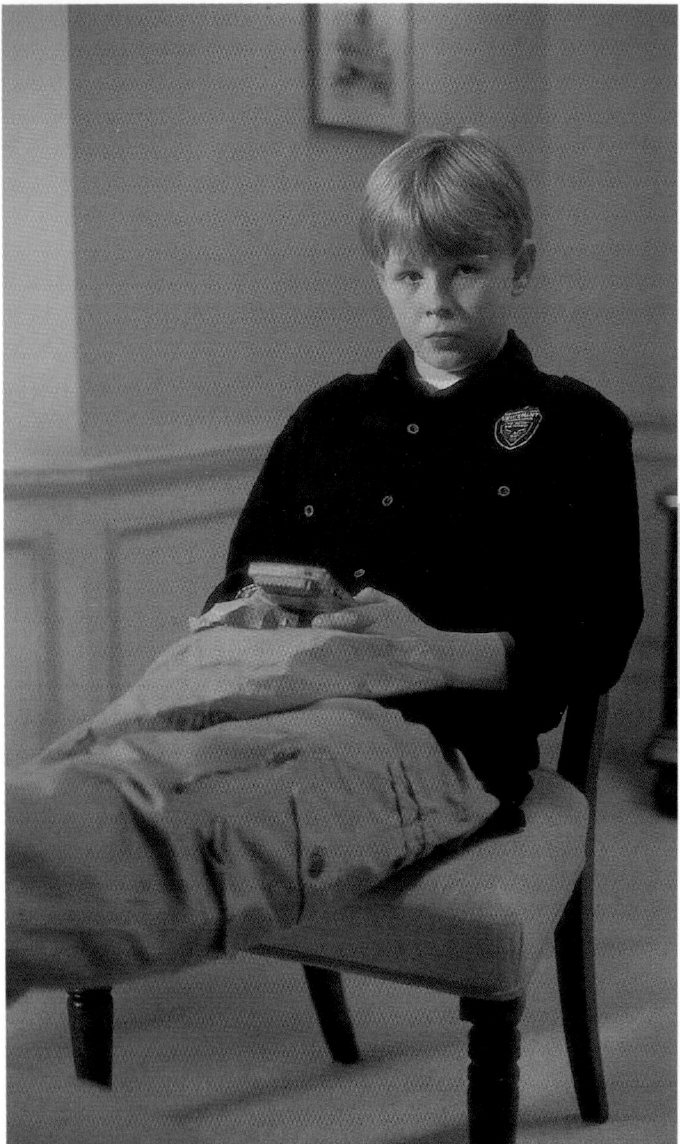

Hausgäste -- **Während Alruns Sohn Melvin** (Mark Horstmann) **anläßlich einer Reise seiner Mutter nur äußerst ungern zu Elfie ins Hotel zieht, freuen sich Tom** (Andreas Herder) **und Schmolli** (Harald Maack), **wenn sie mit der Dame des Hauses einen Abend verbringen dürfen.**

Chaosforschung -- **Dr. Lund** (Fritz Wepper) **mietet sich mit traurigen Absichten im Hotel Elfie ein, Zimmermädchen Cora** (Sandra Borgmann) **versucht, ihrem Freund Boris** (Ole Puppe) **eine Familienkrankheit zu verheimlichen,**

Ex-Pensionschefin Rita Schnabel (Doris Kunstmann) **mischt sich in Elfies Angelegenheiten, und zu allem Übel kommt Elfies Mutter** (Margret Homeyer) **überraschend zu Besuch. Das Chaos ist perfekt.**

Familienbande -- **Nicht verwandt, aber trotzdem eine richtige Familie:**
Bernd Bosch (Thomas Limpinsel), **Fatima Bürgenstock** (Jennifer Steffens), **Rita Schnabel** (Doris Kunstmann), **Cora Blitz** (Sandra Borgmann), **Boris** (Ole Puppe), **Melvin Schmidt** (Mark Horstmann), **Elfie Gerdes** (Manon Straché), **Julietta** (Ingrit Dohse)

Als ein Bote rote Rosen von Tom brachte, mit einer Karte, auf der er Elfie abends ins Checkers bat, um ihr alles zu erklären, bezweifelte Elfie keineswegs, daß Tom jede Menge Erklärungen auffahren würde, aber sie war fest entschlossen, ihm nichts zu glauben. Schließlich hatte sie gesehen, was sie gesehen hatte. Sie war sich noch nicht einmal sicher, ob sie überhaupt zu dem Treffen hingehen wollte. Aber Tom klang so ernst, als er sie noch einmal anrief, um sich zu vergewissern, ob sie auch wirklich kommen würde, daß sie zusagte.

Leicht machte sie es ihm allerdings nicht. «Was mich am meisten verletzt, ist nicht, daß du mich betrügst», sagte sie. «Ich weiß, daß ich keinen Besitzanspruch auf dich habe. Ich bin schließlich keine achtzehn mehr. Aber was du da machst, ist viel schlimmer: Du hast keinen Respekt vor meinen Gefühlen.»

Tom rührte betreten in seiner Kaffeetasse und sagte nichts.

«Nach Alexanders Tod habe ich mich eingeigelt, mich vor mir selber versteckt. Alles, was mir gefährlich werden konnte, habe ich auf Distanz gehalten. Bis du kamst. Verstehst du? Ich wurde verletzlich, weil ich zugelassen habe, daß du in mein Leben trittst. Und was machst du? Himmel noch mal! Du ...»

«Es tut mir so leid», sagte Tom schnell, ehe es noch schlimmer wurde. «Mir war einfach nicht richtig klar, was da passiert ist, ich meine, mit uns beiden.»

Elfie verzog das Gesicht. «Schön. Dafür kann ich mir aber auch nichts kaufen.»

«Es wird nicht wieder vorkommen, das schwöre ich dir! Und was Vanessa betrifft ...»

«Davon will ich nichts hören», unterbrach Elfie ihn.

«Doch, Elfie! Das habe ich noch gestern gecancelt, sofort nachdem wir uns gesehen hatten. Die Sache ist echt gegessen.»

Es fiel Elfie schwer, das zu glauben, aber schließlich konnte sie Toms Beteuerungen nicht mehr widerstehen, und sie willigte ein, ihm noch die eine Chance zu geben, um die er sie bat. Als das geschafft war, ging Tom an die Bar, um zur Feier des Augenblicks Champagner zu bestellen.

Kaum war Tom aufgestanden, als sein Handy, das auf dem Tisch neben seiner Kaffeetasse lag, leise klingelte. Elfie fand nicht, daß jetzt ein geeigneter Moment zum Telefonieren war, und sah keine Veranlassung, Tom das Gerät hinterherzutragen. Aber als sich nach dreimaligem Klingeln das Display einschaltete und aufleuchtete, sah sie doch hin. DRUECK DICH AUCH – VANESSA war da zu lesen.

Als Tom zwei Minuten später, die Champagnergläser balancierend, zum Tisch zurückkam, war von Elfie nichts mehr zu sehen.

Blind vor Wut stapfte Elfie aufs Hotel zu. Deshalb bemerkte sie Fatima zuerst gar nicht, die ihr mit hoch erhobenen Händen, beide zu Victory-Zeichen geformt, entgegenwinkte.

Obwohl Elfie mit ihren eigenen Gefühlen genug zu tun hatte, freute sie sich doch, als Fatima ihr kurz darauf im Büro erzählte, daß während Ralfs Abwesenheit im Gefängnis ein sogenanntes Drogenscreening durchgeführt und Ralfs Zellengenosse zweifelsfrei überführt worden sei, so daß Ralf nun nicht mehr gegen ihn aussagen müsse. «Und dann hat die Direktorin persönlich zu mir gesagt», fuhr Fatima stolz fort, «daß sie noch mal über das Haftentlassungsgesuch nachdenken will, und zwar positiv, und daß so eine Flucht nicht unbedingt eine Strafverlängerung bewirken muß, und schon gar nicht, wenn jemand so schnell und so reumütig zurückkommt. Ist das nicht toll, Elfie? Ich wäre ihr beinahe um den Hals gefallen.»

Elfie war bei Fatimas letzten Worten merkwürdig abwesend gewesen, und als sie jetzt kaum reagierte, fragte Fatima: «Sag mal, hörst du mir überhaupt zu?»

Elfie starrte weiter auf das Papier, das gerade aus dem Faxgerät gerollt kam, ohne daß Fatima es bemerkte. Elfie riß es ab und reichte es Fatima. «Klar doch», sagte sie. «Find ich phantastisch. Dein Kerl ist gerettet und unser Hotel jetzt vielleicht auch bald.»

Auch Fatima hatte in dem kurzen Text – er stammte von Elfies Anwalt Dr. König – schnell die wichtigste Stelle gefunden. Im Chor lasen die beiden Frauen sie vor: «... und es besteht berechtigte Hoffnung, daß Ihre Testamentsangelegenheit bald einem positiven Ende zugeführt werden kann.»

«Mensch, Elfie, es geht aufwärts!» jubelte Fatima.

«Aber sowas von!» bestätigte Elfie, und ausgelassen wie zwei Sportler nach dem entscheidenden Punkt klatschten sie die Hände aneinander.

«Ein Gläschen Champagner?» fragte Fatima, ohne zu ahnen, welche frischen Wunden sie damit aufriß.

«Hör mir bloß auf mit Champagner!» sagte Elfie in einem Ton, der Fatima augenblicklich verstummen ließ.

Ein paar Minuten später saßen die Freundinnen im Aufenthaltsraum vorm Kamin, und Elfie entkorkte eine Flasche Rotwein. Fatima hatte das Licht gelöscht und eine Kerze angezündet.

Die Fakten als solche waren schnell erzählt, als sie sich setzten und Elfie zwei Gläser einschenkte, oder besser gesagt der eine Fakt: Es war endgültig aus mit Tom und ihr.

Als Fatima ihr Glas nahm, sagte sie: «Das versteh ich jetzt nicht. Ihr hattet doch gerade erst angefangen.»

«Ach, weißt du», begann Elfie und lehnte sich mit dem Glas in der Hand zurück. «Vor ein paar Jahren habe ich im Schauspielhaus mal ein ganz tolles Stück gesehen. Das war so: Ein Mann und eine Frau gehen ins Theater. Der Mann hört ziemlich schlecht und hat auch noch seine Brille vergessen. Dauernd fragt er seine Frau, was auf der Bühne vor sich geht. Die Frau sagt: ‹Da sind ein Mann und eine Frau.› Fragt der Mann: ‹Und? Was passiert?› Da sagt die Frau: ‹Immer dasselbe. Daß sie sich lieben und daß das nicht geht.›» Fatima fing an zu kichern, und Elfie kicherte mit. Dann hob Fatima ihr Glas und sagte ernst: «Vergessen wir mal die Kerle für ’ne Weile. Auf uns und unsere Freundschaft, Elfie!»

Auch Elfie hob ihr Glas. «Auf was denn sonst?» sagte sie, und die beiden ließen ihre Gläser klirren.

Sosehr Elfie sich auch darüber freute, daß Dr. König mit seinem Fax einen baldigen Termin beim Amtsgericht angekündigt hatte, so wenig half ihr das aktuell. War die Zimmerauslastung in letzter Zeit schon mau gewesen, dann strebte sie momentan gegen Null. Meist war Elfie schon froh, wenn drei Zimmer belegt waren, und die daraus resultierenden Einnahmen reichten noch nicht einmal aus, um die Betriebskosten zu decken. Das bedeutete, daß Elfie den Überbrückungskredit der Sparkasse voll ausschöpfen mußte. Als dieser Punkt fast erreicht war, machte sie sich auf den Weg zu ihrer Bank, ehe sie formell dazu aufgefordert wurde.

Frau Goldy kam direkt auf sie zu. «Was kann ich für Sie tun, Frau Gerdes?»

«Sie sicherlich nichts», gab Elfie zurück. Sie konnte ihre Antipathie gegen diese Frau einfach nicht bändigen. «Ich möchte Herrn Birkner sprechen.»

Da die stellvertretende Filialleiterin trotz schlechter Erfahrungen mit Elfie auch diesmal wieder freundlich und «kundenorientiert», wie sie es für sich nannte, auf diese schwierige Kundin zugekommen war, nur, um sich wieder mal eine Unverschämtheit anhören zu müssen, beschloß sie, nun ihrerseits zum Gegenschlag auszuholen, zumal sie gerade heute die prekäre Situation geprüft hatte, in der Elfie sich befand.

Zunächst informierte sie Elfie knapp darüber, daß Herr Birkner leider nicht zur Verfügung stehe, weil er erkrankt sei, und als Elfie dann kommentarlos einige Überweisungsträger auf den Tresen klatschte, nach ihrer Handtasche griff und wieder gehen wollte, hielt Frau Goldy sie zurück. «Moment noch, Frau Gerdes, es gibt da noch ein kleines Problem ...», begann sie relativ laut, und Elfie blieb stehen und kam zu ihr zurück. Frau Goldy hatte jetzt etwas aus der Kontenablage gegriffen und es zu Elfies Überweisungen gelegt. Es waren noch mehr Überweisungen.

«Diese Überweisungen hier», fuhr sie fort, «konnten leider alle nicht getätigt werden.»

«Wie ... was ... warum?» stammelte Elfie entgeistert.

«Na, warum wohl?» Frau Goldy war jetzt erbarmungslos. «Es gibt Grenzen, Frau Gerdes. Das gilt auch für unsere Kredite.»

Elfie beugte sich über die alten Überweisungen und regte sich fürchterlich auf. «Aber das sind wichtige Zahlungen. Sie hätten mich wenigstens informieren können!»

«Das tue ich doch gerade.» Frau Goldy lächelte provokant.

Elfie beugte sich zu ihr vor. «Soll ich Ihnen mal sagen, was Sie da gerade tun?» sagte sie und wurde mit jedem Wort lauter. «Sie verhindern gerade, daß meine Mitarbeiter ihr Gehalt bekommen.»

Frau Goldy drängte auf Mäßigung, aber das interessierte Elfie nicht, zumal Frau Goldy sich auf irgendwelche Bestimmungen berief, an die sie sich halten müsse.

«Ach, stecken Sie sich Ihre Bestimmungen doch sonstwo hin!» schrie Elfie. «Unseriöses Geschäftsgebaren ist das! Wissen Sie, wie Sie mir vorkommen? Wie ein Regenschirmverleiher, der die Schirme just in dem Moment zurückverlangt, wenn's regnet.»

Frau Goldy zeigte sich vollkommen unbeeindruckt.

«Ist doch wahr!» Elfie steigerte sich immer weiter in ihre Wut hinein. «So kann man doch nicht mit Menschen umgehen, es sei denn, man will sie ruinieren! Haben Sie sich eigentlich schon mal überlegt, was Sie da anrichten?»

Das Interesse, das Elfies Ausbruch in der kleinen, aber gutbesuchten Filiale entgegengebracht wurde, war nun nicht mehr zu übersehen, und Frau Goldy sagte: «Frau Gerdes, wir sollten das in aller Ruhe besprechen.» Sie zeigte auf die Sitzecke für Beratungsgespräche und fragte: «Möchten Sie vielleicht einen Kaffee?»

Elfie schnaubte vor Wut, packte ihre Handtasche ein zweites Mal und sagte final: «Nein, ich möchte keinen Kaffee. Ich möchte, daß Sie auf der Stelle tot umfallen.» Dann rauschte sie aus der Sparkasse und ließ eine fürs erste vollkommen geplättete Filialleiterin zurück.

8. KAPITEL

Als Elfie kurz darauf in ihr Hotel zurückkam, arbeitete sie weiter an der Kunst, sich Feinde zu machen. Sie strebte darin eine ähnliche Meisterschaft an wie in der Kunst, sich Freunde zu machen. Völlig wahllos erkor sie Julietta zu ihrem nächsten Opfer, als die gerade einen neuen Staubsaugerbeutel suchte.

«Neue Staubsaugerbeutel?» echauffierte sich Elfie. «So was gibt's nicht mehr, das ist reine Verschwendung!»

«Aber …», setzte Julietta zu einem entrüsteten Protest an, wurde aber von Elfie unterbrochen.

«Kein Aber! Mach den alten leer und benutz ihn noch mal!» Und damit rauschte sie ins Frühstückszimmer, wo Cora die beiden Tische abräumte, an denen Gäste gefrühstückt hatten, und verkündete weitere Sparmaßnahmen: Kaffee auf die Warmhalteplatte, damit das Personal ihn statt frischem in den Pausen trinken konnte, Butterreste zusammenstreichen und fürs nächste Frühstück zu neuen Stückchen formen, Marmeladen-, Wurst- und Käsereste sammeln und weiterverwenden sowie übriggebliebene Brötchen aufbewahren, anfeuchten und wieder aufbacken.

Die Reaktionen von Cora, Fatima und Julietta reichten von «Das ist ja ekelhaft!» (Cora) über «Wer soll das denn noch essen?» (Julietta) bis hin zu «Das ist verboten! Wenn das jemand vom Gewerbeaufsichtsamt mitkriegt, machen sie dir den Laden dicht.» (Fatima). Aber Elfie blieb hart und sagte: «Hier ist niemand vom Gerwerbeaufsichtsamt. Hier verirren sich ja noch nicht mal Gäste hin. Und irgendwo muß ich schließlich anfangen zu sparen!»

Elfie tobte noch eine ganze Weile hemmungslos weiter, und alle machten einen großen Bogen um sie. Eine Todesanzeige brachte Elfie wieder zur Vernunft. Rita Schnabel hatte sie ihr geschickt. Ihr Mann war vor wenigen Tagen gestorben. Elfie las die Mitteilung im Stehen, vor ihrem Schreibtisch, und obwohl sie in der Vergangenheit mit Rita Schnabel oft genug aneinandergeraten war, berührte sie Herrn Schnabels Tod, so kurz nachdem das Ehepaar sich in den Ruhestand zurückgezogen hatte, doch sehr. Eflie wußte nicht, wohin mit ihren Gefühlen und dem jähen Stimmungsumschwung. Deutlich freundlicher als vorher bat sie ihre Mitarbeiterinnen, den Laden ein, zwei Stündchen ohne sie zu schmeißen, und machte sich auf den Weg zum Friedhof. Sie brauchte jetzt die Bewegung und die frische Luft. Und sie brauchte die Zwiesprache mit Alexander. Als sie zurückkehrte, rief sie Rita Schnabel an und bot ihr am Ende eines sehr versöhnlichen Gesprächs spontan an, sie könne jederzeit nach Hamburg kommen und im Hotel wohnen, wenn ihr in Baden-Baden die Decke auf den Kopf fiele.

Statt Rita Schnabel kam Tom Claasen, obwohl er nicht eingeladen war. «Ich war grad in der Nähe», sagte er, als er einfach so in Elfies Büro spaziert kam, «und ich wollte nur sagen, daß es mir unheimlich leid tut mit neulich abend, aber Vanessa will einfach nicht wahrhaben, daß ich ...»

«Halt die Klappe, Tom!» unterbrach Elfie ihn, indem sie vom Schreibtisch aufstand und zur Tür ging. «Deine Erklärungen kannst du dir sparen, und Getränke brauche ich auch nicht.»

Tom trat einen Schritt zur Seite und stellte sich ihr in den Weg. «Hast du einen neuen Lieferanten?» fragte er, als ob das die wesentliche Frage zwischen ihnen war.

«Nein, hab ich nicht. Ich hab nur kein Geld.»

Tom witterte seine Chance. «Hey ...! Ich hab vielleicht Mist gebaut», sagte er, und sein verschämtes Lächeln hätte Elfie beinahe wieder rückfällig werden lassen, «aber eins ist mal sicher: Wenn du Hilfe brauchst, ist dein Tommyboy für dich da.»

Elfie lächelte nur matt.

«Sag schon, wieviel brauchst du?»

Es schien ihm tatsächlich ernst zu sein, und Elfie steckte so in der Klemme, daß sie nicht wußte, was sie sagen sollte.

«Tausend?» fragte Tom.

Elfie reagierte immer noch nicht.

«Zwei? Drei?» Tom ging näher an Elfie heran und legte ihr eine Hand auf den Arm. Dabei sah er ihr mit diesem Blick in die Augen, den Elfie am ganzen Körper spüren konnte. Sie mußte sich zwingen, ihn nicht anzusehen und den Kopf zu schütteln.

«Na, sag schon!» Tom ließ nicht locker. Er faßte Elfie unters Kinn und drehte ihren Kopf wieder zu sich herum. Tom spürte Elfies körperliche Reaktion, wurde mutiger und legte seine Arme um ihre Taille. «Komm!» flüsterte er.

Elfie schloß die Augen und befreite sich dann ruckartig von ihm. «Nein», sagte sie. «Ich kann das nicht, und ich will das auch nicht.»

Nachdem das heraus war, konnte Tom sagen und machen, was er wollte. Elfie hatte sich entschieden, und kurz darauf verließ Tom ihr Büro.

Als er weg war, ließ Elfie sich auf die Schreibtischplatte sinken und fühlte sich alt, einsam und kraftlos.

So traf Fatima sie an, als sie kurz darauf Elfies Büro betrat.

«Was wollte der denn schon wieder?» fragte sie ätzend.

«War rein beruflich», sagte Elfie leise.

Fatima sah sie prüfend an. «Dann ist ja gut», sagte sie. «Ich dachte schon, du hättest mit dem wieder angefangen.»

«Du konntest ihn nie leiden, was?»

«Das stimmt nicht. Ich konnte mir nur nicht vorstellen, daß er es ernst mit dir meint», sagte Fatima.

Warum wissen immer alle, was ich nicht weiß, fragte sich Elfie, und laut sagte sie: «Hast ja recht. So einer wie Tom wird sich nie ändern. Trotzdem kann ich mich nur langsam dran gewöhnen, daß es gelaufen ist, wie es gelaufen ist. Aber ich werd schon drüber wegkommen. Schließlich hab ich genug andere Probleme, die mir dabei helfen.»

Fatima griff das Stichwort dankbar auf. «Deshalb ist es mir ja so unangenehm, daß ich ...» Sie stockte und sah betreten zu Boden, ehe sie Elfie wieder ansah und fortfuhr: «Es ist so, daß ich doch einen neuen Anwalt für Ralf habe, und der will erst mal 'nen Vorschuß haben ... Ich meine, ich weiß ja, daß mein Gehalt jeden Tag auf dem Konto sein muß, aber, weißt du, der Typ will das Geld sofort, und da dachte ich ... Also, sonst ist das ja nicht meine Art, aber ich dachte ... Ich wollte dich fragen, ob ausnahmsweise auch mal 'n kleiner Vorschuß für mich drin ist.»

Elfie wußte nicht, was sie sagen sollte. Natürlich konnte sie Fatima keinen Vorschuß geben, und nicht einmal Fatimas Optimismus in puncto Gehaltsüberweisung konnte sie teilen. Aber da Elfie ihre finanzielle Situation immer noch nicht realistisch und in voller Schärfe sah oder zugeben wollte, sagte sie Fatima davon nichts und hoffte weiter auf ein Wunder beziehungsweise auf Herrn Birkner.

«Verstehe», sagte sie, «aber ein Vorschuß ist zur Zeit nicht drin. Du weißt ja selbst, daß es momentan nicht so gut läuft.»

«War ja auch nur 'ne Frage», sagte Fatima und verzichtete darauf, weiter zu insistieren. «Ach, übrigens ...» Kurz vor der Tür drehte sie sich noch mal um. Sie holte einen Zettel aus der Schürzentasche und hielt ihn Elfie hin: «Monsieur Müggebrecht war vorhin da, als du weg warst, und wollte für letzten Monat kassieren. Er hat gesagt, er macht das dann morgen mit dir klar.»

Elfie zuckte innerlich zusammen, hatte aber den dringenden Wunsch, Fatima irgendwas mit auf den Weg zu geben, und zückte ihr Portemonnaie. «Ach, ich geb's dir schon mal, dann ist das vom ...» – «Tisch» sagte sie nicht mehr, als sie feststellte, daß sie nicht mal mehr die läppischen hundertsechzig Mark zusammenbekam, die Müggebrecht inklusive Brötchengeld diesmal ausgerechnet hatte. «Mist! Ich hab nicht genug dabei.»

«Dann mußt du wohl noch mal zur Bank gehen», schlug Fatima vor, ohne zu ahnen, daß das auch keine Lösung war.

Elfie versuchte, sich nichts anmerken zu lassen. «Ja, mach ich», sagte sie, dachte an Frau Goldy, schickte ein Stoßgebet für Herrn Birkners umgehende Genesung gen Himmel und setzte hinzu: «Gleich morgen früh.»

Am Abend mußte Elfie sich eine Tirade von Alrun anhören, die im Hotel vorbeikam, um Buchhaltungsbelege abzuholen, die Elfie nicht parat hatte, und am nächsten Morgen wurde Elfies EC-Karte vom Geldautomaten einbehalten, nachdem ein Blick durch die Sparkassenscheiben nur eine Frau Goldy und keinen Herrn Birkner gezeigt und Elfie es folglich vermieden hatte, die Bank zu betreten. Elfie hatte sich bis zu diesem Moment über das Ausmaß ihrer Finanzmisere hinweggetäuscht, und nun stand sie da und wußte nicht, was sie machen sollte. Ihr erster Gedanke war: mit jemandem reden, Bernd anrufen!

Aber bevor es zu einer Verabredung mit ihm kam, sah Elfie sich plötzlich mit Besuch konfrontiert: Rita Schnabel hatte ihr Angebot angenommen und war wirklich nach Hamburg gekommen. Einerseits rührte es Elfie, daß sie mit ihrer Gastfreundschaft helfen konnte, aber andererseits hätte Rita Schnabel keinen ungünstigeren Moment für ihren Besuch wählen können. Dachte Elfie. Aber es sollte Rita Schnabel sein, die Elfie half, nachdem ihr Elfies Situation klar geworden war.

Zunächst aber ahnte sie noch nichts davon, und sie wunderte sich auch nicht, als man ihr eine Reihe von leerstehenden Zimmern zur Auswahl anbot, und begnügte sich statt dessen mit dem ersten, das Fatima ihr spontan vorschlug. Es war das kleinste, das für besondere Gelegenheiten und nichtzahlende Gäste vorbehalten war, denn instinktiv ordnete Fatima die ehemalige Hotelbesitzerin als Gast des Hauses ein.

Die jüngsten Ereignisse hatten Rita Schnabel sehr mitgenommen. Blaß und offensichtlich am Ende ihrer Kraft, wollte sie sich erst einmal von der Reise ausruhen. Nachdem sie Elfie begrüßt und sich für die Einladung bedankt hatte, eilte Elfie an die Alster, wo Bernd schon an einem Café mit Bootsanleger auf sie wartete. Elfie konnte sich jetzt nicht ruhig hinsetzen, obwohl sie einen Kaffee für sich und Bernd gerade noch hätte zahlen können, aber sie wollte sich bewegen. Also spazierten sie am Alsterufer entlang, und Elfie kam gleich zum Punkt.

Ihre Angewohnheit, alles möglichst positiv zu sehen, rächte sich jetzt, denn Bernd konnte nicht glauben, wie schlecht es um Elfies Hotel bestellt war. «Na komm, so schlimm wird's schon nicht sein!» und «Elfie, nun übertreib nicht!» waren typische Kommentare in der ersten Phase des Gesprächs. Erst als Elfie sagte: «Ich schmeiß hin. Ich geb auf. Ich such mir wieder 'nen ganz normalen Job», wurde Bernd hellhörig.

«Im Ernst», sagte Elfie verzweifelt, «von mir aus fang ich wieder als Tippse in irgend 'nem Hotel an, egal was es ist, nur raus aus der Verantwortung.» Und als Bernd sie jetzt besorgt ansah, ließ sie all die unterdrückten Ängste heraus. «Mensch, Bernd, ich kann nicht mehr ruhig schlafen! Der ewige Streß um die Kohle macht mich noch ganz krank. Ich will das nicht mehr. Ich halt das einfach nicht mehr aus. Das ist es doch alles nicht wert!»

«Nun mal langsam!» sagte Bernd beschwichtigend. «Okay, du hast also ein paar Probleme ...»

«Ein paar Probleme!» Elfie war entrüstet. «Begreifst du denn gar nichts? Ich steck voll in der Scheiße!»

«Aus der du aber auch wieder rauskommst.»

Elfie schüttelte nur den Kopf. Über Bernds Uneinsichtigkeit und weil sie sich gerade so schön in ihre Verzweiflung hineingeredet hatte.

Bernd ignorierte das. «Was ist mit dem Typ von der Bank?» fragte er.

«Krank», sagte Elfie, und es klang wie «tot».

Auch davon ließ Bernd sich nicht beirren. «Der wird schon wieder gesund», sagte er.

Elfie mußte zugeben, daß mit Herrn Birkners Genesung durchaus zu rechnen war, aber was seine Möglichkeiten anging, den überstrapazierten Kredit noch einmal zu strecken, war sie mehr als skeptisch.

«Mann, Elfie, du packst das!» sagte Bernd optimistisch. «Ich kenn dich doch.»

«Ich kenn mich auch», sagte Elfie trocken. «Aber ob ich das Ganze überhaupt noch will ...»

«Klar willst du! Du mußt jetzt halt für 'ne Weile die Zähne zusammenbeißen und durchhalten.»

Elfie sah Bernd skeptisch von der Seite an. «Wie schön für dich, daß du nicht die Zähne zusammenbeißen und durchhalten mußt und nicht weißt, wie du deine Mitarbeiter noch bezahlen sollst und ...»

Bernd stieß Elfie liebevoll in die Seite. «In ein paar Wochen oder von mir aus auch Monaten lachst du darüber. Wetten?»

«Ich wette nicht, und schon gar nicht mit so unseriösen Menschen wie du einer bist. Wenn du auch nur einen Funken Anstand besäßest, würdest du mir raten, einen sauberen Konkurs anzumelden ... oder wie das heißt.»

Jetzt wußte Bernd, daß die Krise überstanden war. So gern

Elfie ab und an auch jammerte – sie schaffte es einfach nicht, über längere Zeiträume pessimistisch zu sein. Bernd lachte.

«Oder wie das heißt! Elfie, du bist wirklich ein hoffnungsloser Fall! Sieh zu, daß du deinen Sparkassenfritzen noch mal weichklopfst, und im übrigen solltest du ab sofort besser auf Alrun hören und tun, was sie sagt.»

«Ach, der ganze Buchhaltungsquatsch ...» fuhr Elfie auf und sah Bernd entnervt an. Der lächelte nur schief, und beide sagten im Chor: «... ist wichtig.»

Und dann hatte Bernd noch die Idee, daß Elfie sich einmal mit den ehemaligen Kollegen aus dem Hansson Palace besprechen sollte, um sich Tips geben zu lassen. Zwar stellte das Hansson Palace eine ganz andere Kategorie von Hotel dar, aber es war eben doch ein Hotel, und einiges war sicher vergleichbar. Und wenn dabei nichts anderes herauskommen würde, als daß Elfie mal wieder mit der alten Crew ein Schwätzchen hielte, wäre das schließlich immer noch etwas Nettes.

Der erste, den Elfie ansprach, war der Hansson-Portier Schmollke. Unglücklicherweise verstand der ihre Einladung ins Checkers aber falsch. Wie hätte er auch ahnen sollen, daß Elfie plötzlich dienstlich wurde? Zwar war er sich selbst nicht ganz klar darüber, welcher Art seine Affinität zu Elfie genau war, aber daß sie nicht dienstlicher Natur war – soviel stand fest. So wurde der Abend ein Desaster, spätestens an dem Punkt, als Elfie dem ohnehin schon schwer pikierten Schmolli Geld anbot, eine «Fangprämie», wie Elfie es verkrampft scherzhaft formulierte, für Buchungen, die auf Schmollis Empfehlung und auf die von ihm verteilten Hausprospekte zurückzuführen waren. Schmolli lehnte das nicht nur ab, sondern fühlte sich so benutzt und mißbraucht, daß er das Treffen abbrach und Elfie allein im Checkers zurückließ.

Die Hausprospekte, von denen Elfie gesprochen hatte, waren eine Idee von Rita Schnabel gewesen. Kopfschüttelnd hatte sie im Büro eine Weile zugesehen, wie Fatima den Computer bediente, und über «neumodischen Kram» gesprochen, der «zu meiner Zeit nicht nötig war», als Fatima, unterstützt von Cora, einen Riecher hatte und Frau Schnabel kurzerhand an das Gerät setzte. In Null Komma nichts verpaßten die beiden der ehemaligen Hotelbesitzerin einen Crashkurs. Rita Schnabel fing zu ihrem eigenen Erstaunen sofort Feuer, und von da an verbrachte sie jede Minute, wenn der Computer nicht anderweitig gebraucht wurde, mit der Vervollkommnung ihrer Kenntnisse, wobei sie auch immer gleich an die praktische Nutzanwendung dachte. Ihr war nicht verborgen geblieben, wie es um Elfies Hotel stand, zumal Elfie selbst Frau Schnabel gleich bei ihrem ersten ausführlichen Gespräch reinen Wein eingeschenkt hatte. So entwarf sie nun munter persönliche Briefe an ehemalige Gäste, um das Hotel bei ihnen in Erinnerung zu rufen, Informationsblätter mit Hinweisen auf besondere Veranstaltungen, Ausstellungen und sonstige Ereignisse in Hamburg, und bei der Gelegenheit kam sie eben auch auf die Sache mit dem Hausprospekt. Stillschweigend übernahm sie alle Kosten, die dabei anfielen. Sie war ja auch von niemandem beauftragt worden, all das zu tun. Sie tat es freiwillig und gern. Weil sie ihren «alten Kasten» nicht untergehen sehen wollte, weil sie Elfie und deren Mitarbeiterinnen schätzen gelernt hatte, weil sie an ihrem neuen Spielzeug, dem Computer, so viel Spaß hatte und weil sie sich viel besser fühlte, wenn sie aktiv war und dabei sogar noch helfen konnte, statt untätig zu trauern und selbst auf Hilfe zu warten.

Als sie mitbekam, daß Herr Müggebrecht seine hundertsechzig Mark für den letzten Monat noch nicht bekommen hatte, gab sie ihm das Geld. Aber als sich herausstellte, daß auch Fatimas, Coras und Juliettas Gehaltsüberweisungen noch ausstanden und die drei das Geld nun ganz direkt und massiv von Elfie forderten, die offenbar nichts tun konnte, weil sich seitens der Bank nichts bewegte, waren ihre Mittel vorerst erschöpft. Also zog sie sich etwas Respektgebietendes an und stattete Frau Goldy einen Besuch ab. Es entsprach der Finanzphilosophie ihres verstorbenen Mannes, so wenig Geld wie möglich auf Zugriffskonten zu belassen und den Großteil seines – wenn auch bescheidenen – Vermögens fest anzulegen. Rita Schnabel hatte sich dem nie widersetzt, auch wenn es nicht ihrer Art entsprach, mit Geld umzugehen. Jetzt aber glaubte sie ganz in Werner Schnabels Sinn zu handeln, wenn sie Geld locker machte, um das Hotel zu retten, das schließlich auch sein Lebensprojekt gewesen war.

Aber auch hier zeigte Frau Goldy sich stur. Ob es, wie Frau Goldy sagte, wirklich unmöglich war, vor Ablauf von mindestens einem Monat an zusätzliches Geld heranzukommen, weil angeblich keiner der Verträge schneller aufzulösen war, konnte Rita Schnabel nicht beurteilen, denn von diesen Dingen verstand sie nichts. Was sie allerdings beurteilen konnte, war Frau Goldys Gegenvorschlag.

«Sind Sie eventuell an einer guten Immobilie interessiert?» fragte sie. «In etwa einem Monat kann ich Ihnen unter Umständen ein wunderschönes Hotel zum Kauf anbieten, ein Hotel, das Sie bestens kennen.»

Rita Schnabel verschlug es die Sprache. Sie stammelte nur: «Wie? Sie meinen …?» Mehr bekam sie nicht heraus.

Frau Goldy lächelte überlegen. «Genau. Sie hätten nie an Frau Gerdes verkaufen dürfen, Frau Schnabel! Wie es aussieht, kann sie ihren Kredit bei uns nicht einlösen. Und ich … ich meine natürlich, wir, die Bank, haben natürlich auf dem Hotel den Daumen drauf und werden sofort zuschlagen, wenn …» Sie formulierte das Szenario nicht zu Ende und sah Frau Schnabel nur bedeutungsvoll an.

Die hatte sich wieder so weit gefaßt, daß sie sehr ernst und sehr ruhig sagen konnte: «Das Problem ist nur, daß ich das Hotel gar nicht will. Und im Gegensatz zu Ihnen würde ich alles tun, damit Frau Gerdes das Haus weiterführen kann.» Damit wandte sie sich indigniert zum Gehen, blieb dann noch einmal stehen, drehte sich um und sagte Frau Goldy direkt ins Gesicht: «Sie macht das nämlich richtig gut.»

So stand Frau Goldy zum zweiten Mal innerhalb kurzer Zeit verdattert da, als jemand in Sachen Hotel Elfie ihre Bank grußlos verließ.

Obwohl Rita Schnabel nun finanziell nicht mehr weiterhelfen konnte, waren ihr die Hände noch nicht ganz gebunden, denn sie verfügte immerhin noch über ihre Ideen, ihre Arbeitskraft und ihre Liebe zu diesem «alten Kasten».

Als Elfie völlig verzweifelt von einem weiteren Gespräch mit Frau Goldy ins Hotel zurückkam, um ihren Mitarbeiterinnen zu verkünden, daß die Bank sich geweigert habe, die Gehaltsüberweisungen zu betätigen, und das trotz der Buchung einer dänischen Touristengruppe, die das Hotel für einige Tage komplett belegen würde, traten Fatima, Cora und Julietta in den Streik. Dieser Streik war eine Qual für alle Beteiligten. Fatima, Cora und Julietta konnten Elfie verstehen und wußten, daß sie nirgendwo einen Sparstrumpf versteckt hielt, aus dem sie die Gehälter hätte bezahlen können. Trotzdem brauchten sie ihr Geld, sie lebten bei ihren nicht eben üppigen Gehältern alle drei ja selbst von der Hand in den Mund. Elfie konnte Fatima, Cora und Julietta verstehen. Trotzdem war sie zahlungsunfähig und brauchte die drei gerade jetzt, angesichts der anstehenden Hotelauslastung. Vor lauter Verständnis und schlechtem Gewissen gerieten sich die vier Frauen böser und persönlicher in die Haare als je zuvor.

Aber schließlich überwogen auf Seiten der Streikenden die Sympathie für Elfie und das Verständnis für ihre Situation. So waren sie es, die als erste einlenkten, sich bei Elfie entschuldigten und für eine gewisse Zeit Lohnverzicht anboten. Aber zu dem Zeitpunkt war Elfie schon so enttäuscht über das Verhalten ihrer Mitarbeiterinnen, die ja auch ihre Freundinnen waren und sie in der tiefsten Krise allein ließen, daß sie sie kurzerhand rausschmiß. Und selbst das konnten die drei Frauen noch verstehen, denn inzwischen bereuten sie es zutiefst, Elfie gerade jetzt noch zusätzlich unter Druck gesetzt zu haben.

Aber Reue hin – Reue her, momentan war mit Elfie nicht mehr zu reden, zumal ein Teil des Drucks von Elfie gewichen war, indem Rita Schnabel sehr diskret und mit Überblick und Kompetenz begonnen hatte, im Hotel mitzuhelfen und die Dinge zu erledigen, die streikeshalber unerledigt blieben.

Die neue Rolle, die Rita Schnabel jetzt in Elfies Hotel und Leben spielte, und zwar zur beidseitigen Zufriedenheit, sowie die bevorstehende Ankunft der dänischen Reisegruppe brachten noch eine zusätzliche Veränderung: Rita Schnabel akzeptierte Elfies Angebot, vorläufig in Hamburg zu bleiben und ganz in ihr Hotel einzuziehen, ohne ein Gästezimmer zu blockieren. Also bezog sie hochzufrieden ein bis dahin ungenutztes Zimmer unterm Dach.

Schön war es nicht, wie die Dinge sich entwickelten, und Elfie war die erste, die den Rausschmiß von Fatima, Cora und Julietta bereute, aber immerhin war der Status quo eine Zwischenlösung, mit der sich leben ließ. Was blieb, war Elfies vollständige Illiquidität und die nach wie vor ausstehende Überweisung der Vormonatsgehälter.

Schweren Herzens entschloß Elfie sich zu zweierlei: Zum einen gab sie bei einem erneuten Besuch von Tom Claasen ihren

Widerstand gegen ihn als Finanzpartner auf und akzeptierte sein Angebot, ihr finanziell unter die Arme zu greifen. Und zum anderen rief sie Herrn Birkner zu Hause auf seinem Krankenlager an, der versprach, gleich am nächsten Tag die Arbeit wieder aufzunehmen und zu sehen, was er für Elfie tun könne. Schon die Aussicht auf Toms Geld ließ ihr – trotz der emotionalen Verwicklung – wieder Flügel wachsen, und als ihr dann noch Herr Birkner am Telefon in seiner großväterlichen Art den Eindruck vermittelte, alles würde gut, war sie wieder ganz obenauf.

Herr Birkner hielt sein Versprechen und kündigte nächstentags seinen Besuch im Hotel an. Warum er die Bankgeschäfte nicht in der Bank tätigen konnte, wunderte Elfie zwar ein wenig, aber sie glaubte, nach all der erlittenen Unbill ihr neu gewonnenes Sicherheitsgefühl in vollen Zügen genießen zu dürfen.

Wieder mal hielt Elfie die Augen so fest vor einer Katastrophe geschlossen, daß sie sämtliche Signale, die Herr Birkner schon gleich beim Eintreten aussandte, übersah, mißdeutete oder schlicht ignorierte. Dabei hätte schon seine Miene genügen sollen, um Elfies Alarmsystem zu aktivieren. Auch als er auf Elfies Frage «Mandel oder Sahne?» mit einer Mischung aus Mitleid und Reserviertheit sagte: «Für mich nicht, danke. Aber vielleicht brauchen Sie einen», hätte ihr klar sein müssen, worin Herrn Birkners Mission diesmal bestand.

«Ich will nicht lange um den heißen Brei herumreden», sagte er schließlich, und er sagte es nicht gerne. «Ich bin gekommen, um Ihnen mitzuteilen ...» Er stockte, denn diese Mitteilung brach ihm das Herz. Und daß Elfie ihn noch immer erwartungsfroh ansah, machte die Sache für ihn nicht leichter.

«Also ... ja ...», fuhr er fort, «unter den nicht getätigten Überweisungen war nämlich auch eine ans Finanzamt ...» Wieder unterbrach er sich.

Elfie starrte ihn an. Sie hatte nicht die geringste Vorstellung, was das im einzelnen bedeutete, aber es konnte nur etwas Schlechtes sein.

«Auf diese Zahlung war ohnehin schon ein Säumniszuschlag zu zahlen», sagte Herr Birkner mit Grabesstimme. «Und die Damen und Herren von der Finanzbehörde fackeln ja bekanntlich nicht lange …»

Elfie nickte stumm und düster.

«Und … nun, wie soll ich sagen? Mir sind die Hände gebunden, Frau Gerdes, so leid mir das auch tut. Ich darf Ihnen nun auch nicht mehr weiterhelfen.» Traurig sah er das Häufchen Elend an, das ihm gegenübersaß. Dann gab er sich einen Ruck und sagte leise: «Das Finanzamt hat eine Pfändung veranlaßt. Ihre Konten sind gesperrt.»

9. KAPITEL

Als Herr Birkner drei Tage später seine Grippe ganz überwunden hatte, wurde ihm klar, daß kein Finanzamt der Welt ihn daran hindern konnte, der charmanten jungen Hotelbesitzerin einen Nachtragskredit einzuräumen, der bei einer besseren Auslastung des Hotels bis zur hoffentlich baldigen Klärung der Erbschaftsangelegenheit die Grundfinanzierung sichern sollte. Einerseits beruhigte Elfie das, andererseits begriff sie aber spätestens jetzt, wie unnötig es gewesen war, Fatima, Cora und Julietta zu kündigen. Denn ohne diesen Nachtragskredit hätte sie nicht einmal deren ausstehende Gehälter bezahlen können, von allen weiteren Gehältern ganz zu schweigen, und damit wären die Arbeitsverträge ohnehin gegenstandslos gewesen.

Elfie war mitten in diesem Gedankengang, als die drei, extra feingemacht, bei ihr auftauchten, um sich noch einmal für die dumme Streikgeschichte zu entschuldigen und überhaupt wieder mit Elfie ins Gespräch zu kommen. Elfie sah die betretenen Gesichter, lachte und sagte: «Hängt euch bloß Schürzen vor eure feinen Fummel, Mädels, es gibt reichlich zu tun! Die Dänen sind am Abreisen, und eine sechzehnköpfige Gay-Gruppe aus Rödelheim ist im Anmarsch.»

Im nächsten Moment lagen sich alle in den Armen. Später – es gab wirklich reichlich zu tun – hatte Elfie dann noch Gelegenheit zu erklären, daß Schmolli nun doch Gäste herschickte und daß sich auch die schnabelschen PR-Maßnahmen gut anließen. Die Sache mit dem Nachtragskredit hob sie sich für noch später auf, als die vier bei teils Mandel, teils Sahne saßen.

Abgesehen von all den geschäftlichen Aktivitäten und Sorgen gab es noch etwas, das Elfie etwas Kummer bereitete. Sie war der festen Überzeugung, daß niemand an ihren unmittelbar bevorstehenden Geburtstag denken würde. Daß der Postbote bereits zwei Tage vor dem Termin ein Geschenk von Marie und Ronaldo Schäfer brachte, ihren ehemaligen Chefs im Hansson Palace, wertete sie als schlechtes Omen. Zwei Tage vor der Zeit – wenn das man kein Pech bringt, dachte sie und freute sich über die wunderschöne antike Klingel für den Rezeptionsschreibtisch nur mäßig.

Was sie aber regelrecht alarmierte, war die Anwesenheit eines kleinen Mädchens, die Tochter eines Gastes. Wie gut, daß Cora sich um die Kleine kümmerte! Ständig sah Elfie sie Hand in Hand mit dem Kind die Treppe rauf- oder runtergehen oder irgendwo sitzen und ihm etwas erzählen. Elfie fing schon an, sich zu fragen, ob es für Cora nicht an der Zeit sei, selbst ein Kind zu bekommen. Immerhin hatte sie einen festen Freund, diesen Unternehmerssohn Boris, der, wie man so hörte, ein netter Kerl sein sollte und nicht eben mittellos war. Cora selbst war patent und eine ausgereifte Persönlichkeit, trotz ihrer jungen Jahre.

Es mußte wohl der ihr eigene siebte Sinn gewesen sein, der Elfie dies denken ließ, denn in der Tat war Cora in diesen Tagen mit genau dieser Thematik beschäftigt, wenn auch anders, als Elfie das für sich überlegte.

Der tatsächlich «nette Kerl», Boris, kannte Cora kaum wieder, als sie auf seine Wochenendeinladung ins Ferienhaus seiner Familie am Luganer See mit lauter Ausflüchten reagierte, von denen eine haltloser war als die andere. Daß sie, die Kontaktfreudige, seine Eltern nicht kennenlernen wollte, konnte er nicht glauben. Daß sie keine Lust habe, Wasserski zu fahren, war schlicht gelogen.

Daß sie keine Zeit habe, war lächerlich. Und daß sie am Wochenende unter Umständen Aushilfsdienst im Hotel habe, war an den Haaren herbeigezogen.

Trotzdem blieb Boris gutgelaunt und charmant, als er Cora nach all ihrem merkwürdigen Gerede eines Morgens im Hotel absetzte. Er ließ sich Elfie vorstellen, begrüßte sie formvollendet, gab Cora einen Kuß und verabschiedete sich verliebt lächelnd mit einem «Bis heute abend».

Elfie sah ihm anerkennend nach. Beinahe hätte sie einen spitzen Pfiff ausgestoßen, aber sie sagte nur: «Schniekes Bürschchen!»

Cora rollte genervt mit den Augen, und Elfie hatte das sehr deutliche Gefühl, daß da irgendwas nicht stimmte. Es war dasselbe Gefühl, das Boris hatte, und ohne das voneinander zu wissen, dachten beide fast zeitgleich: Aber ich komm schon noch dahinter.

Zuerst sollte aber Coras kleine Freundin, Kim, dahinter kommen. Sie saß auf der Treppe neben der Rezeption und schenkte Cora ein selbstgemaltes Bild, über das Cora sich sehr freute und für das sie sich herzlich bedankte.

Kims Vater kam darauf zu und hielt es für an der Zeit, die vermeintliche Schüchternheit seiner Tochter, die – wie viele kleine Kinder in der Gegenwart von Erwachsenen – bis jetzt noch kein Wort gesprochen hatte, zu erklären. «Kim ist taubstumm, müssen Sie wissen», sagte er. «Schon von Geburt an.»

«O Entschuldigung!» sagte Cora erschrocken. «Das wußte ich nicht.»

Kims Vater lächelte und hob abwehrend die Hände. «Nein, nein, nur kein Mitleid! Im übrigen hat das nichts mit geistiger Schwäche zu tun, wie die meisten Menschen glauben. Im Gegenteil, Kim ist sehr intelligent und wach.»

Das entsprach auch Coras Eindruck, und sie lächelte das Mädchen freundlich an, während sie den Vater fragte: «Versteht sie mich denn, wenn ich mit ihr rede?»

«Wenn Sie deutlich und langsam sprechen, kann sie die Worte von Ihren Lippen ablesen. Außerdem beherrscht sie die Taubstummensprache», erklärte er sein eigenes Gestikulieren, mit dem er Kim während des Gesprächs wissen ließ, worum es ging.

Kim nickte und lächelte stolz.

Cora bekam weiche Knie und ließ sich neben Kim auf der Treppe nieder. Sie fragte sich, warum ausgerechnet jetzt das Thema angesprochen wurde, das sie in letzter Zeit so bewegte, jetzt, da es mit Boris ernst wurde und sie nicht mehr so einfach verdrängen konnte, was sie jahrelang verdrängt hatte.

Zu allem Überfluß vertiefte Kims Vater dieses Thema jetzt auch noch. «Sie mag es, wie alle Kinder, wenn man mit ihr ganz normal umgeht und sie vor allem nicht behandelt, als wäre sie behindert oder krank.»

«Ich weiß», sagte Cora leise. «Damit kenne ich mich aus.»

Kims Vater sah sie fragend an, und auch Kim merkte, daß Cora etwas bedrückte und kroch ihr auf den Schoß.

Cora schmiegte sich an das Mädchen und erzählte zum ersten Mal im Leben, und das einem wildfremden Menschen, was ihr Problem war. «Schau mich mal an, Kim», begann sie. «Sehe ich etwa krank aus?»

Kim schüttelte den Kopf.

«Du hast recht. Ich kann meine Arme bewegen, meine Beine. Ich sehe, ich spreche, ich höre ganz normal, aber ...» Sie zeigte mit dem Finger auf ihren Kopf. «Hier drin habe ich wahrscheinlich eine Krankheit, die niemand, nicht mal ein Arzt sehen kann.»

An dieser Stelle schaltete sich Kims Vater ein. «Das verstehe ich nicht ganz», sagte er.

«Es ist eine Erbkrankheit», sagte Cora. «Meine Mutter hat sie,

Chorea Huntington, eine Krankheit, die das Gehirn schrumpfen läßt, bis man ganz debil ist.»

«Seltsamer Name», sagte Kims Vater. «Ich habe noch nie davon gehört.»

«Da sind Sie nicht der einzige», sagte Cora. «Die Krankheit ist extrem selten.» Dann erzählte sie, wie ihr Vater sie einmal als kleines Mädchen zu einem großen Fußballspiel mitgenommen habe, um ihr zu zeigen, wie selten die Krankheit ihrer Mutter war, indem er auf einen Zuschauer aus der riesigen Menge zeigte. Er habe sie damit beruhigen und ihr die Wahrscheinlichkeit verdeutlichen wollen, mit der sie davon betroffen war.

«Und hat Sie diese Demonstration beruhigt?» fragte Kims Vater.

«Nein», sagte Cora fast tonlos. «Die Krankheit ist tödlich.»

Das Gespräch endete abrupt durch das Eintreffen neuer Gäste, und Cora war froh darüber. So nah hatte sie diese Sache seit Jahren nicht an sich herangelassen, und sie hatte das Gefühl, erst mal wieder davon Abstand nehmen zu müssen, um nicht von Ängsten überwältigt zu werden.

Boris bekam in diesen Tagen von Cora nur eisiges Schweigen, haltlose Ausflüchte und unverständliche Aggressionen präsentiert. Aber immer noch ließ er sich davon nicht beirren. Er sagte sich, daß Krisen dazu da waren, überwunden zu werden. Und daß er und Cora zusammengehörten, stand für ihn außer Frage. Folglich mußte er Coras ganz offensichtliche Krise, worum auch immer es sich dabei handeln mochte, mit ihr gemeinsam überwinden. Um einen Schritt in diese Richtung zu tun und weil er es ernst meinte, schenkte er ihr bei einem üppigen Frühstück in Coras Wohnung die schönen alten Ohrringe seiner Großmutter und nannte ihr auch den Grund für die Weitergabe des Erbstücks: «Ich möchte dich heiraten.»

Cora fiel die Zigarette aus dem Mund, als sie die Schmuckstücke in die Schatulle zurückschmiß. «Scheiße!» schrie sie und meinte damit hauptsächlich die Zigarette, die sich anschickte, ein Loch in den leuchtend türkisen Läufer zu brennen. «Und sonst geht's dir gut?» fragte sie Boris, die Zigarette nun wieder zwischen den Lippen.

«Komm, Cora, im Ernst!» Boris sah sie eindringlich an. «Wir lieben uns. Warum heiraten wir also nicht?»

«Was soll das?» fragte Cora und kicherte nervös. «Ich bin zweiundzwanzig. Ich will leben.»

«Das kannst du doch! Schließlich stirbt man nicht, wenn man heiratet.»

Cora stand auf und begann, in dem großen Raum, der Atelier und Wohnung in einem war, so schnell herumzugehen, wie Staffelei, abgestellte Bilder, zahllose Deko- und Kunstgegenstände es zuließen.

«Nimm zum Beispiel meine Großeltern», sagte Boris. «Sie waren sehr glücklich zusammen und hatten zweiundfünfzig Jahre lang eine tolle Beziehung.»

«Mann, deine Großeltern!» stieß Cora hervor. «Du mit deiner heilen Welt! Diese Megahütte im Tessin, deine supernetten Eltern, der Swimmingpool, der aussieht, als wäre er saubergeleckt worden ... Selbst der Gärtner ist so freundlich, daß einem schlecht wird!»

Boris blieb ganz ruhig, als er sie unterbrach. «Cora, bitte! Du lenkst vom Thema ab.» Und damit hatte er mehr recht, als er selbst ahnte. Jedenfalls verstummte Cora und blieb stehen.

«Ich habe dich etwas gefragt», fuhr Boris fort. «Sag's mir: Warum heiraten wir nicht?»

Sofort nahm Cora ihre Wanderung wieder auf. «Das ... das ist doch total absurd!» sagte sie ausweichend. «Okay, ich liebe dich, klar, aber wir kennen uns kaum, und ich stehe noch ganz am Anfang. Ich versuche irgendwie, mein Leben auf die Reihe zu kriegen ...»

«Ich auch», sagte Boris. So sehr er sich jedoch bemühte, etwas Zusammenhängendes und Sinnvolles aus Cora herauszubekommen, so sehr verweigerte Cora jede ernstgemeinte Aussage. Aber Boris ließ nicht locker. Als er Cora jedoch später auf der Fahrt zu Elfies Hotel fragte, ob sie am Wochenende nun definitiv nicht mit in die Schweiz kommen werde, und Cora mit der Begründung verneinte, sie müsse an diesem Wochenende zu ihren eigenen Eltern fahren, fragte er spontan: «Und was hältst du davon, wenn ich mitkomme?» Damit löste er zwar eine regelrechte Panikattacke bei Cora aus, aber mehr als «Nein!», «Will ich nicht!» und «Was soll das?» war auch zu diesem Punkt nicht aus Cora herauszuholen.

«Cora», sagte Boris nach einer Weile nachdenklich, «merkst du eigentlich nicht, daß wir auf der Stelle treten? Unsere Beziehung ist an einem Punkt angelangt, wo wir einen Schritt weitergehen müßten. Und ich werde das Gefühl nicht los, daß du alles tust, um diesen Schritt zu verhindern.»

Cora sah schweigend und stur aufs Handschuhfach.

Boris legte eine Hand auf ihren Arm. «Es gibt keinen Grund, uns jetzt zu stressen, aber irgendwann ... irgendwann mußt du dich entscheiden, für mich oder gegen mich. Und wenn du dich für mich entscheidest, dann heißt das früher oder später: heiraten, Familie, Kinder.»

Das mußte ja kommen, dachte Cora und faßte sich an die schweißnasse Stirn. Ihr wurde heiß und kalt und furchtbar elend. Aber sagen konnte sie nichts. Außer: «Das ist mir jetzt echt zuviel. Sorry!»

Sie waren vor dem Hotel angekommen, und Boris sah Cora gespannt an, weil er merkte, wie aufgewühlt sie war. Fast wütend öffnete Cora die Beifahrertür und wollte einfach aussteigen.

«Cora, was hast du?» rief Boris ihr nach.

Cora drehte sich noch einmal zu Boris um, lachte bitter auf und sagte: «Kinder ... so ein Scheiß!» Dann knallte sie die Tür zu und raste die Stufen zum Hotel hoch.

An diesem Tag bekam Cora von Kim wieder ein selbstgemaltes Bild geschenkt. Es zeigte eine Cora, die so traurig war, daß sie weinen mußte, und Cora bedankte sich bei Kim mit einem Kuß auf die Stirn und den Worten: «Du bist der einzige Mensch auf der Welt, der merkt, wie beschissen es mir geht.»

Und am Abend dieses Tages war es wieder Kim, die, wenn auch indirekt, Cora veranlaßte, sich endlich einmal mit Elfie auszusprechen. Die beiden Frauen waren tagsüber immer wieder aneinandergeraten, weil Cora einfach unausstehlich war, und als Kim zu guter Letzt noch die große Bodenvase in der Eingangshalle mit ihrem Ball in einen Scherbenhaufen verwandelt, Elfie einen fürchterlichen Tanz deswegen hingelegt und eine Entschuldigung von Kim verlangt hatte, woraufhin Cora ihr brüsk mit einer knappen Information über Kims Problem in die Parade gefahren war, kam es endlich zu einem längst überfälligen Gespräch.

Elfie wartete ab, bis Cora das Mädchen beruhigt und aufs Zimmer gebracht hatte, und saß mit einem dampfenden Becher auf der Treppe, als Cora wieder herunterkam. «Hier», sagte sie und hielt Cora den Becher hin. «Heiße Milch mit Honig. Das hilft.»

Cora nahm den Becher, als sie sich neben Elfie gesetzt hatte, und fragte: «Gegen Streit?»

«Gegen alles», meinte Elfie und präzisierte dann noch: «Gegen den ganzen Wahnsinn des Lebens.» Und während Cora einen Schluck nahm, sagte sie: «Es tut mir leid», und meinte damit in erster Linie ihren Umgang mit dem Kind.

«Schon gut», sagte Cora. «Ich war ja auch ziemlich schräg drauf die letzten Tage.»

Elfie zuckte mit den Schultern und sagte im Rückblick auf ihre Tageserlebnisse: «Scheint 'ne neue Epidemie zu sein.»

Cora zuckte unwillkürlich zusammen. Dann mußte sie lachen.

«Elfie, wie sie leibt und lebt! Läßt keinen Fettnapf aus!»

Das verstand Elfie nicht, und Cora erklärte: «Ich muß übers Wochenende nach Hause, meine Mutter besuchen. Sie liegt im Krankenhaus.»

«Ach, komm!» sagte Elfie bestürzt. «Ist nicht wahr!»

«Doch.» Cora nickte ernst. «Genauer gesagt: Sie stirbt.»

Elfie schwankte zwischen Mitgefühl und Empörung. Warum hatte ihr Cora nie etwas davon erzählt? Aber ehe sie fragen konnte, begann Cora unaufgefordert, die ganze Geschichte zu erzählen, erst wie es ihrer Mutter ging und wie die Krankheit sich entwickelt hatte, und dann kam sie auf die Vererbbarkeit dieser Krankheit zu sprechen. «Die Chancen sind fifty-fifty, das heißt, du kommst zur Welt und hast sie – oder eben nicht.»

«Und wie ...» Elfie mußte sich räuspern, ehe sie die Frage komplett herausbrachte. «Wie ist es bei dir?»

«Keine Ahnung. Hab mich noch nicht untersuchen lassen.»

Elfie konnte es nicht fassen. «Na, du bist ja gut! Wie schaffst du das? Ich würde das keinen Tag aushalten, so im Ungewissen.»

Cora sah Elfie forschend an. «Bist du sicher?» fragte sie. «Würdest du wirklich definitiv wissen wollen, ob du dieses Gen in dir trägst, das dich langsam verblöden läßt?»

Eine Weile war es still zwischen den beiden Frauen, aber auch wortlos herrschte Einverständnis.

«Und was sagt dein Freund dazu?» fragte Elfie schließlich.

«Boris?» Cora wand sich sichtbar. Boris war in diesem ganzen

Zusammenhang das düsterste Kapitel. Sie hatte sich ihm gegenüber alles andere als fair verhalten. Aber was sollte sie tun? «Der hat keine Ahnung. Ich hab's bis jetzt nicht fertiggebracht, es ihm zu sagen», gestand sie kleinlaut.

«Angst, er läßt dich sitzen?» fragte Elfie.

«Wär ja nicht der erste Mann, der eine Frau sitzenläßt, wenn es ihr schlechtgeht», meinte sie.

«Das kannste laut sagen!» Elfie seufzte schwer.

Cora schilderte Boris' begütertes Elternhaus und daß er als Erbe der väterlichen Fabrik in einer Familientradition stehe, die auch ganz feste Pläne in puncto Kindern und eigener Familiengründung beinhalte. «Kannst du dir vorstellen, was für ein Druck das für mich ist? Dieses Scheiß Chorea torpediert alle seine Vorstellungen und macht mich zur falschen Frau für ihn», schloß Cora verzweifelt.

«Wenn», sagte Elfie. «Falls.»

«Ja.»

«Kannst du dir denn vorstellen, Kinder zu kriegen?» fragte Elfie.

«Aber das ist es ja gerade!» fuhr Cora auf. «Das kann ich mir sehr gut vorstellen, und genausogut kann ich mir vorstellen, daß ich bald sterbe.»

Elfie legte einen Arm um Cora, Cora ließ ihren Kopf auf Elfies Schulter sinken, und beide dachten schweigend dasselbe: daß um eine entsprechende Untersuchung in absehbarer Zeit wohl kein Weg drum herum führte.

Andere Kindersorgen, verbunden mit noch einer Überraschung, hatte Elfie gerade von einer anderen Freundin präsentiert bekommen. Alrun, eiligst herbeigerufen, um die aktuellen Quartalszahlen zu ermitteln und den Nachtragskredit damit zu untermauern, eröffnete Elfie, als sie nach getaner Arbeit in die Küche gegangen war, daß ihr Chef nun ganz zur Firmenzentrale in Singapur wechseln werde und sie mitnehmen wolle. Wie sehr er sie dabei unter Druck gesetzt hatte, sagte sie nicht. Was sie aber sagen mußte, weil Elfie es sonst nicht wirklich verstanden hätte, war, daß sie seit drei Jahren ein Verhältnis mit ihm hatte und daß er sich jetzt endlich ihretwegen scheiden ließ.

«Das glaub ich jetzt nicht», sagte Elfie, den Kochlöffel schwingend, mit dem sie gerade in einer neuen Nudelkreation gerührt hatte. So baute sie sich vor Alrun auf. «Schon mal was von Freundschaft gehört?» fragte sie drohend. «Von Offenheit und Ehrlichkeit?» Dann schüttelte sie fassungslos den Kopf. «Alrun, wie lange kennen wir uns? Elf, zwölf, dreizehn Jahre?»

«Er war oder ist doch jetzt noch fast verheiratet!» sagte Alrun und brachte damit mehr ihre eigenen Qualen zum Ausdruck, als daß dies eine adäquate Antwort auf Elfies Vorwürfe sein sollte.

«Und ich? Was bin ich? Ich bin deine Freundin! Seit Jahr und Tag erzähle ich dir haarklein jeden Scheiß, aber du ...» Sie mußte nach Luft schnappen. «Hat ein Verhältnis mit ihrem Chef, und die letzte, die das mitkriegt, bin ich!» Elfie nahm einen kräftigen Schluck von dem Wein, der eigentlich zum Kochen bestimmt war.

«Ach, Elfie, es tut mir ja leid! Ich weiß, ich hätte es dir schon längst sagen sollen, aber ...» Sie brach ab und sah Elfie flehend an. «Du mußt mir helfen, Elfie!»

Was war das jetzt für eine unerwartete Wendung? «Helfen?» fragte Elfie völlig perplex. «Was denn? Kisten schleppen in Singapur?» Aber schon als sie das sagte, ahnte sie, worauf Alrun hinauswollte, und sie stöhnte laut auf, als Alrun im nächsten Moment ihre schlimmsten Befürchtungen bestätigte. Natürlich sollte sie Melvin wieder bei sich aufnehmen.

«Nee, nee!» sagte sie aus tiefstem Herzen. «Kein Bedarf!»

«Es wäre doch nur für ein halbes Jahr», sagte Alrun und erzählte, daß sie und ihr Chef diese Zeit bräuchten, um sich einzuarbeiten und eine passende Wohnung zu finden, außerdem solle Melvin hier ganz regulär das Schuljahr beenden.

«Spinnst du?» Elfie tippte sich mit dem Kochlöffel an die Stirn. «Melvin braucht doch bloß einen halben Tag, um die ganze Bude hier unter Wasser zu setzen! Nach einem halben Jahr ist von der Bausubstanz dieses ganzen Häuserblocks nichts mehr übrig! Nein! Diese Kröte zieht hier nie wieder ein!»

Alrun war enttäuscht in sich zusammengesackt. Ihre großen Augen, die immer ein wenig traurig wirkten, drückten jetzt allen Jammer dieser Welt aus. «Das ... das finde ich nicht fair von dir», sagte sie leise.

«Ach!» trumpfte Elfie auf. «Was ist hier nicht fair von wem?»

Alrun stand vom Küchentisch auf. Zu ihrer Enttäuschung kam jetzt noch Wut, und die mußte sie sich von der Leber reden. «Du bist nicht fair, Elfie, du! Seit einer halben Ewigkeit mache ich deine Buchhaltung. Für nichts und wieder nichts. Umsonst. Statt dessen: Bitte, Alrun, kannst du mal, Alrun ...! Und ich? Klar, ich komme. Wie heute. Abendelang, nächtelang sitz ich hier und kümmer mich um deine Angelegenheiten, wo ich ja tagsüber schon nichts zu tun habe. Und weißt du, warum ich das tue? Weil du meine Freundin bist. Weil man gern für den anderen da ist. Aber wehe, ich brauche mal Hilfe! Einmal nur ... nur einmal bin ich auf dich angewiesen, und was passiert?» Sie hatte Tränen in den Augen, und ihren letzten Satz schrie sie heraus: «Man wird abgewiesen, das passiert!» Dann schluchzte sie auf und rannte über die Veranda aus der Küche.

Elfie rief ihr hinterher und versuchte, sie zurückzuhalten, aber Alrun überlegte es sich nicht noch einmal. Für sie gab es jetzt kein Halten mehr. Sie stürmte auf ihren Wagen zu, ließ den Motor aufheulen und brauste davon.

Dafür hatte Elfie nun eine Menge zu überlegen.

Den nächsten Tag, ihren Geburtstag, begann Elfie frühmorgens mit einem Plastikbecher in der Hand an Alexanders Grab.

«Ich hab dir extra keine Blumen mitgebracht, Alexander», sagte sie. «Heute gibt's Champagner.» Sie hob den halb gefüllten Plastikbecher und prostete dem geliebten Mann zu. «Auf meinen Geburtstag!« Sie machte eine Bewegung, als stieße sie mit ihm an, trank einen Schluck und schüttelte sich.

«Marie und ihr Mann haben mir gratuliert, sogar ein Geschenk geschickt. Aber sonst ... du bist der einzige, der ihn nicht vergessen hätte.»

Traurig blickte sie auf das Grab.

«Neunundreißig!» sagte sie. «Himmel Arsch! Da rast man ja direkt aufs Altersheim zu!» Und wie um sich diese rasante Talfahrt zu erleichtern, nahm sie noch einen Schluck.

Aber damit hatte sie dann auch genug gejammert. «Ich hab mir 'ne Menge vorgenommen», informierte sie Alexander, wieder ganz in ihrer forschen Manier. «Jawohl. Das erledige ich alles noch vor meinem Vierzigsten!» Fast trotzig nahm sie noch einen Schluck und hatte plötzlich einen neuen Gedanken.

«Und weißt du was? Ich werde ab sofort nur noch ganz nett zu allen sein.» Sie horchte ihren eigenen Worten nach und zog die Stirn kraus. «Na ja, zu allen nicht.» Sie dachte kurz nach und zählte dann alle auf, die es ihrer Meinung nach verdient hatten und zu denen sie sowieso nett war. «Auf jeden Fall zu Cora. Und zu Schmolli. Und zur Schnabel. Und zu Julietta. Und ein bißchen auch zu Tom.» Dann gab sie sich einen Ruck und fügte hinzu: «Und zu Alrun. Zu Alrun muß ich einfach nett sein.»

Wieder nahm sie einen Schluck Champagner, diesmal zur Stärkung. «Apropos Alrun ... die hat mir vielleicht ein Ei ins Nest gelegt! Aber das erzähl ich dir das nächste Mal. Ich muß los. Wir haben im Moment so viel zu tun, daß wir morgens schon immer zu dritt sein müssen.»

Noch einmal hob sie den Plastikbecher. «Also dann! Auf meine neununddreißig! Und auf uns beide!» Sie trank den Becher ganz aus, kippte den Champagner aus der Flasche aufs Grab und verabschiedete sich für diesmal von Alexander.

Was Elfie glauben ließ, alle Welt werde – und zwar zum ersten Mal in ihrem Leben – ihren Geburtstag vergessen, ist schwer zu sagen. Wahrscheinlich lag es daran, daß sie seit der Übernahme des Hotels so viel zu organisieren, zu verantworten hatte und privat wie beruflich in so viele Wechselbäder getaucht war, daß sie sich nicht vorstellen konnte, andere Menschen würden nicht ebenso viel zu tun haben. Sie selbst hatte, im Gegensatz zu den Vorjahren, nichts von ihrem Geburtstag gesagt und niemanden eingeladen, und irgendwie hatte sich das Gefühl in ihr breit gemacht, daß nichts, aber auch gar nichts klappte oder passierte, wenn sie es nicht selbst in die Hand nahm.

Das Getuschel der letzten Tage hatte Elfie schlicht übersehen und überhört. Selbst eine Lieferung von zwei Kisten Prosecco, die sie nicht bestellt hatte und mit der Tom Claasen trotzdem am Vortag ins Hotel gekommen war, hatte sie nicht stutzig gemacht. Auch nicht Rita Schnabels Erklärung, sie habe die Getränke geordert und werde sie auch selbst bezahlen. Sogar der Lieferwagen, der vorm Hotel hielt und große Platten mit Partyhäppchen brachte, entging ihr. Und daß gegen Abend Tom mit einer Magnumflasche Champagner, Hajü mit einem riesigen Blumenstrauß, Schmolli mit einem bescheideneren Blumenstrauß, Bernd mit einem bunt eingewickelten Päckchen, Herr Müggebrecht mit Pralinen, Vera mit einem Kerzenständer und Herr Birkner mit einer roten Rose eintrudelten, bemerkte sie aufgrund des geschickten Managements von Rita Schnabel, die plötzlich ein langes rotes Abendkleid trug, nicht. Die Geschenke, die Fatima, Cora und Julietta schon bei Dienstantritt mitgebracht hatten, waren in ihren Handtaschen versteckt, und Alrun, die nach einem versöhnlichen Telefonat am späten Nachmittag mit den Quartalszahlen gekommen war, behielt ihren Blumenstrauß im Aktenkoffer, bis Elfie kurz vor Beginn der Überraschungsparty und nach Beendigung des buchhalterischen Teils ihres Treffens ganz übergangslos zu ihr sagte: «Wenn's unbedingt sein muß, dann nehme ich Melvin eben.»

Die Freundinnen lagen sich in den Armen, als aus dem Frühstücksraum ein vielstimmiges «Happy birthday to you ...» erscholl.

10. KAPITEL

Auch Fatima stand ein großer Tag bevor. Der neue Anwalt hatte gar nicht mehr groß aktiv zu werden brauchen, denn Ralfs vorzeitige Haftentlassung war tatsächlich beschlossen worden. Fatima konnte ihre Aufregung nur mühsam unterdrükken. Bereits am Vortag hatte sie sich von einer ehemaligen Kollegin die Haare neu frisieren lassen und sich vor dem Zubettgehen das Kleid zurechtgelegt, das sie tragen wollte, ein auf den ersten Blick strenges schwarzes, mit einem verführerischen Rückenausschnitt. Bei der Morgengarderobe ließ sie sich Zeit, und als sie die Champagnerflasche aus dem Kühlschrank holte, die sie mitnehmen wollte, fiel ihr etwas ein, worauf sie schon eher hätte kommen können: Bis sie mit Ralf anstoßen konnte, würde es eine lauwarme Brühe sein. Also schnappte sie sich eine große Tasche und fuhr schnell noch einmal bei Elfie vorbei, um sich einen Sektkühler auszuleihen.

Elfie machte große Augen, als Fatima ankam, denn sie hatte aus gegebenem Anlaß einige Tage frei. Trotzdem vergewisserte Fatima sich jetzt noch einmal, ob das auch wirklich in Ordnung sei.

«Mensch, vergiß doch mal das Hotel!» sagte Elfie. «Kümmer dich lieber um deinen Ralf! Die paar Tage trauter Zweisamkeit habt ihr euch ehrlich verdient!»

Fatima seufzte und nickte. «Ja, das wird schön. Es gibt soviel zu bereden! Wenn man sich jahrelang immer nur unter Aufsicht sprechen kann ... Aber das ist jetzt vorbei. Endgültig.»

«Dann laß deinen Ralf mal nicht länger warten, sonst überlegen die sich das noch mit der vorzeitigen Entlassung!»

Das sollte ein Scherz sein, aber Fatima verstand in diesem Punkt keinen Spaß, und erschrocken sah sie Elfie an. Elfie mußte lachen, beruhigte die aufgeregte Freundin und Kollegin und schob sie Richtung Hoteleingang. «So, und jetzt raus mit dir! Macht's euch schön!»

«Worauf du dich verlassen kannst», sagte Fatima und schnappte sich die Tasche mit dem Sektkühler. Kurz vor der Tür blieb sie noch einmal stehen. «Weißt du, was der einzige Vorteil ist, wenn dein Mann im Gefängnis ist?» fragte sie.

Elfie überlegte einen Moment, grinste dann und riet: «Man muß sich keine Sorgen machen, daß er fremdgeht?»

Fatima nickte bestätigend, winkte mit der freien Hand, wandte sich zum Gehen und sagte aus so tiefem Herzen «Absolü!», daß Elfie sich im nachhinein fragte, ob Fatima nicht schon in diesem Moment geahnt hatte, wie alles kommen würde. Jetzt aber winkte sie Fatima nur fröhlich nach, und als sie allein an der Rezeption stand, murmelte sie vor sich hin: «Ja, ja, heute kriegt hier jede 'nen Mann. Aber kann mir mal jemand sagen, warum meiner erst zehn ist?»

Der Zehnjährige stand neben einem großen gelben Koffer, extra cool gekleidet und mit einem vermeintlich undurchdringlichen Gesichtsausdruck auf dem Gehweg vor dem Hotel, als Fatima die Stufen herunterkam. Alrun war noch dabei, den Taxifahrer zu bezahlen, den Fatima, nachdem sie Melvin begrüßt hatte, gleich mit der Weiterfahrt zum Gefängnis beauftragte.

Als Alrun Fatima bemerkte und ein paar Worte mit ihr wechselte, war sie nicht ganz bei der Sache. Ihr Blick ruhte auf ihrem Sohn, dem sie deutlich anmerkte, wie unwillig er das Exil in Elfies Hotel antrat. Aber er trat es an, und sogar ohne groß Theater zu machen. Als Fatima mit dem Taxi davonfuhr, stapfte er brav die Stufen neben Alrun hoch und trug seinen Koffer selbst.

Die Begrüßung, die dann folgte, war jedoch steif und frostig, obwohl alle sich große Mühe gaben. Elfie bezeichnete Melvin scherzhaft als «Monsterbacke», allerdings ohne ihm ein Lächeln zu entlocken. Alrun funkelte Elfie böse an. Melvin sah, daß seine Mutter Elfie Zeichen gab, woraufhin er beleidigt war, weil er das als einen Erwachsenenkomplott auffaßte.

Julietta versuchte, die Situation zu retten, indem sie sich zu Melvin vorbeugte, ihm die Hand reichte und sagte: «Herzlich willkommen im Hotel Elfie, Herr Schmidt! Wenn ich Sie bitten dürfte, mich nach oben zu begleiten? Dann kann ich dem werten Herrn seine zukünftigen Gemächer zeigen.»

Melvin fand das zwar reichlich daneben, aber sich auf sein Zimmer zurückziehen zu können war das Beste, was momentan für ihn drin war, und so folgte er Julietta gnädig. Als die beiden um die Treppenbiegung zum ersten Stock verschwanden, sagte Alrun gepreßt: «Mir ist schlecht.»

Elfie ging es nicht viel anders. Sie nickte, zeigte auf die Küche und fragte: «Willst du einen Schnaps?»

Nun nickte Alrun, und sie und Elfie gingen Arm in Arm in die Küche.

Der Schnaps leistete allerdings keinen Beitrag zur Entspannung. Wie gehetzt wanderte Alrun in der Küche auf und ab und schnurrte wie ein Tonband Instruktionen für den Umgang mit Melvin herunter, seine Eß- und Trinkgewohnheiten, wobei aber höchstens ein Glas Cola pro Tag erlaubt sei, wann er ins Bett müsse und daß er das Zähneputzen nicht vergessen dürfe, wo Elfie die Telefonnummern vom Kinderarzt, Schule und Krankenkasse fände.

Elfie wußte das alles längst, hatte jetzt aber das Gefühl, sie würde bestimmt alles falsch machen, und sagte immer wieder: «Alrun, du machst mich ganz hibbelig! Nun setz dich doch mal hin!»

Aber das konnte Alrun nicht. Statt dessen fielen ihr immer nur noch mehr Sachen ein, die sie Elfie dringend sagen mußte. Und erst als Elfie in scharfem Ton bemerkte: «Das weiß ich doch alles. Jetzt setz dich hin und hör auf, mich verrückt zu machen!», ließ Alrun sich auf einen Küchenstuhl fallen und sah Elfie erschöpft und unglücklich an.

«Paß auf!» fuhr Elfie fort, als endlich so etwas wie Ruhe einkehrte, und sie klang immer noch genervt. «Sobald du im Flieger sitzt, habe ich die Verantwortung für deinen Sohnemann. Und zu der stehe ich auch.»

«Ich weiß», sagte Alrun und senkte den Blick. «Das beruhigt mich auch sehr.»

«Na also!» sagte Elfie, nun etwas versöhnlicher. «Dann laß mich einfach machen! Oder vertraust du mir nicht?»

«Ach, Elfie!» Alrun seufzte tief. «Du und Peer ...» An dieser Stelle unterbrach sie sich, weil es so ungewohnt war, Elfie gegenüber den Vornamen ihres Chefs zu benutzen. Dann setzte sie neu an. «Du und Peer, ihr seid die einzigen, denen ich wirklich vertrauen kann.»

Elfie verzog das Gesicht, und Alrun fragte: «Bist du mir immer noch böse, daß ich dir Peer so lange verheimlicht habe?»

«Mmm», grummelte Elfie. «Ich bin nur böse, weil du mich seinetwegen verläßt.»

Schweigend sahen sie sich eine Weile ernst und traurig an.

Bevor Alrun sich von Melvin verabschiedete, steckte sie Elfie noch eine Kassette zu, die sie Melvin geben sollte, sobald sie abgereist sei. Elfie erfuhr erst jetzt, daß sie nicht mit Melvin zum Flughafen kommen sollte, und versuchte, Alrun umzustimmen. Aber Alruns Entschluß stand fest. «Wenn ich Melvins kleines trauriges Gesicht beim Abschied sehe, dann fang ich bloß an zu heulen, und womöglich kneife ich dann noch im letzten Moment und bleibe hier.»

«Wäre nicht das schlechteste», sagte Elfie trocken.

Alrun schluckte. Dann umarmte sie Elfie. «Ich werde dich vermissen. Freundinnen wie du wachsen nicht auf Bäumen.»

«Vermissen werde ich dich auch. Und verfluchen. Und ...» Elfie brach ab und mußte sich schneuzen. «Mensch, Alrun, mach's gut, und laß von dir hören, und ...»

«Aber ja», sagte Alrun und drückte Elfie ganz fest, bevor sie zu Melvin ging.

Als Alrun sich von ihrem Sohn verabschieden wollte, ließ er sich gerade im Frühstückszimmer von Rita Schnabel ein paar Kartentricks vorführen.

«Ich ruf dich an, sobald ich in Singapur bin», versprach Alrun, als sie Melvin umarmte.

«Okay», sagte Melvin fast desinteressiert.

Erst als seine Mutter das Hotel bereits verlassen hatte, begriff er richtig, was los war, und stürzte ihr hinterher. Den tränenreichen und innigen Abschied, der vor dem Hotel stattfand, hatte Alrun gefürchtet, und doch war er unvermeidlich gewesen.

Es sollte aber noch einen letzten Abschied zwischen Mutter und Sohn geben. Abends ging Elfie zu Melvin aufs Zimmer, in dem jetzt ein Fernseher stand, der zu seiner Überraschung auch funktionierte. Gleichzeitig hörte Melvin Walkman und spielte Gameboy. Nachdem Elfie ein Gerät nach dem anderen abgeschaltet und Melvin sich nur widerstrebend auf ein Gespräch eingelassen hatte, lockte sie ihn doch noch aus der Reserve, und er begann, bitterlich zu weinen. Und erst als sein ganzer Trennungsschmerz raus war, fiel ihm ein, daß er seiner Mutter gar nicht die Kassette gegeben hatte, die er für sie aus alten Beatlesnummern zusammengestellt hatte. «Gruftimusik», wie Melvin fand, aber Alrun liebte sie. Und da Elfie es ohnehin für das beste hielt, wenn Melvin seine Mutter noch einmal in dem Moment sah, da sie wirklich aus Stadt und Land verschwand, tröstete sie ihn damit, daß sie beide am nächsten Morgen zum Flughafen fahren würden.

Als es soweit war und Elfie gerade ein Taxi rufen wollte, kam Hajü mit einer Ladung Obst vors Hotel gefahren und bot sich als Chauffeur an, so daß es sogar noch eine lustige Tour wurde in seinem antiquierten Kleinlieferwagen.

Entgegen ihren Befürchtungen freute Alrun sich sehr, Melvin und auch Elfie noch einmal in der Abflughalle zu sehen. Und Elfie, die es schon am Vortag falsch gefunden hatte, daß Alrun Melvin ihre Kassette – was immer dort aufgenommen worden war – nicht persönlich gab, steckte sie Alrun unauffällig in die Manteltasche. So konnten Mutter und Sohn sich zum endgültig letzten Abschied noch jeder eine Kassette schenken. Alrun hatte ihre selbst besprochen. «Damit du ab und zu meine Stimme hören kannst, wenn du dich einsam fühlst», sagte sie.

Melvin nickte dankbar.

«Du wirst sehen», sagte Alrun aufmunternd, «die Zeit vergeht wie im Flug. Schon ganz bald werden wir wieder zusammensein.»

Dann wurde ihr Flug aufgerufen, und alle winkten sich zu, bis sie sich nicht mehr sehen konnten. Sogar Peer Schröder, dem die ganze Familienszene sichtlich unangenehm gewesen war, winkte zum Abschied.

Die Begrüßung zwischen Fatima und Ralf war nicht direkt distanziert, dazu freute sich Ralf viel zu sehr darüber, die Gefängnismauern hinter sich zu lassen, und er war Fatima ehrlich dankbar für die Unterstützung, die sie ihm während der ganzen Zeit hatte zukommen lassen. Und dennoch blieb ihre Begegnung verhaltener, als Fatima sie sich vorgestellt hatte. War Ralf bei seinem Ausflug in die Freiheit vor kurzem noch regelrecht über sie hergefallen, so war jetzt von Leidenschaft und Verlangen nichts zu spüren – nicht, als sie sich vor dem Gefängnistor umarmten und auch nicht, als sie zu Hause waren, wo Fatima den Weg zum Schlafzimmer mit Rosen ausgelegt hatte. Ralf wollte lieber erst mal essen. Dann wollte er ein Bad nehmen, ohne Fatima. Jede weitere Annäherung wies er ebenfalls ab, bis Fatima ihren Mann fragte, was eigentlich mit ihm los sei.

«Sei mir nicht böse», sagte er. «Aber ich wäre jetzt gern allein. Ich war so lange nicht mehr allein. Das war das Schlimmste. Keine Intimsphäre, immer jemand um dich herum, sogar beim Duschen …»

Das konnte Fatima sehr gut verstehen. Trotzdem machte sich ein ganz merkwürdiges, ganz ungutes Gefühl in ihr breit. Aber als sie Ralf fragte, ob er sie noch liebe, hörte er sie nicht, weil er mit dem Kopf ins Badewasser getaucht war, und Fatima ahnte, daß das vielleicht sogar besser war als eine Antwort.

Später, als die beiden dann endlich miteinander schliefen, merkte Fatima, daß Ralf nicht ganz bei der Sache war. Als sie ihn fragte, ob er überhaupt Lust auf sie habe, war seine Antwort ausweichend und hinhaltend. Als er eingeschlafen war, betrachtete Fatima ihn nachdenklich. Dieser große, starke Mann, der lauter Gegensätze in sich vereinte, weil er auf den ersten Blick wie ein Fels in der Brandung wirkte und doch so sensibel war, mit seiner viel zu großen Nase, die so gar nicht zu seinen verletzlichen Augen und seinem weichen Mund passen wollte, dem Stoppelhaarschnitt, der ebenso aggressiv wie jungenhaft wirkte … Fatima kannte ihn viel zu gut, als daß er sich ihr gegenüber hätte verstellen können, ohne daß sie es merkte. Und sie merkte, daß der Faden zwischen ihnen gerissen war. Allerdings wollte sie das aus seinem Mund hören, und solange er nichts Entsprechendes sagte, wartete sie geduldig ab, wenn auch nicht untätig.

So tauchte sie am nächsten Morgen zur allgemeinen Überraschung im Hotel auf, sagte etwas von Ruhe, die Ralf jetzt erst mal brauche, und stürzte sich außerplanmäßig in die Arbeit, und sie war sofort wieder in ihrem Element, obwohl Elfie und Cora Dienst hatten und auch Rita Schnabel im Hintergrund aktiv war, die sogar Melvin in die Arbeit einbezog und sich währenddessen scheinbar interessiert alles über Singapur anhörte, was der Junge wußte, insbesondere über die zahlreichen Inseln des Stadtstaates und ganz besonders über Tioman, wo seine Mutter wohnen und arbeiten würde.

Als Fatima abends nach Hause kam, fand sie dort nur einen Zettel von Ralf vor: «Bin beim Anwalt. Kann später werden. Treffe dich dann im Checkers.» Kein Gruß, kein Kuß.

Im Checkers traf Fatima zunächst keinen Ralf, dafür aber Bernd, und es tat ihr gut, ihm ihr Herz auszuschütten. Nachdem er ihr geduldig zugehört hatte, sagte Bernd: «Ich finde, du reagierst ein bißchen panisch. Ihr wart so lange getrennt, da ist es doch ganz klar, daß ihr euch erst wieder aneinander gewöhnen müßt. Nähe braucht Luft, weißt du! Vertrautheit stellt sich nicht auf Knopfdruck her.»

In dem Moment erschien Ralf und gesellte sich zu ihnen. In dieser Dreierkonstellation plätscherte das Gespräch eher belanglos dahin, aber Ralf machte einen überraschend gutgelaunten Eindruck.

Als Fatima und Ralf das Checkers verließen, begriff sie auch warum. Ralf fragte nach Bernd, und als Fatima sagte, daß er schwul sei und folglich keine Gefahr für ihre Ehe darstelle, und dann ganz kuschelig hinzufügte: «Und mal abgesehen davon gibt es für mich sowieso keinen anderen als dich», blieb Ralf stehen und wurde ganz ernst.

«Aber für mich», sagte er. «Für mich gibt es eine andere.»

Fatima entglitten die Gesichtszüge. Fassungslos starrte sie ihren Mann an.

Er hatte wirklich nicht gerade dafür gesorgt, es seiner Frau sanft beizubringen, aber vielleicht war das auch gar nicht möglich. Jedenfalls hätte es nicht unbedingt mitten auf der Straße sein müssen, fand Fatima. Trotzdem war sie in gewisser Weise erleichtert, als es endlich raus war, denn gespürt hatte sie es ja doch schon, nur verstehen konnte sie es bislang nicht. Jetzt wußte sie wenigstens, woran sie war.

Als Fatima den ersten Schock überwunden hatte und die beiden wieder zu Hause waren, erklärte Ralf ihr ruhig und mit einem sehr schlechten Gewissen, daß es sich bei seiner neuen Liebe um die Gefängnisärztin handle, daß er es nicht drauf angelegt habe, aber machtlos seinen Gefühlen ausgeliefert sei. Es sei einfach passiert, mit solcher Wucht, daß es sinnlos sei, sich dagegen zu wehren. Er sei bis über beide Ohren in Jeanette verliebt, und selbst wenn sie seine Liebe nicht erwidern sollte, was allerdings im Moment nicht der Fall war, könne er Fatima jetzt nicht mehr lieben, weil er nur noch Gefühle für Jeanette habe. Er wisse, daß Fatima das nicht verdient habe und bedauere es zutiefst, aber so sei nun einmal die Lage.

Fatima kannte ihren Ralf gut genug, um zu wissen, daß er nach der Devise «entweder – oder» verfuhr, daher akzeptierte sie, was er sagte, als ausweglos.

Elfie, der Fatima am nächsten Morgen ihr Herz ausschüttete, war da ganz anderer Ansicht.

«Red doch noch mal mit ihm!» sagte sie. «Jetzt, wo du wieder für ihn da sein kannst, ist die Geschichte sicher schnell vorbei. Ich meine, klar, im Knast, da war seine Jeanette praktisch die einzige Frau. Das ist wohl 'ne Hormonsache, du kennst doch die Männer.» Und als Fatima nur hoffnungslos den Kopf schüttelte, sagte sie eindringlich: «Mensch, Fatima! Deine Vogel-Strauß-Taktik bringt gar nichts. Du bist so eine klasse Frau ... Der wäre doch blöd, dich wegen so 'ner vertrockneten Pillenschnepfe zu verlassen!»

Aber da Elfie sowohl in Unkenntnis von Ralfs Psyche als auch von Jeanettes Reizen sprach, gab Fatima auf diesen Rat nichts.

Immerhin akzeptierte sie, daß Elfie sie wieder nach Hause schickte, um noch einmal mit Ralf zu reden. Als Fatima die Wohnung betrat, war er schon fast mit packen fertig und froh, sie zu sehen. Er wollte sich nicht davonstehlen, und er versuchte noch einmal, alles zu erklären.

«Du warst so weit weg», sagte er. «Mein Leben in den letzten Jahren war so anders als deins. Du bist jeden Tag raus in die Welt gegangen, hast Erfahrungen gemacht, warst abgelenkt. Ich hatte nur die Erinnerung, und ich konnte immer weniger mit dir teilen. Du kannst das Leben im Knast nicht verstehen, wenn du nicht drinsitzt. Jeanette konnte es. Ohne viel Worte. Verstehst du, was ich meine?»

«Vielleicht», gab Fatima zu.

Ralf machte seinen Koffer zu. «Ist aber schön, daß wir noch offen miteinander reden können», sagte er und sah Fatima wehmütig an.

«Aber es ist zu spät», sagte sie leise, und es hörte sich an wie eine große Frage.

Ralf wiegte den Kopf. «Für jeden einzelnen von uns: nein. Für uns beide: ja.»

Dann verabschiedeten sie sich voneinander so fair und liebevoll sie konnten.

Die ersten beiden Tage mit Melvin hatten ihre Tücken, verliefen alles in allem aber glimpflich. Eine zerbrochene Glastür zwischen Küche und Veranda, ein Sprung in Melvins Waschbecken, nervöse Zuckungen bei Kommher und ein insgesamt zerrüttetes Nervenkostüm bei Elfie, die ja nun nicht nur Melvin, sondern auch ihre Buchhaltung am Hals hatte, waren die Negativbilanz. Positiv wurde registriert, daß Melvin die Zigaretten, die er Rita Schnabel klauen wollte, dann doch nicht klaute, sondern mit ihr offen über das Rauchen redete und versprach, bis sechzehn damit zu warten, daß Hajü ihm das Funkgerät schenkte, das er in einem Preisausschreiben gewonnen hatte, daß er gut mit dem Powerbook zurecht kam, inklusive Modem und Internetanschluß, das Peer Schröder ihm als Abschiedsgeschenk hinterlassen hatte, damit er Alrun E-mails schicken konnte, und daß alle Mitarbeiterinnen den Jungen wie selbstverständlich in ihre alltägliche Arbeit einbezogen, so daß er sich nur dann zu langweilen brauchte, wenn er beschloß, sich zu langweilen.

Als Elfie am Abend des zweiten Tages auf ihrem Trimmrad schwitzend die Spätausgabe der «heute»-Nachrichten verfolgte, schweiften ihre Gedanken immer wieder ab, bis sie plötzlich bei dem Wort «Flugzeugunglück» hellhörig wurde. «Zu einem Flugzeugunglück kam es heute in der Straße von Singapur. Aus bisher ungeklärter Ursache stürzte der Privatjet einer internationalen Finanzgruppe gegen 21:30 Uhr Ortszeit ins Meer. Die Maschine befand sich auf dem Flug von Singapur nach Tioman. Alle sechs Insassen, darunter zwei deutsche Mitarbeiter der Firma, kamen dabei ums Leben ...»

Elfie hörte auf zu strampeln und starrte entsetzt in den Fernseher. Dann schüttelte sie den Kopf und strampelte hektisch weiter. «Ach was!» sagte sie laut. «Unmöglich. Das hat nichts mit Alrun zu tun.»

Eine halbe Minute später stürzte sie ins Bad und mußte sich übergeben. Anschließend rief sie Bernd an und bat ihn, sofort und auf der Stelle zu ihr zu kommen. Als er kurz darauf bei ihr war, fand er Elfie vollkommen aufgelöst vor. Sie hatte bereits mit Alruns Firma telefoniert, und der schreckliche Verdacht hatte sich bestätigt: Alrun und Peer Schröder waren an Bord der abgestürzten Maschine gewesen. Elfie konnte es nicht begreifen, und eine Menge unterschiedlicher Gefühle überfielen sie gleichzeitig: unendliche Trauer über den Verlust der Freundin, Wut über die Ungerechtigkeit der Welt, Angst vor der Verantwortung Melvin gegenüber und Überforderung allein schon von der Notwendigkeit, ihm die grausame Nachricht zu überbringen. Bernd blieb über Nacht bei ihr. Dafür, daß sie diese Nacht nicht allein verbringen mußte, war Elfie ihm sehr dankbar. Am nächsten Morgen rief Elfie zuerst Fatima, Cora, Julietta und Rita Schnabel zu sich ins Büro, denn obwohl sie die Frage, was nun mit Melvin werden sollte, allein entscheiden mußte – und das hatte sie im Grunde schon getan –, so war es doch unmöglich, ohne die Kooperation ihrer Mitarbeiterinnen für den Jungen zu sorgen. Die Freundinnen und Kolleginnen versicherten Elfie ihrer vollsten Unterstützung, so daß fürs erste nur noch die Frage blieb, wer mit Melvin reden solle. Alle boten sich an, weil es für Elfie angesichts des persönlichen Verlusts, den sie erlitten hatte, doppelt schwer war. Aber Elfie bestand darauf, es selbst zu tun.

«Bist du sicher, daß du das schaffst?» fragte Cora.

«Nee!» sagte Elfie. «Überhaupt nicht. Aber ich muß. Ich habe schließlich die Verantwortung für ihn.»

Trotzdem scheiterten ihre ersten drei Anläufe. Statt ihm den Tod seiner Mutter zu erklären, unterwies sie ihn in der Kunst des Kaffeekochens, reparierte ihm eine Kampffigur und schickte ihn zum Blumenholen zu Hajü hinüber. Dann hatte sie die rettende Idee und nahm Melvin mit zum Friedhof.

Während Elfie Unkraut zupfte, kam Melvin mit einer Gießkanne angelaufen und fragte mit Blick auf das Grab: «Ist das der Mann von dem Bild überm Kamin?»

«Ja», sagte Elfie. «Das ist Alexander, mein Freund, der liebste Mensch der Welt.»

«Nö», widersprach Melvin schnell. «Das ist Mami.»

«Ja, hast recht», murmelte Elfie und dachte einen Moment darüber nach, wie sie es nun sagen sollte. «Weißt du noch, was ich dir neulich übers Abschiednehmen gesagt habe?» fragte sie schließlich.

«Hmm», bestätigte Melvin. «Daß das immer ein bißchen wie Sterben ist.»

Elfie nickte und erzählte Melvin, wie sie reagiert hatte, als Alexander gestorben war, und daß sie heute noch manchmal weinen müsse.

«Du bist eben ein Mädchen», wußte Melvin dieses ansonsten unverständliche Phänomen zu erklären.

«Jungs dürfen auch weinen, wenn jemand stirbt oder für eine gewisse Zeit von einem weggeht», sagte Elfie. «Aber wenn jemand stirbt, dann geht er für immer.»

«So wie dein Freund?»

«Ja. Obwohl er immer noch bei mir ist.»

«Wie das denn?»

«Er ist in meinem Herzen. Ein Mensch ist erst wirklich tot, wenn keiner mehr an ihn denkt. Deshalb ist es unheimlich wichtig, daß man sich seine Erinnerung bewahrt, ganz tief drin.»

Melvin versuchte, das zu begreifen, und fand schnell den Haken an der Sache. «Aber reden kannst du nicht mit ihm, oder?»

«Doch!» sagte Elfie mit großer Überzeugung. «Und manchmal antwortet er sogar. Nicht laut, aber wenn du genau aufpaßt, kannst du es hören. Denn, weißt du, im Herzen, da gibt es keine Kilometer. Da ist man sich nah. So wie du deiner Mami nahe bist ... und immer sein wirst.»

Melvin hatte sehr aufmerksam zugehört und blickte nun still auf das Grab. Das war der Moment, den Elfie für richtig hielt, um es Melvin zu sagen, aber es fiel ihr unendlich schwer. Jedes Wort kostete sie Überwindung.

«Melvin ... ich ... deine Mami ... sie ist ... tot.»

Melvin drehte sich zu Elfie um, funkelte sie wütend an und schrie: «Du lügst!»

Elfie kniete sich neben Melvin und sagte sanft: «Nein, Melvin. Sie ist mit dem Flugzeug abgestürzt. Es tut mir so ...»

Sie wollte Melvin umarmen, aber der schrie «Laß mich!» und rannte einfach weg.

Elfie rannte ihm nach, fing ihn ein und hielt ihn ganz fest. In seinem Gesicht stand das pure Entsetzen. Er zitterte. Und er hatte begriffen.

«Mami ist überhaupt nicht tot», flüsterte er immer wieder vor sich hin, während Elfie ihn in ihren Armen wiegte, und dann endlich kamen ihm die Tränen.

11. KAPITEL

Niemand hatte erwartet, daß Melvin den Tod seiner Mutter und das nun endgültige Herausgerissensein aus seiner gewohnten Umgebung leicht verwinden würde. Aber daß er ferngesteuerte Autos durch Treppenhaus und Frühstücksraum flitzen ließ, die Gäste, Personal und Tabletts zu Fall brachten, daß er seine Trauer am liebsten mit Nonstop-Fernsehen betäubte, pausenlos Süßigkeiten futterte und bei Kontaktbedarf immer mitten in die unaufschiebbarsten Arbeiten hineinplatzte, war nur schwer auszuhalten. So war Elfie, obwohl alle nach Kräften mithalfen und sich um Melvin kümmerten, schnell mit den Nerven am Ende, und der Besuch von Holger Fritsch, einem Mitarbeiter des Jugendamtes, kam just in dem Moment, als Elfie in einem orkanartigen Wutanfall eins von Melvins ferngesteuerten Autos aus dem Fenster geworfen hatte. Zu allem Unglück wäre es Herrn Fritsch beinahe auf den Kopf gefallen.

Nachdem Elfie sich wortreich entschuldigt und Melvin auf sein Zimmer geschickt hatte, klärte Herr Fritsch Elfie über den Anlaß seines Besuches auf.

«Frau Schmidt, also Melvins Mutter, hat in ihrem Testament den Wunsch geäußert, Ihnen als engster Freundin und Vertrauten die Vormundschaft zu übertragen», sagte er in einem Ton, als beglückwünsche er Elfie dazu, den Jackpot im Lotto geknackt zu haben.

Elfie fuhr sich mit der Hand an die Wangen. «Ich?» schrie sie fast. «Mit diesem ... diesem ...»

Herr Fritsch lächelte milde und sagte sanft: «Frau Gerdes, ich bin mir durchaus bewußt, daß ich hier sozusagen mit der Tür ins Haus falle, aber es handelt sich, wie Sie wissen, um eine Notsituation. Und im Sinne des Jungen müssen wir schnell handeln.»

«Aber wieso gerade ich?» fragte sie, obwohl sie die Antwort bereits kannte.

«Nun, da der Vater des Jungen als verschollen gilt, keine Verwandten von Frau Schmidt diesbezüglich in Frage kommen und Sie explizit im Testament erwähnt werden, ist es unsere Aufgabe, diese Möglichkeit zu überprüfen.»

Elfie schüttelte verständnislos den Kopf. «Überprüfen?» wiederholte sie.

«Nun ja, wir werden im Zuge der vorläufigen Vormundschaft die näheren Lebensumstände des Jungen in Augenschein nehmen und einen Bericht über die familiäre Situation erstellen. Mit anderen Worten: Ich werde von jetzt an öfter bei Ihnen zu Besuch kommen.»

Elfie brauchte einen Moment, bis ihr klar wurde, was das bedeutete. Dann richtete sie sich auf und sagte fast aggressiv: «Herr Fritsch, bevor wir hier weiterreden: Natürlich trauere ich um meine beste Freundin, natürlich tut mir der Junge leid, und ich kann gut nachvollziehen, was Melvin durchmacht. Aber den Jungen hier aufwachsen lassen, in meinem Hotel? Unmöglich!»

In diesem Moment platzte Tom Claasen mit einer Weinflasche in der Hand ins Frühstückszimmer. Er wollte noch einmal mit Elfie über ihre Beziehung sprechen, begriff aber sofort, daß dies nicht der richtige Moment war, und verschwand wieder.

«Ihr Lebensgefährte?» fragte Herr Fritsch, und sein Ton ließ nicht erahnen, ob dieser Mann einen positiven oder negativen Eintrag in seinem Bericht abgeben würde.

Elfie schüttelte energisch den Kopf. «Mein Getränkehändler», stellte sie klar und kam gleich wieder zum Punkt. «Sie sehen ja selbst: Hotel, Gäste, Angestellte, ein Sack voll Streß – und das

Ganze achtzehn Stunden am Tag ... Mit einem ‹familiären› Umfeld hat dies hier nun wirklich nicht die geringste Ähnlichkeit.»

Herr Fritsch musterte Elfie skeptisch. «Sie meinen also, eine Adoption kommt für Sie nicht in Frage?»

Elfie beugte sich zu ihm vor und sagte leise, als verrate sie ihm ein Geheimnis: «Wenn ich ehrlich sein soll, Herr Fritsch: nein! Mir wird schon schlecht, wenn ich nur daran denke.»

In seltener Einigkeit mit Elfie wurde auch Melvin schlecht, wenn er nur daran dachte, daß er nun für immer in Elfies Hotel bleiben sollte. Hatte er seine Mutter schon oft als «harte Nuß» gefürchtet, so stellten Elfies Temperament, ihr Selbstbewußtsein und Tempo noch mal ein ganz anderes Kaliber dar. Glücklicherweise hatte Elfie genausowenig Zeit für ihn wie seine Mutter. Das wußte er zu nutzen. So zapfte er beispielsweise den Telefonanschluß in Elfies Zimmer an, um sich einen direkten Zugang ins Internet zu verschaffen, das er insbesondere auf Neuigkeiten aus Singapur durchcheckte.

Als Elfie bei der Telekom über eine maßlose Telefonrechnung Beschwerde führte und sagte: «Dafür könnte ich mir ja eine Standleitung nach Tokio einrichten», lag sie also geographisch gar nicht so falsch, zumal Melvin zwischen seinen Recherchen die Verbindung meist nicht unterbrach.

Ganz unerwartete Verstärkung bekam Melvin in der Person von Hieronymus Schmollke. Nach einigem guten Zureden seiner Schwester hatte Schmolli sich endlich ein Herz gefaßt und gestand Elfie in schüchternen Worten eines Abends seine Bewunderung und bat sie umständlich um ihre Hand. Es war eine der wenigen Situationen, in denen Elfie die Worte fehlten. Aber auch ohne eine explizite Antwort verstand Schmolli. Er war nicht mehr der Jüngste, aber als er diesmal das Hotel verließ, fühlte er sich richtig alt.

Melvin saß auf den Stufen vor dem Hotel und spielte mit seinem Walkie-Talkie, und Schmolli setzte sich einfach neben ihn.

«Ist das dein Auto?» fragte Melvin und zeigte auf den Oldtimer, der Schmollis ganzer Stolz war.

Schmolli nickte müde.

«Abgefahrener Schlitten», sagte Melvin anerkennend. «Echt.»

Schmolli sah Melvin nur an.

«Warst du bei Tante Elfie?» Die offensichtliche Niedergeschlagenheit des schweigsamen Mannes blieb dem Jungen nicht verborgen.

Wieder nickte Schmolli.

«Schwierige Frau, was?»

Schmolli mußte unwillkürlich schmunzeln, und Melvin begann, die Vorzüge seiner Mutter gegenüber Elfie zu preisen, wobei er so tat, als ob seine Mutter noch lebte. Ein Wort gab das andere, und schließlich verabredeten sich die beiden Elfie-Geschädigten für den nächsten Tag zu einem Eis an der Alster.

Während Schmolli auf das Eis verzichtete und lieber ein Kännchen Kaffee nahm, fiel Melvins Eis um so größer aus, und dazu durfte er sich auch noch eine Cola und eine heiße Schokolade bestellen. Von allen drei Leckereien bediente er sich der Reihe nach: ein Löffel Eis, ein Schluck Schokolade, ein Schluck Cola. Nie wäre er auf den Gedanken gekommen, daß ausgerechnet ein korrekt gekleideter älterer Herr ihm eine Bestellung erlauben würde, die er immer schon mal hatte machen wollen und die ihm immer untersagt worden war. Schmolli beobachtete das sichtliche Vergnügen des Jungen, während er seinen eigenen Gedanken nachhing. Dann seufzte er und sagte, mehr nur zu sich: «Manchmal habe ich den Eindruck, das Leben ist eine einzige Lektion.»

Wörter, die er nicht kannte, fand Melvin immer spannend, und er fragte nach.

«Eine Lektion, das ist eine Prüfung. Man kommt allein auf die Welt, und man geht wieder allein. Wer das akzeptiert, der hat bestanden», erklärte Schmolli philosophisch.

Melvin wandte sich wieder seinem Eis zu. «Komische Prüfung», meinte er nur.

Eine Zeitlang war an dem Tisch der beiden nur das Klappern des Eislöffels, des Colaglases und der Tassen zu hören, aber dann hatte Schmolli plötzlich eine für ihn sehr untypische Idee, und er sah Melvin gespannt von der Seite an, als er sagte: «Melvin, was ich dich mal fragen wollte, so von Mann zu Mann ...»

Sofort war Melvin wieder ganz Ohr.

«Ich wollte dich fragen, ob du weißt ... also, ob Elfie einen ... also, sagen wir mal, ob sie einen Freund hat.»

Außer daß sie ihm ziemlich auf die Nerven ging, wußte Melvin kaum etwas von Elfie. «Echt keine Ahnung», sagte er.

«Angenommen, du würdest in dieser Hinsicht etwas erfahren, würdest du mich dann informieren?» fragte Schmolli.

Melvins rundes Gesicht wurde noch runder, und seine Sommersprossen leuchteten wie seine Augen, als er sich vergewisserte: «Ist das ein Auftrag?»

Schmolli zuckte zusammen. Ging das nicht doch ein bißchen weit?

Aber Melvin war schon nicht mehr zu bremsen. Er drehte seine Baseballkappe um, so daß der Schirm jetzt seine Stirn verdunkelte, kramte das Walkie-Talkie aus seiner aufgesetzten Hosentasche und nickte eifrig. «Klar, Mann! Ich werde Tante Elfie überwachen.»

Schmolli rang sich zu der Auffassung durch, daß es ein schönes Spiel für Melvin sei und dem Jungen zu einer harmlosen Beschäftigung verhelfen würde. «Würdest du das für mich tun?» fragte er leicht vorgebeugt.

«Darf ich dafür dein Auto benutzen?» fragte Melvin und kam

damit gleich zur Honorarfrage. Schmolli war skeptisch, aber Melvins Behauptung, seine Mutter ließe ihn «schon ewig» ans Steuer, überzeugte ihn schließlich, und so einigten sie sich auf den Kompromiß, daß Schmolli den Wagen bis zur Schwanenstraße fahren und Melvin dann übernehmen solle. Damit war, zumindest aus Melvins Sicht, eine Freundschaft fürs Leben gestiftet. Nun brauchte er Schmolli nur noch mit dem zweiten Walkie-Talkie auszustatten, und sein Berufsleben konnte beginnen. Im nachhinein wunderte Melvin sich, daß er nicht früher darauf gekommen war, Detektiv zu werden.

Dummerweise sahen sowohl Elfie als auch der Mitarbeiter des Jugendamtes, Herr Fritsch, wie Melvin den Wagen vor dem Hotel zwar ungeschickt, aber letztlich erfolgreich einparkte. Fritsch war gekommen, um Melvins Zimmer zu inspizieren, und verfolgte gerade das Telefonkabel, das aus dem eingeschalteten Notebook kam und zu Melvins Fenster führte. Elfie stand neben Herrn Fritsch und war genauso entsetzt wie er über den allgemeinen Zustand von Melvins Zimmer, als der Junge in Schmollis Wagen vorgefahren kam.

Herr Fritsch wollte mit Melvin allein reden und zunächst einmal alles Kritikwürdige beiseite lassen, weil für ihn die Not des Jungen im Vordergrund stand. Elfie fand zwar, daß ein paar deutliche Worte fällig seien, aber die konnte sie auch noch später loswerden. Im Moment war es ihr sehr recht, Melvin nicht sehen zu müssen, und rauschte ab in ihr Büro.

Melvin hatte an Fritsch nur insofern Interesse, als daß er sich erkundigte: «Sind Sie ein Freund von Elfie?» Fritsch verneinte die Frage irritiert, und für Melvin war das Gespräch erledigt. Die nun folgende kindgerecht vorgetragene Rede, mit der Fritsch sein Anliegen zum Ausdruck brachte, nämlich daß er derjenige sei, der ein neues Zuhause für Melvin besorgen müsse, quittierte Melvin nur mit einem patzigen: «Ich will dich aber nicht.» Dann rannte er aus dem Frühstücksraum.

An der Rezeption stieß Melvin auf Elfie, Fatima, Cora und Julietta plus dem herbeigerufenen Fernmeldetechniker und schrie Herrn Fritsch an, der ihn festzuhalten versuchte: «Du hilfst mir gar nicht! Niemand hilft mir! Ich will euch alle nicht! Ihr seid alle bescheuert!» Dann riß er sich von Fritsch los und drehte sich zu Elfie um. «Und du bist die Bescheuertste von allen! Ich hasse dieses Scheiß Hotel! Ich will nicht mehr hier sein! Ich will nach Singapur!» Dann brach er in Tränen aus und rannte die Treppe zu seinem Zimmer hinauf.

Nachdenklich und schockiert zugleich sahen ihm alle Anwesenden hinterher. Fritsch nutzte die Gelegenheit und hielt eine Rede über «sogenannte» familiäre Geborgenheit, die bei dem heutigen Zustand vieler Familien für Kinder oft der reinste Horrortrip sei, über die Strukturiertheit und Sicherheit von Heimen, in denen Kinder es in solchen Fällen viel besser hätten, und über Verantwortung, die in einer Welt des Werteverfalls jeder gegenüber Kindern hätte, auch wenn es nicht die eigenen seien. «Und wenn Sie heute einem Kind das Gefühl geben können, daß es geliebt wird und daß ihm niemand etwas anhaben kann, solange es in Ihrer Nähe ist, dann haben Sie mehr getan, als viele sogenannte Eltern für ihre Kinder tun. Darüber, Frau Gerdes, sollten Sie vielleicht einmal nachdenken», schloß er.

Elfie war schon die ganze Zeit über immer mulmiger zumute geworden, und mit seinen letzten Sätzen hatte Fritsch ihr den Rest gegeben. Es klang ehrlich verzweifelt, als sie leise, aber mit fester Stimme sagte: «Herr Fritsch, ich führe ein Hotel, ich bin allein, und ich habe keinen Partner ...» Dann brach sie ab, schüttelte den Kopf und sagte, was ihr so schwerfiel zu sagen: «Nein, es geht einfach nicht.»

Herr Fritsch sah Elfie wortlos an, knöpfte seine Jacke zu, räusperte sich und sagte: «Wenn das so ist, sehen wir uns morgen um neun wieder. Dann komme ich den Jungen abholen und bringe ihn in ein Heim.» Er streckte Elfie die Hand hin, wünschte ihr noch einen schönen Tag und verließ das Hotel mit dem Gefühl, daß hier bis morgen früh um neun noch eine Menge passieren würde.

Es war, wie so oft, die stille, bedächtige Julietta, die der Frage nach Melvins künftigem Zuhause eine entscheidende Wendung gab. Am Abend kam sie zu Elfie ins Büro und legte dreihundert Mark auf ihren Schreibtisch. «Das ist für deine Telefonrechnung», sagte sie, und auf entsprechende Nachfrage erklärte sie, daß sie, im Gegensatz zu den Bemühungen des Fernmeldetechnikers, herausgefunden habe, wie Elfies horrende Telefonrechnung zustande gekommen sei. «Das kenne ich von meinen Kindern», sagte sie. «Nächtelang surfen sie im Internet herum.»

«Und was machen sie da, in diesem ... Internet?» fragte Elfie völlig perplex.

Julietta beschränkte sich mit ihrer Antwort auf das, was Melvin dort ihrer Meinung nach tat. «Ich glaube, er will nicht wahrhaben, daß seine Mutter tot ist», sagte sie. «Und deshalb sucht er nach Lebenszeichen, nach Spuren.»

Elfie setzte sich kerzengerade hin und sah Julietta mit großen Augen an. «Tatsächlich? Das tut er?»

«Ja. Ich kann ihn ja verstehen, den armen Jungen. Er weiß doch gar nicht, was mit seiner Mutter passiert ist. Er hat nichts, was ihn an sie erinnert. Es gibt noch nicht mal ein Grab, das er besuchen kann.» Dann schob sie das Geld in Elfies Richtung. «Hier. Melvin hat mir versprochen, nur noch eine Stunde pro Tag zu surfen. Man kann dem Jungen das im Moment ja nicht ganz verbieten. Die Kosten dafür übernehme ich gerne.»

Entschieden schob Elfie das Geld zurück. «Kommt gar nicht in Frage, Julietta, das zahle ich!»

Julietta versuchte noch einmal, Elfie umzustimmen, doch die wollte nicht mehr über Geld diskutieren. Statt dessen lag ihr noch etwas anderes auf der Seele.

Bei ihrem Kurzbesuch zusammen mit Herrn Fritsch hatte Elfie in Melvins Zimmer klammheimlich ein Glasröhrchen konfisziert, das auf dem Nachttisch gelegen hatte. Sie wußte zwar nicht, welchem Zweck es diente, aber nachdem Herr Fritsch schon ein paar Zigarettenstummel gesichtet hatte, wollte sie auf Nummer sicher gehen. Jetzt zeigte sie es Julietta und fragte, ob sie vielleicht wisse, was es damit auf sich habe.

Julietta nickte und setzte sich Elfie gegenüber an den Schreibtisch. «Das ist eine Probe vom Parfum seiner Mutter. Wenn er sich schlafen legt, träufelt er ein, zwei Tropfen davon auf sein Kopfkissen.» Und dann wußte sie noch zu berichten, daß Melvin jetzt öfter die von Alrun besprochene Kassette hörte, als daß er sich mit seinem Lieblingsthema *Star Wars* beschäftigte.

Noch am selben Abend besorgte Elfie sich in einer Videothek den Originalfilm, *Das Imperium schlägt zurück* und *Die Rückkehr der Jedi-Ritter*, bevor sie sich mit Bernd im Checkers traf.

Elfie wußte selbst nicht, was sie von Bernd erwartete, als sie ihn um dieses Gespräch bat, aber jedenfalls hatte sie nicht damit gerechnet, daß er ihr so vorbehaltlos und eindringlich ins Gewissen reden würde. Für ihn gab es überhaupt keine Alternative zu der Verantwortung, die Elfie nun ohne Vorwarnung ins Leben geschneit war und der sie sich zu stellen hatte. Und zu Elfies größter Überraschung trafen sie seine Worte mitten ins Herz.

Als sie nach Haus kam, schaute sie nach dem schlafenden Melvin, deckte ihn zu, zog, da sie es nicht schaffte, das Notebook sanft zu schließen, den Stecker aus der Steckdose und beobachtete den Jungen dann noch eine Weile. Die Gefühle, mit denen sie das tat, waren ihr völlig neu. Zwei Dinge erledigte sie noch, bevor sie zufrieden einschlief. Sie rief Tom an und bat ihn, bis morgen früh um spätestens neun eine Flasche von Alruns Parfum zu besorgen und es ins Hotel zu bringen. Und sie sah sich *Star Wars* an. Das Gefühl pädagogischer Selbstlosigkeit legte sich dabei schnell, denn sie hatte den größten Spaß an dem Kultfilm, und als sie einschlief, hatte sie mit Melvin etwas gemeinsam.

Eine traurige Belegschaft und ein völlig verstockter Melvin empfingen Herrn Fritsch am nächsten Morgen. Nur Elfie fehlte noch in dieser Runde. Die wartete vor dem Hotel auf Tom, der in letzter Sekunde angerast kam, um das Parfum zu überreichen. Statt Geld forderte Tom einen Kuß, und weil Elfie keine Zeit hatte, über die kleine Erpressung böse zu werden, gab sie schließlich nach.

Dann lief sie ins Hotel zurück und hörte Herrn Fritsch gerade noch sagen: «Na, dann sage mal auf Wiedersehen!»

«Nein, das tut er nicht», fuhr Elfie energisch dazwischen und stellte sich schützend vor Melvin.

Alle Augen richteten sich überrascht auf sie, und Elfie verkündete, sie habe sich entschieden, Melvin bleibe hier. Und weil sie sich selbst gar nicht sicher war, ob das gutgehen und ob sie das schaffen würde, wagte sie die Flucht nach vorn.

«Wir, das heißt, meine Mitarbeiterinnen ...» – sie nannte alle beim Namen, als sie der Reihe nach auf sie zeigte – «und ich sind uns einig: Wir sind Melvins neue Familie.»

Das kam nun auch für die Angesprochenen überraschend, aber sie reagierten sofort.

«Absolü!» bestätigte Fatima.

«Logo!» sagte Cora.

«Aber sicher!» rief Julietta.

Und Rita Schnabel sagte: «Dem Jungen wird es an nichts fehlen.» Dann zwinkerte sie Melvin zu und setzte hinzu: «Ich meine, wer hat schon so viele Mütter?»

Melvin grinste und schien insgesamt erleichtert zu sein. Das bemerkte auch Herr Fritsch, trotzdem wandte er sich noch einmal sehr ernst an Elfie. «Gut», sagte er, «Sie kennen meine Einstellung. Ich freue mich über Ihre Entscheidung. Aber, und auch das wissen Sie, ich kann Ihnen nur mein *vorläufiges* Einverständnis geben. Ich werde die Situation weiter überprüfen, um dann gemeinsam mit dem Vormundschaftsgericht eine Entscheidung zu treffen.»

«Überprüfen Sie nur!» sagte Elfie großzügig, um dann genau die Worte zu wiederholen, die Bernd ihr gegenüber gestern abend so eindringlich und ganz gegen ihren Willen benutzt hatte: «Wissen Sie, es gibt Gesetze und Paragraphen, aber es gibt auch ein Gebot des Herzens, und manchmal ist dieses Gebot das einzige, was zählt!»

Alruns Parfum, das Elfie als Bestechungsgeschenk in der Hinterhand hatte, kam also gar nicht zum Einsatz, und Elfie bewahrte es sich für eine spätere Gelegenheit auf. Sie nahm es mit, als sie am Wochenende mit Melvin einen Ausflug an die Elbe machte. Die beiden hatten im Wasser gespritzt, Figuren im Sand geformt, Wettrennen veranstaltet und Currywurst und Pommes-mit-allem gefuttert, als Elfie sich abends erschöpft in den Sand fallen ließ. «Ich bin völlig geschafft», schnaufte sie.

Auch Melvin setzte sich. Er schaute in den Himmel. Es war schon dunkel, und weil sie etwas außerhalb der Stadt waren, konnte man besonders viele Sterne sehen. «Mami hat immer gesagt, wenn man eine Sternschnuppe sieht, darf man sich was wünschen», sagte er.

«Vielleicht schickt Alrun uns ja eine Sternschnuppe», meinte Elfie.

Melvin sah sie fragend an.

«Ach, weißt du», begann Elfie, «die Erde ist nur ein kleiner Punkt im Universum. Es gibt unendlich viele Galaxien, und jede Galaxie hat wieder unendlich viele Sterne. Da oben ist mehr als genug Platz. Und vielleicht leben die Menschen, die auf unserer kleinen Erde gestorben sind, alle irgendwo da oben weiter und schauen auf uns runter.»

«Du meinst ... auch Mami?» Melvins Stimme klang ebenso skeptisch wie hoffnungsvoll.

«Wieso nicht?» fragte Elfie zurück. «Prinzessin Lea lebt ja auch da oben.»

«Aber auch Darth Vader und Jabba», gab Melvin zu bedenken. «Und die sind ganz schön gefährlich.»

Elfie schüttelte fachmännisch den Kopf. «Vergiß Captain Solo nicht! Und die Rebellen, die vor den imperialen Streitkräften geflohen sind.»

Das beruhigte Melvin einigermaßen, aber plötzlich kam ihm ein furchtbarer Gedanke. «Hoffentlich lebt Mami nicht in der Eiswüste von Hoth!»

«Ich bin sicher, Alrun wohnt auf einem wunderschönen Planeten und läßt es sich gutgehen», sagte Elfie überzeugt. «Und vielleicht kennt sie Luke Skywalker sogar persönlich.»

Dieser Gedanke gefiel Melvin ganz außerordentlich. «Wow!» rief er und richtete sich auf. «Das wäre cool!»

Elfie lächelte und kramte in ihrer großen Tasche nach dem Parfum.

Als sie daran geschnuppert und es dann Melvin gegeben hatte, fragte er mit Blick auf die Sterne: «Ist das von Mami?»

«Ja», sagte Elfie sanft. «Das ist von Mami.» Sanft legte sie ihren Arm um Melvin, der daraufhin ganz nah an sie heranrückte. Vielleicht werden wir ja doch noch Freunde, dachte Elfie.

Fatima kam der Wirbel, den Melvin auslöste, nicht ungelegen, da er reichlich Anlässe bot, praktisch ständig im Hotel zu sein. Melvin selbst wollte beschäftigt werden, es galt, Kollegen zu vertreten, wenn sie mit Melvin beschäftigt waren, und wenn man ihn in die laufende Arbeit einbezog, dauerte alles länger. Fatima war das sehr recht. Wenn ihre Ehe schon nicht mehr zu kitten war und sie ihre Wohnung plötzlich als leer und ungemütlich empfand, wollte sie wenigstens nicht ständig mit ihrem Elend allein sein. War Elfies Hotel ihr schon vorher fast zur zweiten Heimat geworden, so wurde es durch Melvin zu einem belebten Kosmos, in dem auch sie mehr Verantwortung trug und sich deshalb um so wohler fühlte.

Als Ralf sich nach ein paar Wochen mit ihr in Verbindung setzte, um ihr mitzuteilen, daß es mit Jeanette aus sei und er jetzt auf einem Frachtschiff angeheuert habe und für zunächst einmal ein Jahr nach Südamerika reisen werde, riß die alte Wunde noch einmal auf. Aber Ralf war sehr verständnisvoll und redete so einfühlsam mit ihr, so daß sie das Gefühl hatte, es sei besser, ihn weit weg zu wissen, statt irgendwo in der Nähe im Hause einer fremden Frau. Sie machte sich keine falschen Hoffnungen auf seine Rückkehr, falls er überhaupt nach Hamburg zurückkehren würde, aber sie wußte, daß sie dann wenigstens freundschaftlich verbunden sein würden. Bis dahin und überhaupt stürzte sie sich in die Arbeit und in das nun sehr bevölkerte Leben in Elfies Hotel, das ihr wie ein Fixstern vorkam, um den sich immer mehr Trabanten scharten.

12. KAPITEL

Zu den Trabanten, die Elfies Hotel umschwirrten, gehörte seit neuestem auch Dennis, ein Klassenkamerad von Melvin, standesgemäß mit 4-you-Rucksack und seitlich aufgesetzter Baseballkappe ausgerüstet. Eines Tages stand er nach der Schule mit Melvin vor dem Hotel und fragte staunend: «Alles deins?»

«Alles meins.» Melvin nickte knapp.

Da gerade eine neue Reisegruppe eincheckte, konnten die Jungen fast unbemerkt ins Haus gelangen, damit Dennis sehen konnte, um was es sich im einzelnen handelte, das Melvin ‹alles seins› nannte. Nur Fatima winkte den Jungen von der Rezeption aus flüchtig zu.

Melvin führte seinen Freund zuerst in die Küche. Auf dem Weg durch den Frühstücksraum prahlte er von einem stets vollbelegten Haus. In der Küche bewunderte Dennis vor allem den Herd, der mit Arbeitsplatte und Gewürzbehältern als Küchenblock mitten im Raum stand. Das war, ganz klar, HiTech. Melvin holte lässig zwei Coladosen aus dem Kühlschrank und bediente sich dann an dem Spender vom Großmarkt, der die Monatsration Gute-Nacht-Hupferl für die Gäste enthielt. Er gab Dennis eine ganze Handvoll davon und nahm sich dann seinen Anteil.

«Manchmal ist mir abends ganz schlecht von dem ganzen Zeugs», sagte er verächtlich, als Dennis kleinlaut zugab, eigentlich dürfe er vor dem Mittagessen nicht naschen.

Trotzdem lautete Dennis' zusammenfassender Kommentar zu dieser ihm völlig neuen Welt: «Geil!» Und dann klärte er gleich noch einen zentralen Punkt ab: «Und fernsehen darfst du auch, soviel du willst?»

Melvin zuckte gelangweilt mit den Schultern. «In einem Hotel darfst du alles.»

Dann gingen die beiden ins Frühstückszimmer zurück und machten es sich auf dem Sofa vor dem Kamin bequem, während Melvin weitere Erläuterungen zum Hotelwesen gab.

Ohne die Jungen bemerkt zu haben, war Elfie damit beschäftigt, in aller Eile ein Gästezimmer neu herzurichten, und steckte zur Hälfte in einem Bettlaken, als Boris eine Krankmeldung von Cora brachte. Fatima hatte ihm die Reisetasche des Gastes in die Hand gedrückt, in der anderen trug er seinen eigenen Aktenkoffer, und den gelben Zettel mit Coras Krankmeldung hatte er sich zwischen die Zähne geklemmt.

Elfie verdrehte die Augen und nahm ihm den Zettel aus dem Mund, ohne ihn zu lesen. Gerade jetzt, wo so viel zu tun war! «Wie lange, sagten Sie, ist sie krank geschrieben?»

«Eine Woche», sagte Boris, «das übliche bei Grippe.»

«Eine Woche!» stöhnte Elfie.

Boris lachte. «Sie kennen doch Cora! Heute vierzig Grad Fieber – und morgen wieder quietschvergnügt!»

Elfie war mit dem Bett fertig und sah sich prüfend im Zimmer um. «Ja, ja», sagte sie beiläufig. Was ihr Sorgen machte, war etwas ganz anderes. Sie befand das Zimmer für perfekt und wandte sich zum Gehen. «Wenn da bloß nicht diese dumme Krankheit wäre!»

Boris kam hinter ihr her. «Wie bitte? Welche Krankheit?»

Elfie sprang schnell die Treppe hinunter, um Küche und Aufenthaltsraum für die neuen Gäste zu rüsten. «Ach, diese Erbkrankheit von ihrer Mutter. Hoffentlich – hoffentlich! – geht die an ihr vorbei!» rief sie über die Schulter und merkte nicht, daß Boris hinter ihr wie angewurzelt stehenblieb.

Daß Elfie jetzt keine Zeit für ein klärendes Gespräch hatte, sah und verstand Boris. Und es war auch nicht Elfie, mit der er reden wollte. Schnell kam er hinter ihr die Treppe herunter und verabschiedete sich in die Runde und von niemandem im besonderen, ehe er seinen just geänderten Tagesplan in die Tat umsetzte.

Elfie war viel zu sehr beschäftigt, um zu merken, was sie da angerichtet hatte, und auch Melvin und Dennis wurden von ihr, als sie nach unten kam, nur kurz, wenn auch freundlich, begrüßt.

Statt zur Arbeit fuhr Boris zu Coras Wohnung zurück.

Unterwegs hielt er an einer Apotheke und kaufte alles ein, was bei einer Erkältungsgrippe zusätzlich zu der vom Arzt verordneten Medizin, die Cora bereits hatte, noch hilfreich sein konnte.

Cora lag leidend im Bett, als er bei ihr ankam, und dankbar für seinen Besuch, seine Fürsorge und die Verwöhnbonbons, -tees und -salben ließ sie sich, halb krächzend, halb schnurrend, von Boris den Rücken einreiben. Als Boris ohne jede Vorrede fragte: «Was ist das eigentlich für eine Krankheit, die deine Mutter hat?» kam sie so ruckartig hoch, daß Boris das Döschen mit der Salbe aus der Hand fiel und der Inhalt ihm über Hemd und Hose klekkerte.

«Was soll das denn heißen?» fragte Cora erschrocken.

Boris war aufgesprungen und versuchte, die Salbe abzuwischen, was nur zur Folge hatte, daß er sie tiefer in seine Kleidung einrieb und großflächiger darauf verteilte. Er war wütend. Über sein ruiniertes Outfit, mit dem er sich nicht in seiner Firma sehen lassen konnte, und über Coras Reaktion. Egal, welche Wortwechsel noch folgen würde, er wußte schon jetzt, daß er aus Cora wieder nichts herausbekommen würde.

«Was weiß denn ich, was deine Chefin damit gemeint hat ...», sagte er, ohne den Satz zu beenden.

Vor lauter Schreck hatte Cora sich noch gar keine Gedanken

darüber gemacht, woher Boris plötzlich von diesem verfluchten Chorea Huntington wußte. Jetzt war es ihr klar.

«Du nervst!» schrie sie ohne nachvollziehbaren argumentativen Zusammenhang.

«Wieso nerve ich?» Boris war immer noch mit der Salbe beschäftigt. «Ich frage doch nur, was mit deiner Mutter ist.»

«Meine Mutter, meine Mutter!» Cora saß senkrecht im Bett und war drauf und dran, mit dem Medikamentenarsenal von ihrem Nachttisch um sich zu werfen. «Meine Mutter geht dich überhaupt nichts an!» Dabei funkelte sie Boris so böse und verbissen an, daß der nur noch sagte: «Ich geh dann wohl besser.»

Cora blieb einfach sitzen und sagte kein Wort. Auch als Boris sich zum Gehen wandte, schwieg sie.

An der Tür stieß er fast mit Hajü zusammen, der von Coras Grippe gehört hatte und darin eine willkommene Gelegenheit sah, der verehrten jungen Dame endlich einmal näherzukommen. Er trug einen Korb mit leuchtend roten Äpfeln vor sich her, die an einer Stelle alle ein kleines grünes Herz hatten. Diesen Korb drückte er Boris in die Hand, mit den besten Grüßen und Genesungswünschen, und dann verschwand er wieder.

Boris war längst wütend seiner Wege gezogen, als Cora bei Hajü anrief, um sich bei ihm zu bedanken und vielleicht auch, um den Flirt zu beschleunigen, den sich Hajü ganz offensichtlich wünschte. Er interessierte sie nicht, und doch kam ihr die Ablenkung gerade recht. Die beiden verabredeten sich für einen der nächsten Abende im Checkers, wenn Cora wieder fit war. Aber längst bevor sie wieder fit war, und zwar gleich am nächsten Morgen, radelte Cora, für die Jahreszeit viel zu warm mit dicker Motorradjacke und Schal bekleidet, in die Schwanenstraße, um Elfie zur Rede zu stellen. Sie brauchte gar nicht zum Hotel zu fahren, weil Elfie ihr schon auf der Straße entgegenkam, Melvins Brotdose in der Hand. Auf Elfies im Laufen vorgetragenen Einwand, sie habe jetzt keine Zeit, weil sie Melvin noch erwischen wolle, der wieder mal ohne sein Pausenbrot zur Schule gegangen sei, erwiderte Cora unnachgiebig: «Doch, dies ist genau der richtige Zeitpunkt! Ich habe die ganze Nacht nicht geschlafen, und ich will jetzt von dir wissen, was du Boris erzählt hast.»

«Mein Gott!» Elfie stöhnte und blieb stehen. Sie hatte gewußt, daß da noch was nachkommen würde, und sie selbst hatte auch etwas dazu zu sagen. «Ich habe mich halt verplappert», begann sie harmlos und sagte dann ernst: «Ich habe mir Sorgen um dich gemacht.»

«Ach, Scheiße!» Cora war vom Rad abgestiegen und riß wütend den Lenker herum. Wie fast immer, wenn es um diese Sache ging, reagierte sie vollkommen irrational.

Im Gegensatz zu Elfie, die nun ruhig fortfuhr: «Im übrigen hasse ich so ein Versteckspiel, bei dem man jedes Wort auf die Goldwaage legen muß.» Sie setzte sich wieder in Bewegung, in der inzwischen nur noch sehr vagen Hoffnung, Melvin noch vor der Schule zu erwischen.

Cora trottete neben ihr her und lamentierte über den Vertrauensbruch. «In einer schwachen Stunde habe ich dir alles erzählt, und du hast genau gewußt, daß es sonst praktisch niemand weiß, und dann ... dann hast du nichts Besseres zu tun, als es in die Welt rauszuposaunen! Du hast mein Vertrauen voll mißbraucht!»

Elfie blieb stehen. Die Jagd nach Melvin war ohnehin aussichtslos, und Cora hatte ihr gerade das Stichwort geliefert, auf das sie gewartet hatte. «Vertrauen?» sagte sie und schnaubte verächtlich. «Gerade du mußt von Vertrauen sprechen! Da hast du einen wirklich tollen Kerl, nach dem sich alle anderen Weiber die Finger lecken würden, und du führst ihn an der Nase herum wie einen kleinen Deppen! Gib dir, verdammt noch mal, endlich einen Ruck und sprich mit Boris über dein Problem!»

«Problem?» Cora lachte hysterisch auf. «Problem nennst du das? Sag doch gleich: Lappalie!» Dann zuckte es in ihrem Gesicht, ihr ganzer Körper fiel in sich zusammen, und sie begann zu weinen.

Elfie nahm sie in den Arm und streichelte ihr übers Haar. «Komm, Cora! Du weißt genau, wie ich das gemeint habe.»

Natürlich wußte Cora das, und eindringlich fuhr Elfie fort: «Rede mit ihm! Nur das hilft dir weiter ... und euch beiden.»

Cora löste sich ruckartig aus Elfies Armen und sah sie böse an. «Halt dich da raus!» zischte sie. «Das ist allein Boris' und meine Sache!» Dann schwang sie sich auf ihr Rad und fuhr weiter ins Hotel.

Elfie sah ihr nach und fragte sich, ob die verfrühte Wiederaufnahme ihrer Arbeit nicht eventuell Coras Art war, ein Stück Distanz zwischen sich und die anstehende Beichte zu bringen. Und damit lag sie wieder mal richtig. Elfie war noch nicht ins Hotel zurückgekehrt, als Cora schon bei Boris angerufen, ihn um Verzeihung gebeten und ihn zum Abendessen eingeladen hatte.

Dieses Abendessen in Coras Atelier bestand zum größten Teil aus kulinarischen Köstlichkeiten, die nicht verzehrbar waren. Cora hatte sie auf Bettlaken gemalt, die sie über einen ausgeklappten Tapeziertisch drapierte: eine Suppenterrine, eine Schüssel mit Krebsen, ein saftiger Braten, Obstschalen mit Trauben, Feigen und Pfirsichen, eine Käseplatte und eine reichverzierte Schokoladentorte. Alles wirkte auf den ersten Blick echt. Aber nur eine Schüssel mit Spaghetti und eine mit Tomatensoße waren es wirklich. Allerdings auch eine Karaffe mit Rotwein, der im Schein eines siebenarmigen Kerzenleuchters funkelte, und ein riesiger Strauß weißer Lilien. Im Hintergrund lief eine romantische Arie aus *La Bohème*, und überall in dem großen Raum setzten brennende Teelichter stimmungsvolle Akzente. Es hätte so schön werden können, zumal Boris sich, dem Anlaß entsprechend, mit hinreißend lässiger Eleganz gekleidet und Rosen mitgebracht hatte. Es begann auch alles sehr vielversprechend. Boris war überwältigt von dem ganzen Arrangement, das er vorfand, inklusive der sehr weiblichen Art, in der Cora sich zurechtgemacht hatte. Noch vor dem Essen und anstelle einer Begrüßung versanken die beiden ineinander. Und dann erzählte Cora sehr ernst und in schonungsloser Detailgenauigkeit von der tödlichen Erbkrankheit, die sie möglicherweise in sich trug. Boris war zwar schockiert, aber sehr lieb, und noch hätte alles gut werden können. Aber als Boris sich einigermaßen gefaßt hatte und sehr vernünftig sagte, so könnten sie doch nicht weiterleben, Cora müsse sich untersuchen lassen und sich Klarheit verschaffen, fühlte Cora sich sofort wieder unter Druck und rastete aus. Sie löste sich von Boris und lief mit hoch erhobenen Armen aufgebracht durch ihr Atelier.

«Hör auf!» schrie sie. «Ich gehe nicht zum Arzt. Hör auf, mich zu drängen! Was weißt denn du, wie das ist? Du hast doch keine Ahnung!»

«Dann hast du doch endlich Gewißheit!» sagte Boris drängend, aber das war es ja gerade, was Cora so fürchtete.

Sie blieb stehen. «Gewißheit?» sagte sie ätzend. «Ich will keine Gewißheit, ich will Hoffnung!»

«Aber das ist doch kein Leben», wandte Boris ein. «Immer diese Angst! Diese Angst verbaut unsere Zukunft. Sie zerstört alles.»

Cora schüttelte wild den Kopf und gestikulierte mit den Armen. «Nein, Boris, *du* zerstörst alles! Du willst doch nur Klarheit für dich! Wer will auch schon mit einer Debilen zusammensein?» Dann schlug sie sich die Hände vors Gesicht und schluchzte: «Hätte ich dir bloß nichts erzählt!»

Boris kam auf Cora zu und wollte sie in den Arm nehmen. «Komm, Mäuschen!» sagte er sanft.

Aber Cora machte sich steif und streckte die Arme wie ein Schutzschild aus. «Faß mich nicht an!» fauchte sie wild. «Du bist wie alle Männer!»

Das war ein Satz, bei dem Boris rot sah. Er hielt mitten in der Bewegung inne und streckte dann fordernd die rechte Hand aus. «Mein Hemd!» sagte er.

Cora trug es, seit sie sich zu Beginn des Abends geliebt hatten. Boris' veränderter Ton irritierte sie, und verständnislos sah sie ihn an.

Boris hatte keine Lust, noch mehr Verrücktheiten hinzunehmen, winkte ab, ging auf den Stuhl zu, über den er sein Jackett geworfen hatte, streifte es über seinen nackten Oberkörper und verließ ohne ein weiteres Wort Coras Atelier.

Cora, plötzlich wieder zur Vernunft gekommen, starrte ihm hinterher. «Boris!» rief sie entsetzt, als die Tür hinter ihm ins Schloß fiel. Ihr war absolut klar, daß Boris nur unter ganz klaren Bedingungen jemals wieder durch diese Tür gehen würde.

Sehr früh am nächsten Morgen, nach einer zweiten schlaflosen Nacht, präsentierte sich Cora als ein Häufchen Elend einer sehr verständnisvollen Elfie, die offene Türen einrannte, als sie sagte: «Coralein, vielleicht solltest du doch mal einen Arzt aufsuchen. Brauchst dich ja nicht gleich untersuchen zu lassen, sondern erst mal nur mit ihm reden. Reden hilft immer!»

Und noch am selben Morgen meldete sich Cora bei ihrem Arzt zu einem Termin an.

Die allgemeine Geschäftigkeit rund um sie herum blieb Melvin und Dennis natürlich nicht verborgen. So beschlossen sie eines Nachmittags beim Stöbern im Keller, ihren Beitrag zum Funktionieren des Hotels zu leisten und ein paar völlig verstaubte Rotweinflaschen, die sie in einem Regal fanden, fein säuberlich zu putzen. Sorgfältig nahmen sie jede einzelne Flasche heraus, drehten sie in alle Richtungen, um sie auf eventuelle Schäden zu untersuchen, und schüttelten sie dann kräftig, um zu prüfen, ob der Korken noch dicht war. Hatten die Flaschen diesen Test bestanden, wienerten die Jungen mit Lappen solange darauf herum, bis sie zufrieden waren. Dennis verlor als erster die Lust an dieser eintönigen Arbeit und setzte die Kellerexpedition schon mal auf eigene Faust fort.

Er war es dann auch, der den Koffer entdeckte, der ein paar persönliche Hinterlassenschaften von Alrun enthielt, die für Melvin bestimmt waren.

Als Alruns Anwalt den Koffer kürzlich vorbeibrachte, hatte Elfie ihn nicht achtlos in den Keller gestellt, sondern wohlüberlegt. Sie hatte keine Ahnung, wie Melvin von den einzelnen Dingen berührt sein würde, die sich in dem Koffer befanden, aber sie war sich sicher, daß es besser war, eine stille Stunde abzuwarten, in der sie Melvin den Koffer geben und selbst beobachtend im Hintergrund bleiben konnte, um Melvin aufzufangen, falls es nötig war. Und am liebsten hätte sie den Koffer mit Melvin zusammen geöffnet. Sie konnte allerdings nicht recht einschätzen, ob sie Melvin damit nicht zu nahe treten würde. Auf jeden Fall herrschte momentan entschieden zu viel Trubel, um Melvin und auch sich selbst mit Alruns persönlichstem Nachlaß zu konfrontieren.

So war es also Dennis, der eher lustlos in den für ihn völlig wertlosen Briefen, Fotoalben und Akten herumwühlte, bis er ein Tagebuch fand. Tagebücher konnten interessante Geheimnisse bergen. Dennis fing an zu blättern und fand prompt etwas, das ihm bekannt vorkam. «Heute um 14.11 Uhr ist Melvin zur Welt gekommen», las er laut vor.

Melvin erschrak so sehr, daß er die besonders alte Weinflasche fallenließ, auf der er schon eine ganze Weile vergeblich herumschrubbte. Die Flasche zerbrach, und alles um Melvin herum färbte sich rot. Aber das war jetzt egal. Mit ein paar Sätzen war er bei Dennis, der gerade kichernd vorlas: «... das süßeste Baby der Welt ...», und griff nach dem Tagebuch.

«Gib das her!» stieß Melvin mit zusammengebissenen Zähnen wütend hervor.

Dennis verteidigte seinen Fund. «Das ist meins! Ich hab es gefunden.»

Und da beide es ernst meinten und mit aller Kraft an dem Tagebuch zerrten, riß es mitten entzwei. Während Dennis noch halb belustigt, halb sauer auf seine Hälfte starrte, wurde Melvin ernsthaft böse. «Du Blödmann!» schimpfte er. Er konnte seinem Freund die Gefühle, die ebenso heftig wie unerwartet in ihm hochgekommen waren, auf die Schnelle noch weniger erklären als sich selbst. «Hau ab, du Idiot!» schrie er nur, und zwar so überzeugend, daß Dennis auf dem Absatz kehrtmachte und Richtung Kellertür stürmte.

Melvin hob die andere Tagebuchhälfte auf, ließ sich einfach da fallen, wo er stand, und begann zu lesen. Die Schilderung seiner Geburt fand er ganz interessant, auch die von Alrun verbürgten Reaktionen seines Vaters, aber Tips und Anweisungen der Hebamme, die Alrun später zu Hause betreut hatte, überflog er nur. Die Zwiegespräche allerdings zwischen Mutter und Baby, etwa ab Melvins zehntem Lebenstag, als Alrun sich von der Geburt erholt hatte, zwangen ihn, die Lektüre abzubrechen. Er mußte so weinen, wie er noch nie in seinem Leben geweint hatte.

Als er sich ausgeweint hatte, verwandelte sich seine Trauer in Wut. Was bildete Elfie, diese alte Schlange, sich eigentlich ein, die Sachen seiner Mutter vor ihm zu verstecken? Sollte er nicht mehr an seine Mutter denken, damit er Elfie besser akzeptierte? Wollte Elfie selbst nicht mehr an Alrun erinnert werden, weil das einfach zu lästig und ihr der ganze Alltagskram wichtiger war? Und was war überhaupt mit den ganzen Männern, die Schmolli bei ihr vermutete? Bis jetzt hatte er noch keinen gesehen, mit dem irgendwie was komisch war, aber ... Oh, er wollte sich rächen! Und wie er sich rächen wollte! Er blieb noch eine ganze Weile im Keller, bis er sich einigermaßen beruhigt und lange genug an seinen Augen herumgewischt hatte, um sicher zu sein, daß niemand mehr sehen konnte, daß er geweint hatte.

An der Rezeption gegenüber der Kellertür saß Fatima. Das war Melvin gar nicht mal unrecht. Er brauchte nämlich eine Information beziehungsweise eine Bestätigung.

Fatima warf nicht einmal einen Blick auf den Jungen, sondern sah nur kurz von einer Rechnung auf, die sie für einen in Kürze auscheckenden Gast fertig machte, als Melvin aus dem Keller kam. Trotzdem sah sie alles, was er hoffte, verbergen zu können. Sofort legte sie die Rechnung beiseite und rief ihn zu sich.

«Was ist denn?» fragte sie sehr liebevoll.

Melvin wäre nun doch am liebsten an Fatima vorbeimarschiert. Immerhin rettete er sich aus dem, was er als gefühlsduselige Anmache empfand, indem er mit einer Gegenfrage antwortete.

«Wem gehören eigentlich die Sachen meiner Mutter?»

«Natürlich dir!» sagte Fatima überrascht.

«Und die darf mir auch niemand wegnehmen, oder?»

«Aber nein!»

«Und wenn das trotzdem jemand tut, dann ist das mein Feind, oder?»

«Absolü!» Fatima hatte auch Dennis gesehen, als er einige Zeit vor Melvin aus dem Keller gekommen war, und glaubte, Melvin lediglich in einem gerechten Streit unter Jungen den Rücken zu stärken. «Wenn einer dein Feind ist, dann der, der dir das Erbe deiner Mutter streitig macht.»

Er schaute so grimmig drein, daß Fatima unwohl wurde. «Sag mal, warum willst du das eigentlich wissen?» fragte sie.

«Nur so», murmelte Melvin, schob die Hand beiseite, die Fatima ihm auf den Arm gelegt hatte, und stapfte die Treppe hinauf. Fatima hätte mit Sicherheit nachgehakt, wenn nicht im selben Moment ein amerikanischer Cowboy mit Freundin zur Tür hereingekommen wäre.

In einer ruhigen Minute ging Fatima in den Keller, um nachzusehen, was dort passiert war, und entdeckte die kaputte Weinflasche. Sie berichtete Elfie von dem Schaden. Die verordnete sich erst mal Luftholen und Nachdenken. Außerdem wollte sie einen günstigen Moment für die fällige Standpauke abpassen. Daß Melvin sich noch am selben Nachmittag die Haare grasgrün färbte, nahm sie ebenfalls gelassen hin. Als sie zu ihm ins Zimmer kam, um ihn zum Abendessen zu holen, sagte sie nur: «Cool! Und vor allem schön grün. Jetzt mußt du nur aufpassen, daß dir die Hasen nicht auf den Kopf scheißen.» Und dann fügte sie hinzu: «In zehn Minuten gibt's Abendbrot, dein Lieblingsessen: abgekühlte Fischstäbchen.»

Daß am nächsten Morgen das Portrait von Alexander Hofstädter über dem Kamin im Frühstücksraum von Dartpfeilen durchlöchert war, brachte das Faß zum Überlaufen. Elfie ließ das komplette Frühstückstablett, samt Vier-Minuten-Ei für einen besonders pingeligen Gast fallen und wurde weiß wie eine Wand.

Es war ein Sonnabend, und so bestand keine Gefahr, daß Melvin aus dem Haus sein würde, bevor Elfie ihr gerechtes Donnerwetter über ihn ausgeschüttet hatte. Aber auch wenn es ein Wochentag gewesen wäre, hätte Elfie den Jungen so lange vom Weggehen abgehalten, bis geklärt war, was es zu klären galt. Als alle Gäste gefrühstückt hatten und nur noch die antiken Salz- und Pfefferstreuer, die von Fatima kürzlich mitgebrachten Terrakottatöpfchen mit Schnittlauch und die neuen Serviettenkreationen von Rita Schnabel auf den Tischen standen, holte Elfie Melvin aus seinem Zimmer und stellte ihn vor das zerstörte Portrait, in dem sogar noch die Pfeile der letzten drei Würfe steckten.

Aber statt sich zu verteidigen oder seine Täterschaft gar zu leugnen, ging Melvin ansatzlos zur Offensive über. «Ich bin so blöd und putz die völlig verwarzten Flaschen für dich, und dann find ich den Koffer ... im Keller! Der gehört mir!»

«Hä? Was'n für'n Koffer?» fragte Elfie völlig überrumpelt.

«Mamis Koffer. Der gehört mir!»

Offenbar war mit Melvin nichts anzufangen, wenn nicht zuerst über diesen Koffer gesprochen wurde, und Elfie war inzwischen auch klar, welchen er meinte. «Natürlich gehört er dir», sagte sie arglos. «Niemand will ihn dir wegnehmen.»

Melvin ballte die Fäuste, sein Gesicht lief rot an, und er schrie: «Alles hast du mir weggenommen! Immer willst du alles nur für dich haben! Aber der Koffer gehört mir! Das sind meine Sachen! Das ist meine Mami!»

Elfie konnte nur ahnen, was Melvin sich so zurechtgedacht hatte, und auf gewisse Weise hatte sich das Gespräch, das sie mit ihm führen wollte, erledigt. Melvin hatte ihr wohl heimgezahlt, was sie ihm seiner Meinung nach angetan hatte. Elfie seufzte, entfernte sich von der Sitzecke mit dem Portrait, ging auf einen der Frühstückstische zu, und ehe sie sich setzte, winkte sie Melvin zu sich heran und zeigte auf den Stuhl neben sich. «Ich wollte doch nur das Wochenende abwarten, um in aller Ruhe mit dir die Sachen anzuschauen und in dein Zimmer zu räumen», sagte sie. «Der Anwalt hat sie doch gerade erst gebracht. Du hast ihn doch gesehen, als er neulich mit dem Koffer hier ankam.» Elfie saß inzwischen, aber Melvin blieb auch dann noch wie angewurzelt stehen, als sie ihn aufforderte, sich zu setzen. «Warum kommst du eigentlich nicht zu mir, wenn du glaubst, etwas sei schiefgelaufen oder ich hätte etwas falsch gemacht?» fragte sie. «Warum machst du statt dessen einfach etwas kaputt, woran mein Herz hängt?»

Melvin starrte nur dickköpfig vor sich hin.

Wenn Elfie eins nicht ertragen konnte, so war es, gegen eine Wand anzureden. Erregt sprang sie auf, ging zu Alexanders Bild und zeigte darauf. «Schau dir an, was du angerichtet hast! Damit hast du mir sehr weh getan.»

«Du mir auch», sagte Melvin bockig, ohne das Bild anzusehen. «Außerdem bist du viel schlimmer. Du bist eine Diebin! Eine Erbschmeichlerin! Mit dir will ich nichts mehr zu tun haben!»

Wie zwei Kampfhähne standen sie sich gegenüber und versuchten, so hatte es den Anschein, sich gegenseitig mit Blicken zu töten. Gerade als Elfie gehen wollte und sagte: «Ich will mit dir auch nichts mehr zu tun haben», betrat Herr Fritsch vom Jugendamt das Frühstückszimmer, und der freundliche Gruß, zu dem er angesetzt hatte, erstarb auf seinen Lippen. Melvin machte, daß er wegkam, und auch Herr Fritsch faßte den Entschluß, seinen Überprüfungstermin diesmal kurz zu halten. Er war sich nicht einmal sicher, ob er über diesen Besuch einen schriftlichen Bericht anfertigen sollte.

Cora fand Melvin kurz darauf zusammengekauert auf dem Fußboden in einem Zimmer vor sich hinschluchzen. Sie hatte die Geräusche vom Flur aus gehört und war einfach zu ihm hineingegangen. Sie hockte sich neben ihn, strich ihm übers Haar und sagte: «Hey, du kleine Ratte, ist nicht dein Tag, heute, was?»

«Ich wollte Elfie nicht weh tun», war das erste, was Melvin sagte, und dann heulte er gleich wieder los.

Cora schluckte und hatte das Gefühl, das Wichtigste sei bereits heraus. Sie ahnte, was vorgefallen war, denn die Löcher und Pfeile in ihrem gelungenen Hofstädter-Portrait waren auch ihr natürlich nicht entgangen. Aber jetzt tat Melvin ihr nur leid. Sie ließ sich ganz auf den Fußboden nieder, zog die Knie an, genau wie Melvin, und legte eine Hand auf seinen Kopf. «Ach, weißt du, jeder packt mal in die Sch..., also, jeder baut mal Mist. Weißt du eigentlich, wer das auf dem Bild da unten ist?»

«Logo! Das ist Alexander. Den haben Elfie und ich doch aufem Friedhof besucht.» Und dann fügte er noch hinzu: «Die beiden haben sich sehr lieb gehabt, was?»

«Und wie!» bestätigte Cora. «Die haben sich so lieb gehabt, daß sie für immer und ewig zusammenbleiben wollten.»

«Tag und Nacht?» fragte Melvin ungläubig.

«Tag und Nacht. Aber dann war Alexander plötzlich tot.»

«Wie meine Mami.»

Cora nickte. «Und auf einmal war Elfie ganz allein.»

«So allein wie ich?»

«Genauso.»

«Hat Elfie denn keine Freunde?»

«Doch. Sie hat Bernd. Sie hat Fatima. Sie hat mich.»

«Und Schmolli!»

Cora sah Melvin irritiert an, aber dann nickte sie einfach.

«Trotzdem können auch die besten Freunde nicht den Menschen ersetzen, den man liebhat.»

«Das stimmt!» sagte Melvin aus tiefstem Herzen. Dann machte er ein nachdenkliches Gesicht und überlegte: «Dann ist Elfie ja manchmal genauso traurig wie ich.»

«Ich glaube schon», meinte Cora.

Melvin kniff die Lippen zusammen und ärgerte sich über sich selbst. «Das mit dem Bild tut mir echt leid», sagte er. «Das ist ja genauso, als wenn jemand mein liebstes Foto von Mami kaputtgemacht hätte.»

«Ganz genau», sagte Cora. «Und was man kaputtgemacht hat, muß man ersetzen, so gut es geht. Was hältst du davon, wenn wir beide ein neues Bild von Alexander machen?»

Melvin war begeistert. «Aber mit Mami!» fügte er spontan hinzu.

«Mit Mami?» fragte Cora skeptisch.

Melvin sprang vom Boden auf und zeigte auf das *Star Wars*-Poster über seinem Bett. «Klar», sagte er. «Die beiden fliegen da doch jetzt zusammen durch den Weltraum.»

«Stimmt.» Cora erhob sich ebenfalls. «Wollen wir sie dann auch im Weltraum malen?»

«Logo», sagte Melvin und kramte Papier, Stifte und Tuschkasten aus seinem Schreibtisch.

Für Elfie war erst mal ein Besuch an Alexanders Grab fällig. Abgesehen davon, daß es sein Geburtstag war und sie ihm die Schüttelkugel mit Schneegestöber und einer Geburtstagstorte in der Mitte bringen wollte, hatte sie einiges mit ihm zu bereden. «Das mit der Akupunktur tut mir leid», sagte sie. «Aber ich krieg den kleinen Teufel einfach nicht in den Griff.»

Trotzdem hatte sie den Verdacht, Alexander fände es nicht richtig, daß sie ihren Antrag auf Vormundschaft zurückziehen wollte, und Elfie versprach ihm, daß sie noch einmal darüber nachdenken werde. Gedankenverloren machte sie sich auf den Rückweg, als plötzlich Tom Claasen vor ihr stand, einen triefenden Schuh in der Hand.

Tom war gerade dabei gewesen, eine Gießkanne zu füllen, als Elfie auf einem der Friedhofswege an ihm vorbeiging, ohne ihn zu bemerken. Sie murmelte etwas vor sich hin und schien so sehr in Gedanken, daß sie einfach hinreißend aussah. Tom vergaß die Gießkanne, und das Wasser lief ihm über den Schuh. Fluchend drehte er den Wasserhahn zu, zog den nassen Schuh aus und rannte los, hinter Elfie her.

«Das muß man dir lassen: Du bist immer für eine Überraschung gut», sagte Elfie grinsend. «Ein Schuh anstelle von Blumen. Oder ist der gar nicht für mich?»

Tom zeigte mit dem Schuh auf eine Gräberreihe. «Ich habe

meinen Vater besucht», sagte er etwas zusammenhangslos, weil es ihn ganz verlegen machte, so eine komische Figur darzustellen.

«Und?» fragte Elfie leichthin. «Geht's ihm gut?» Dann schlug sie sich die Hand vor den Mund. Sorry!»

Tom lachte. Jetzt waren sie wieder quitt. «Er ist stinksauer auf mich», sagte er, immer noch auf das Grab seines Vaters zeigend. «Er hat mir ziemlich den Marsch geblasen.»

Elfie sah ihn fragend an.

«Weil ich so eine tolle Frau wie dich nicht auf der Stelle geheiratet habe.»

Elfie atmete tief durch und schüttelte fast mitleidig den Kopf. «Tom Claasen», sagte sie, «wie er leibt und lebt.» Dann ging sie weiter.

Tom kam hinter ihr her. «Nein, ich meine das ernst, Elfie!»

Elfie ging ruhig weiter. «Ich auch, Tom!»

«Bitte, Elfie, laß es uns doch noch einmal versuchen!»

«Nein.»

«Dann laß uns wenigstens ab und zu zusammen ausgehen!»

«Nein.»

Inzwischen hatten die beiden den Friedhofsausgang erreicht, und Elfie bog in die Straße ein. Tom ging immer noch einen halben Schritt hinter ihr her.

«Was trinken gehen, nur ein Schlückchen!»

«Nein.» Elfie winkte einem herannahenden Taxi zu.

«Was essen gehen!»

Das Taxi hielt neben Elfie, und beim Einsteigen sagte sie: «Nein.»

Elfie zog die Wagentür zu, und das Taxi fuhr ab.

«Elfiiie!» brüllte Tom dem Wagen hinterher und schwang seinen Schuh wie einen Zauberstab, mit dem er Elfie zurückholen könnte. Er machte noch ein paar Schritte und stoppte erst, als er, laut aufschreiend, in eine große Glasscherbe trat.

«Scheiße!» fluchte Tom, aber schon als er sich aufs Straßenpflaster niederließ, um die Wunde zu begutachten, grinste er. Er glaubte, Elfie gut genug zu kennen, um über die Mitleidsschiene doch noch einmal Gehör vor ihr zu finden. Genauso war es auch. Schon am selben Abend saßen sie in einem kleinen, feinen Restaurant, und ihr Tisch war, Toms Bitte entsprechend, besonders festlich gedeckt. Sie amüsierten sich köstlich, das Essen war wunderbar, und sogar Toms Fuß, der dick verbunden auf dem Stuhl neben Elfie ruhte, ging es gut.

Elfie wunderte sich zwar, als nach dem Dessert zu Kaffee und Cognac noch ein Tellerchen mit Pralinen auf den Tisch kam, aber das hinderte sie nicht daran, sich gleich darüber herzumachen. Noch mehr wunderte sie sich, als Tom darauf bestand, daß sie eine bestimmte Praline wählte, aber sie ließ sich darauf ein.

Als der zarte Schmelz in ihrem Mund zerfloß, stieß plötzlich etwas Hartes an Elfies Gaumen, und eine schnelle Inspektion mit der Zunge ergab, daß es sich um einen Ring handelte.

Langsam ließ Elfie ihn durch ihre halb geöffneten Lippen zum Vorschein kommen, und Tom sah sie zärtlich an und fragte: «Willst du mich heiraten?»

An diesem Abend beschied Elfie ihm ein klares Jein. Einerseits wirkte Toms Charme auf Elfie immer noch ungefiltert, und andererseits machte ihr gerade das angst. Sie wußte sehr wohl, daß sie nicht die einzige war, der es so ging. Und ob Heiraten für Tom gleichbedeutend war mit Treue ... Elfie wagte nicht, diese Frage mal eben so zu entscheiden. Aber sie ließ ihn immerhin hoffen.

Was sie mit dem Ring machte, drückte ihre Haltung am deutlichsten aus: Sie behielt ihn, trug ihn aber nicht, sondern bewahrte ihn in seiner kleinen, edlen Schatulle auf.

Auch ein Gespräch mit Bernd brachte sie in dieser Frage nicht weiter, weil der, statt ihr zuzuhören, ständig von seiner neuen Liebe – diesmal handelte es sich um einen Jens – redete.

Elfie hatte für den Nachmittag eine kleine Versöhnungs- und Präsentationsfeier organisiert, da Melvin das Doppelporträt erfolgreich vollendet hatte. Beide waren ganz froh, das Gespräch mit einem Blick auf die Uhr beenden zu können. Nun verließen Bernd und Elfie das Büro, um sich der kleinen Festgemeinde anzuschließen, die sich bereits im Aufenthaltsraum vor dem Kamin versammelt hatte. Das neue Bild hing, von einem Kopfkissenbezug verhüllt, neben dem beschädigten über dem Kamin, und Rita Schnabel, Fatima, Cora und Boris, Julietta, Bernd und Elfie standen mit gefüllten Sektkelchen davor. Der Künstler selbst hatte auch einen Sektkelch in der Hand, der allerdings mit Cola gefüllt war.

Elfie hielt eine Rede, die in der Enthüllung des Alexander / Alrun-Portraits gipfelte, und danach vergewisserte Melvin sich: «Sind wir jetzt Freunde?»

Elfie prostete ihm zu. «Wir sind Freunde.»

Dann prosteten alle allen zu und ließen den Künstler hochleben.

Cora und Boris waren bei der Feier nicht ganz bei der Sache, und sie verabschiedeten sich als erste. Sie wollten zum Arzt, um sich das Ergebnis von Coras Untersuchung abzuholen. Trotz ihrer Angst war Cora glücklich, daß Boris diese ganze qualvolle Sache mit ihr gemeinsam durchstand und sogar ihren Flirt mit Hajü lachend als das abgetan hatte, was er war: harmlos. Noch glücklicher war sie, als sie definitiv erfuhr, daß sie die Krankheit ihrer Mutter nicht geerbt hatte. Überwältigt von ihren Gefühlen, einer Mischung aus unfaßbarem Glück, grenzenloser Freiheit und aberwitziger Angst, die sie sich erst im nachhinein in ihrem vollen Ausmaß zugestand, war sie im ersten Moment für Boris nicht gerade leichter zu verstehen als vorher. Aber schon ihr nächster Gedanke zeigte ihm, daß Cora nun nicht endgültig verrückt geworden war, sondern lediglich im Schnelldurchlauf all das verarbeitete, was sie jahrelang – auch vor sich selbst – unter Verschluß gehalten hatte. Ihr nächster Gedanke galt nämlich Elfie, die dem ganzen Spuk ein Ende bereitet hatte, durch ihre Indiskretion genauso wie durch geduldiges Zuhören und zuletzt auch durch beharrliches Insistieren auf Klärung. Ihr war klar, daß sie ohne Elfie nicht nur Boris verloren hätte, sondern sehr bald auch sich selbst, daß sie sich in eine Lebenslüge verstrickt hätte, die sie wie ein tödlicher Strudel erfaßt und über kurz oder lang vom wirklichen Leben weggespült hätte. Noch nie war sie jemandem so dankbar gewesen. Und sie ließ nicht viel Zeit verstreichen, bevor sie Elfie das alles auch sagte.

Die Erbschaft, die Melvin von seiner Mutter erhalten hatte, bekam einen würdigen Platz in Melvins Zimmer. Wie einen kleinen Schrein baute Melvin den Koffer mit Elfies Hilfe auf. Jetzt, da endlich Frieden zwischen den beiden herrschte, konnten sie sich in aller Ruhe Zeit dafür nehmen und sich dabei sogar miteinander wohl fühlen. Elfie wußte zu den Sachen, die aus der Zeit vor Melvins Geburt stammten, kleine Geschichten zu erzählen, wie zum Beispiel über den Flachmann, den Alrun und Elfie bei Wanderungen immer mit Multivitaminsaft gefüllt hatten. Und Melvin erläuterte Elfie Dinge, die sie nicht kannte, wie das unbeholfen getöpferte Windlicht, das er Alrun als kleiner Junge geschenkt hatte. So bekamen alle Gegenstände nach und nach eine Bedeutung und stellten für den, der sie zu deuten wußte, ein Puzzle aus Alruns Leben dar. Und das beste war, daß dieser Koffer, der zuerst für so bitteren Streit gesorgt hatte, jetzt etwas Verbindendes zwischen Melvin und Elfie darstellte.

13. KAPITEL

Elfie wäre nicht Elfie gewesen, wenn der Frieden lange gehalten hätte. Melvin beanspruchte jetzt mehr von ihrer Zeit, und sie gewährte sie ihm gerne. Der Gästestrom ließ nicht nach, und es war nun mal nicht Elfies Art, die Menschen, mit denen sie es zu tun hatte, einfach zu verwalten. Vielmehr kümmerte sie sich um alles, ging auf Extrawünsche ein, war immer zu einem Schwätzchen bereit, gab den auswärtigen Besuchern Tips und widmete sich in bewährter Manier denen, die es ihrer Meinung nach nötig hatten. Bernd nervte mit seinem Jens, und außer daß Elfie das Gefühl hatte, irgendwas stimme da ganz und gar nicht, hatte sie einfach keine Zeit, in Ruhe mit ihm zu reden. Auch Tom nervte. Elfie sah ein, daß die anstehende Entscheidung wichtig genug war, um irgendwie vorangetrieben zu werden, aber sie wußte nicht, wie und wann. Und dann stänkerten auch noch Fatima und Rita Schnabel bei jeder sich bietenden Gelegenheit gegen Tom und stellten seine Seriosität in Frage. Was Elfie überhaupt nicht verstehen konnte war, daß Tom nicht sah, wie überfordert sie war und daß sie im Moment einfach keinen Sinn für seine Blumen, Faxe und Anrufe hatte. Und dann war da noch die Sache mit dem Konzert, das Elfie erstmals im Hotel geben wollte. Per Zufall war sie supergünstig an ein Klavier gekommen, das sie im Frühstückszimmer in der Nähe der Bar hatte aufstellen lassen. Aber momentan war gar nicht daran zu denken, an einem Repertoire zu arbeiten. Auch für das Plakat, das Cora auf die Schnelle entworfen und von einem Freund hatte drucken lassen, interessierte Elfie sich nur am Rande. Sie wußte einfach nicht, wo ihr der Kopf stand. Denn da war ja auch noch die ungeliebte Buchhaltung, die ihr weit mehr zu schaffen machte und sie mehr Zeit kostete, als sie gedacht hatte. Außerdem bestand Frau Goldy nun unerbittlich auf pünktliche Monatsbilanzen, und eine neue Kampffront war eröffnet, beziehungsweise eine alte spitzte sich zu.

Eine weitere Kampffront baute sich zwischen Elfie und Rita Schnabel auf. Teils aus praktischer Notwendigkeit, teils aus Geltungsdrang übernahm die ehemalige Hotelbesitzerin mehr und mehr Aufgaben und geriet dabei ein ums andere Mal heftig mit Elfie aneinander, wenn sich Zuständigkeitsbereiche überschnitten oder Frau Schnabel nach Elfies Auffassung ihre Kompetenzen überschritt. Erst als diese Probleme erkannt und offen ausgesprochen waren und Rita Schnabel im Rahmen einer konkreten Arbeitsplatzbeschreibung einen Großteil der Büroarbeiten übernahm, löste sich nicht nur der Dauerstreit in allseitiges Wohlgefallen auf, sondern es zeichnete sich eine effektive Entlastung für Elfie ab, und Rita Schnabel beendete endlich ihr Schattendasein in Elfies Hotel.

Vorher aber sollte alles noch fast zusammenbrechen, inklusive Elfie.

Es war ein Brief, der diesen Fast-Zusammenbruch auslöste, ein Brief, der so offiziell aussah, daß Elfie tagelang einen großen Bogen um ihn machte, «bis zur Mittagspause», «bis heute abend», «bis nachher», wie Elfie sich immer wieder selbst in die Tasche log, um es dann immer wieder zu vergessen. Worum es in diesem Brief ging, erfuhr sie also erst anläßlich eines Telefonanrufs von ihrem Anwalt, Dr. König, der nun endlich von ihr wissen wollte, ob und wie sie am nächsten Tag zu der Verhandlung beim Amtsgericht kommen werde.

Elfie nahm den Hörer vom Ohr und sah ihn an, als stecke

darin ein böser Geist, der da zu ihr sprach. «Wie?» fragte sie. «Morgen? Beim Amtsgericht? Termin? Das ist doch nicht Ihr Ernst, Herr Dr. König! Wieso erfahre ich das erst jetzt?» Und schon, als sie vorwurfsvoll diese Frage stellte, wanderte ihr Blick zu der Stelle, wo sie glaubte, den Brief zuletzt abgelegt zu haben. Dort lag er zwar nicht, aber Dr. Königs Antwort ließ keinen Zweifel an ihrem Verdacht. «Sicher, schon ...», druckste Elfie herum, um ihr eigenes Versäumnis nicht zugeben zu müssen. «Aber trotzdem ... Bei dieser Erbschaftsangelegenheit geht es ja nun nicht um den Biedermeier-Nachttisch meiner Oma, sondern um meine Existenz. Ich finde schon, daß Sie mich ...»

An dieser Stelle sagte Herr Dr. König etwas, worauf Elfie nur noch antworten konnte: «Natürlich werde ich da sein.»

Um zu erfahren, wie der Ist-Stand ihrer Finanzen im einzelnen aussah – und auch darum hatte Dr. König sie gebeten –, mußte Elfie aber vorher noch einen Gang zur Sparkasse machen, und natürlich war es Frau Goldy, an die Elfie auch diesmal wieder geriet.

«Innovationen, Frau Gerdes, Innovationen!» flötete Frau Goldy. «Gerade in Gastronomie und Hotellerie läuft heutzutage ohne Innovationen gar nichts mehr. Da dümpeln Sie auf der Stelle, und das Maximale, was Sie erwarten können, ist eine korrekte Tilgung Ihrer Kreditzinsen. Auf einen grünen Zweig kommen Sie so aber nicht. Wellness, Frau Gerdes, das wäre doch was! Aryuveda! Oder warum nicht ein kleines Hotelrestaurant, nobel und dezent ...?» Frau Goldy war regelrecht verliebt in ihre Visionen von Innovationen, die Elfie vornehmen sollte.

Elfie starrte stur auf die aktuellen Zahlen, die sie für Frau Goldy aufgelistet hatte. Die hatten noch nie so gut ausgesehen, und Elfie verstand nicht, warum Frau Goldy ausgerechnet jetzt auf eine Veränderung drängte.

Frau Goldy warf einen verächtlichen Blick auf Elfies Zettel.

«Ihre Zahlen, Frau Gerdes, sind zur Zeit ja soweit ganz in Ordnung. Aber, wissen Sie, ich werde bei Ihnen einfach das Gefühl nicht los, daß es sich um ein – nun, wie soll ich sagen? – ein Strohfeuer handelt, eine Eintagsfliege sozusagen. Dieses stetige Auf und Ab, mit dem Sie uns seit der Übernahme des Hotels konfrontieren …»

«Eintagsfliege? Strohfeuer?» Elfie stand angesichts des morgigen Gerichtstermins das Wasser so bis zum Hals, daß sie trotz ihrer Aufgebrachtheit ihren Ton mäßigte. «Nein, Frau Goldy! Für die nächsten vierzehn Tage sind wir ausgebucht!»

Frau Goldy schüttelte ungehalten den streng frisierten Blondkopf. «Sie verstehen nicht ganz Frau Gerdes. Ich sagte ja bereits, daß Ihre Zahlen soweit ganz solide sind, aber …»

«Es ist wieder mal Flautezeit in Hamburgs Hotellerie, Frau Goldy! Und wir sind ausgebucht! Kein Hafengeburtstag, keine Messe, kein besonderer Event weit und breit. Und nicht nur die nächsten vierzehn Tage sind klar, Frau Goldy. Wir haben Vorausbuchungen bis weit ins nächste Quartal. Unsere Gäste fühlen sich wohl bei uns. Sie kommen immer wieder und empfehlen uns weiter. Wellness? Aryuveda? Ich sage Ihnen: Vertrauen, Frau Goldy, Vertrauen! Das zählt bei einem Unternehmen wie meinem! Und was Ihre sogenannten Innovationen angeht, kann ich Sie beruhigen. Ab jetzt gebe ich einmal pro Woche abends in der Hotelbar ein kleines, exklusives Konzert für meine Gäste.»

Elfie hatte sich bei ihren letzten Sätzen schon allein deshalb ziemlich affektiert in Positur gestellt, weil nur das Wenigste von dem, was sie gesagt hatte, stimmte. Noch war kein Konzert in Sicht. Und wenn das erste Konzert irgendwann einmal stattfinden sollte, so war an einen wöchentlichen Rhythmus zunächst nicht zu denken, allein schon wegen der Begleitmusiker, die Elfie brauchte, wenn sie kein Karaoke machen wollte. Und ob sich ihre Gäste das Konzert – oder, bitteschön: die Konzerte – anhören würden, wußte noch niemand. Das einzige, was an ihrer vollmundigen Aussage also mit Sicherheit stimmte, waren die Eigenschaften ‹klein› und ‹exklusiv›.

Um so erstaunlicher war die Reaktion von Frau Goldy. Mit offenem Mund starrte sie Elfie an und schmolz sichtbar dahin. «Sie singen?» fragte sie und fuhr sich mit der Hand an die Brust. «Das wußte ich ja gar nicht.» Dann beugte sie sich interessiert vor und fragte: «Was denn so?»

Elfie war noch überraschter als Frau Goldy. Sie hatte nicht ernsthaft erwartet, mit ihrer Singerei, wie sie es für sich nannte, bei Frau Goldy Eindruck zu machen. Es war einfach nur eine Retourkutsche gewesen, um den Innovations-Tiraden überhaupt etwas entgegenzusetzen. Voll auf dem falschen Fuß erwischt, murmelte sie verlegen: «Ach, Gott, Pop ... bißchen Blues ... so halt.»

Frau Goldy konnte ihr Erstaunen nicht verbergen. «Jetzt sagen Sie bloß noch: Jazz!»

«Na ja, bißchen schon, manchmal.»

Frau Goldy war nicht mehr wiederzuerkennen. Mit leuchtenden Augen fragte sie: «Mögen Sie Billie Holiday?»

Elfie begriff erst jetzt, daß Frau Goldy keine Show abzog und ihr auch nicht auf den Zahn fühlen wollte. Elfie hatte mit dem Thema Singen einfach nur einen vitalen Lebensnerv getroffen.

«Ja», sagte Elfie, immer noch zögerlich, weil sie die neue Situation immer noch nicht richtig einschätzen konnte. «Auch.»

«Also ich könnte sterben für Billie Holiday!» schwärmte Frau Goldy.

«Na, das ja nun nicht gerade!» sagte Elfie nüchtern, denn schließlich mußte bei dieser Unterredung wenigstens einer die Füße auf dem Boden behalten.

Zum ersten Mal seit Aufnahme ihrer Geschäftsbeziehungen lächelten die beiden Frauen sich ohne Bosheit, Häme oder Mißgunst an.

«Wissen Sie, ich singe nämlich auch», formulierte Frau Goldy nun vertraulich, was längst klar war. «Nicht solo, so gut bin ich nicht. Aber jeden Mittwoch treffe ich mich in einem Loft in Altona mit meinem Chor, gemischt, wissen Sie, wir singen amerikanische Evergreens.»

Das war vor lauter Aufregung ein bißchen holperig vorgetragen worden, und wie um sich zu vergewissern, stimmte Elfie an: «Bei mir biste scheen …»

«Please let me explain …», fiel Frau Goldy mit ein.

Die Szene entbehrte nicht einer gewissen Komik: Zwei Erzfeindinnen trällerten unisono durch die Filiale 214 der Nord-Süd-Sparkasse – eine der Elfie-mäßigsten Szenen in Elfies Leben.

«Sie kommen doch zu meiner Premiere?» Elfie fühlte sich in Siegerlaune. «Als Ehrengast, sozusagen», fügte sie noch hinzu, getreu dem Motto: Einer paßt immer noch obendrauf. Frau Goldy bedankte sich überschwenglich und betonte mehrfach, daß es ihr in der Tat eine große Ehre wäre.

Mit welchem geschäftlichen Ergebnis Elfie an diesem Tag die Bank verließ, war ihr unklar. Sie hatte gar nicht mehr daran gedacht, danach zu fragen, und Frau Goldy hatte offenbar auch vergessen, eine klare Vorgabe fürs kommende Quartal zu machen.

Statt früh zu Bett zu gehen, um am nächsten Tag bei der Gerichtsverhandlung fit zu sein, setzte Elfie sich am Abend nach längerer Zeit tatsächlich wieder einmal ans Klavier und sang einige Lieder an, die für ein Konzertprogramm in Frage kamen. Sie war so in Gedanken, daß sie den blonden, jungen Mann aus Zimmer sieben erst bemerkte, als er sich neben sie setzte. Sie hörte auf zu spielen, seufzte und bot ihm einen Drink an. Der aber schüttelte lächelnd den Kopf und forderte Elfie auf, weiterzumachen. Elfie zuckte mit den Schultern. Es war nach elf, kein Mensch konnte von ihr jetzt noch Service erwarten, und wenn es dem Jüngling gefiel, ihr zuzuhören ... bitte! Publikumsscheu war Elfie ja nun nicht gerade.

Elfie war so ziemlich die einzige im Hause, die nicht wußte, daß dieser junge Mann, der sich unter einem Allerwelts-Pseudonym eingeschrieben hatte, Aaron Sax war, der Leadsänger einer gerade ziemlich erfolgreichen Band, die dieser Tage in Hamburg zwei Konzerte gab. Cora und Fatima tuschelten pausenlos darüber und steckten beinahe sogar Julietta damit an, der völlig gleichgültig war, ob ein Gast prominent war oder nicht, solange sie zu den normalen Arbeitszeiten zum Saubermachen in sein Zimmer gehen konnte. Aber auch Melvin wußte Bescheid, der wiederum Rita Schnabel eingeweiht hatte, und selbst Tom hatte bei einer seiner Stippvisiten auf den ersten Blick erkannt, um wen es sich handelte.

Nun saß Elfie also mit Aaron Sax, den sie laut Anmeldebogen für einen Rainer Fischer hielt, im Aufenthaltsraum und ließ sich von ihm zu diesem und jenem Song ermuntern, freute sich über seinen Rat in puncto Programmgestaltung und amüsierte sich alles in allem prächtig mit ihm. Als er sogar begann, Refrains mitzusingen, wurde es richtig gemütlich. Netter junger Mann, der Herr Fischer, dachte Elfie, und dazu noch musikalisch!

Am nächsten Morgen ärgerte sie sich allerdings über ihre Unvernunft. Wäre sie doch bloß eher zu Bett gegangen! Aber auch wenn sie ausgeschlafener gewesen wäre, hätte das Urteil sie umgehauen.

«Gerechtigkeit ... daß ich nicht lache!» machte Elfie ihrer Empörung Luft, als sie mit Dr. König aus dem Gerichtsgebäude kam und die Stufen zu Planten und Bloomen hinunterging.

«Dieser ... dieser Windhund von einem Sohn erscheint noch nicht mal zur Verhandlung und gewinnt den Prozeß!»

Dr. König sah das Ganze wesentlich gelassener, und er hatte

auch nichts anderes erwartet. Kai Balk war nun einmal Alexander Hofstädters Sohn, und er hätte schon einiges auf dem Kerbholz haben müssen, um vom Erbe seines Vaters nicht seinen Pflichtteil zu bekommen. Begütigend redete Dr. König auf seine Mandantin ein und versuchte, ihr zum X-ten Male die Rechtslage zu erklären. «Und sehen Sie es doch auch einmal so», fuhr er fort. «Das Ganze hat doch auch sein Gutes. Die Zeit der Unsicherheit ist vorbei, und wir können endlich Kassensturz machen.»

«Kassensturz?» Elfie lachte bitter auf. «Was soll man denn stürzen, wenn nichts in der Kasse ist? Dieses Arschloch will sein Pflichtteil doch in bar. Und damit kann ich mein Hotel verkaufen. Aus die Maus!»

Die beiden waren an einer Parkbank vor üppigen Blumenbeeten und einem plätschernden Wasserlauf angekommen, gerade das richtige Plätzchen, fand Dr. König, um ein aufgebrachtes Gemüt zu kühlen. Sanft drückte er Elfie auf die Bank, legte sorgfältig seinen Talar über die Rücklehne und setzte sich dann auch. «Nun lassen wir doch mal die Emotionen beiseite! Das Erbe ist nicht mehr blockiert. Jetzt werden wir alles bilanzieren. Und sollte Herr Balk auf einer sofortigen Auszahlung bestehen, gibt es ja immer noch die Bank, die uns die Summe bestimmt zwischenfinanziert.»

«Die Bank ...», sagte Elfie und seufzte, obwohl die Dinge dort inzwischen deutlich besser gelagert waren als noch gestern um dieselbe Zeit.

«Kopf hoch, Frau Gerdes! Am Montag habe ich alle Unterlagen beisammen, und dann gehen wir gemeinsam zur Sparkasse.»

Aber anscheinend konnte nichts und niemand Elfie aufheitern, auch der Sekt nicht, zu dem Dr. König Elfie ins gegenüberliegende Café einlud. Sie kochte innerlich wegen des aus ihrer Sicht vollkommen ungerechten Urteils zugunsten dieses Vaterschänders Balk.

In dieser Stimmung war sie noch immer, als sie ins Hotel zurückkam. Es war Mittagszeit und nichts los. Um so mehr wunderten sie die Geräusche, die aus dem Frühstückszimmer kamen.

Mit der Einschätzung, daß es etwas zu feiern gäbe, und da Bernd es ohnehin an der Zeit fand, Elfie seinen neuen Freund vorzustellen, war er mit Jens schon vor über einer Stunde angerückt und hatte bei Fatima an der Rezeption erst eine und dann eine zweite Flasche Champagner geordert. Jens war inzwischen betrunken und extrem genervt vom Warten auf Bernds «Elfe», wie er sagte. Und als Elfie sich von der Rezeption her der Bar näherte, schlenderte er unsicheren Schritts zu den Bildern überm Kamin, um sich darüber lustig zu machen.

«Dieser Pinselstrich!» höhnte er über Coras Werk. «Diese Mischung aus Abstraktion und Realismus! Diese seelenvollen Augen!»

«Jens, hör auf, du bist betrunken!» versuchte Bernd ihn zu stoppen.

Aber Jens hatte noch gar nicht richtig angefangen. Nun nahm er sich Melvins Bild vor. «Punkt, Punkt, Komma, Strich, fertig ist das Mondgesicht! Nein, was für ein kinderliebes Hotel! Süüüß!»

Dann zog er einen Kugelschreiber aus der Brusttasche seines Jacketts. «Wenn die Sonne scheint», bemerkte er und zeigte auf die Weltraumsonnen in Melvins Bild, «dann muß man eine Sonnenbrille tragen.» Sprach's und setzte seinen Stift am rechten Auge von Alexander Hofstädter an.

Elfie hatte genug gesehen und gehört. Sie trat hinter einem Pfeiler hervor und brüllte nur: «Raus!» Und damit meinte sie alle beide.

«Hab ich's doch geahnt!» Jens konnte sein Vergnügen kaum zügeln. «Hat deine kleine Freundin doch verloren! Und nun hat sie schlechte Laune und will uns den Spaß verderben.» Aber Jens hatte sowieso keine Lust mehr zu bleiben und begab sich schwankend Richtung Rezeption.

Bernd stand hilflos da und gestikulierte zwischen Elfie und Jens hin und her.

«Halt!» sagte Fatima zu Jens. «Haben Sie nicht was vergessen?»

«Was denn?» fragte Jens ehrlich überrascht.

«Zu zahlen», sagte Fatima ungerührt. «Macht dreihundertsechzig Mark für zwei Flaschen Champagner.»

Mit ein paar ungestümen Schritten war auch Bernd an der Rezeption. «Was?» rief er wütend aus. «Ihr seid ja wohl verrückt geworden!»

«Gerade du mußt dich hier aufblasen!» polterte Elfie los. «Dir ist ja wohl der Verstand in die Hose gerutscht! Oder weshalb läßt du dich mit so einem Fatzke ein?»

Das war zu viel für Bernd – und tatsächlich nicht ganz fair von Elfie. Mit einer Tirade über die Herz- und Schmerzgeschichten, die sie immer brühwarm bei ihm ablud, und einem bitteren Ausbruch über ihr «pseudo-tolerantes Geblubber» rechnete er mit der ganzen unglücklichen Situation ab, in der er sich befand, und er warf Elfie vor: «In Wirklichkeit steckst du nämlich bis zur Halskrause voller Vorurteile gegen Schwule! Im Grunde deines Herzens bist du genauso spießig wie ein ganzer Kneipenstammtisch!» Damit knallte er vier Hunderter auf den Rezeptionsschreibtisch und verabschiedete sich mit den Worten: «Der Rest ist für die Kaffeekasse. Schönen Tag noch, die Damen!» Dann fiel die Tür hinter ihm ins Schloß.

Ein Besuch bei Alexanders Grab konnte Elfie diesmal nicht beruhigen. Sie hatte furchtbare Angst vor dem sogenannten Kassensturz, den Dr. König vornahm, sie war unglaublich müde, und den Streit mit Bernd empfand sie nicht als vorübergehend. Nach dem Verlust von Alrun nun auch noch Bernd zu verlieren …

«Bin ich denn wirklich ganz allein auf der Welt?» fragte sie mit Blick auf das Grab. Cora kam in letzter Zeit wieder dauernd zu spät, und ihre Zuverlässigkeit ließ merklich nach. Fatima hörte nicht auf, wegen Tom Claasen zu frotzeln, und Tom selbst ... Elfie wußte wirklich nicht mehr, wo ihr der Kopf stand. Sie kam so verzweifelt wieder ins Hotel zurück, daß Rita Schnabel, die sie im Dunkeln die Treppe hinaufschleichen sah – ein kurzfristiger Stromausfall im Viertel kam Elfie wie ein zusätzliches Omen vor: zappenduster, alles aus! –, einen Entschluß faßte, den sie den anderen Mitarbeitern gleich am nächsten Morgen verkündete: Elfie brauchte Urlaub.

Elfie überhörte am nächsten Morgen den Wecker und lag noch tief und fest schlafend im Bett, als eine kleine Prozession in ihrem Zimmer erschien, die Tabletts voller Köstlichkeiten, frische Blumen, Obst und eine große Thermoskanne mit Kaffee hereinbrachte. Durch das Geräusch aufgeschreckt, schoß Elfie in die Höhe, rieb sich die Augen, und als sie endlich richtig sehen konnte, intonierte ein vierstimmiger Chor, bestehend aus Rita Schnabel (Mezzosopran), Cora (Sopran), Fatima (Alt) und Melvin (Wiener Sängerknabe mit Stimmbandknötchen): «Probier's mal mit Gemütlichkeit, mit Ruhe und Gemütlichkeit ...» Dabei schwangen alle in einer versuchten Bär-Balou-Imitation die Hüften.

Als das Ständchen verklungen war, trat Melvin hervor und schmetterte, ein imaginäres Mikrophon in der Hand: «Der Hauptpreis, eine Woche Urlaub im berühmten Hotel Elfie in Hamburg geht an ...» Wie er das von Oscarverleihungen kannte, machte er an dieser Stelle eine kleine Pause, um dann das Geheimnis um so effektiver zu lüften: «... Frau Elfie Gerdes!»

Es nützte Elfie gar nichts, daß sie behauptete, das ginge doch gar nicht, vielleicht später mal, aber jetzt auf keinen Fall, und wenn, dann höchstens für einen Tag. Trotzdem war es ein hartes Stück Arbeit, Elfie im Bett oder wenigstens ruhig zu halten. Erst als Herr Müggebrecht Elfies Lieblingsvideos, *Bambi* und *Die Brücken am Fluß*, vorbeibrachte, nahm Elfies Urlaub erkennbare Formen an. Die Videos verhalfen ihr zu süßen Träumen, und sie schlief und schlief, meist schon, wenn die Filme noch liefen.

Rita Schnabel und Melvin nutzten die Zwangspause der Chefin, um die Buchhaltung auf EDV umzustellen, und Dr. König bereitete den Termin bei der Bank so gründlich vor, daß Elfie nicht nur nichts zu befürchten hatte, sondern sogar ein ziemlich triumphales Erlebnis dabei hatte.

«Ich sag's ja immer», meinte Elfie trocken, als sie endlich begriffen hatte, daß sie «aus dem Gröbsten raus» war, wie Frau Goldy es ausdrückte. Auch nach der Auszahlung von Kai Balks Pflichtteil verfügte sie noch über ein genügend dickes Finanzpolster, um ihr Leben und ihr Hotel – was ja beinahe dasselbe war – zumindest auf mittlere Sicht von Existenzsorgen zu befreien. «Das Leben ist wie 'ne Ketchupflasche», resümierte sie. «Erst kommt nüschte, und dann kommt alles aufem Mal!»

Den Rest ihres Urlaubs verbrachte sie, nachdem sie einen plötzlichen Anfall von Putzwut überwunden hatte, mit der Vorbereitung ihres Konzertes. Das machte ihr viel Spaß, und sie kam mit ihrem Programm zügig voran. Aber wie so oft bei Elfie, klappte auch diese Sache nicht auf Anhieb reibungslos. Dabei lag es gar nicht an ihr, daß die Band, die sie begleiten sollte, nicht erschien. Die Musiker meldeten sich extrem kurzfristig von einer Autobahnraststätte und erzählten, daß ihnen auf dem Weg nach Hamburg ihr Wagen mit sämtlichen Instrumenten und sonstigem Equipment gestohlen worden sei.

Elfie lamentierte viel lauter und verzweifelter durchs Haus, als ihr bewußt war und als sie gewollt hätte. Aber die Situation war wirklich prekär. Schließlich sollte das Konzert noch am selben Abend stattfinden, und alle Welt war eingeladen.

Elfies Schimpftiraden wurden auch von Aaron Sax gehört. Er kam aus seinem Zimmer und ging auf sie zu mit den Worten: «Kann ich was für Sie tun?»

«Sie hat der Himmel geschickt!» sagte Elfie, ohne zu zögern oder sich mit falscher Bescheidenheit aufzuhalten. «Und ob Sie mir helfen können!» Lange genug hatte sie nach ihrer nächtlichen Session mit dem blonden «Herrn Fischer» den Spott von Cora, Fatima, Rita Schnabel und Melvin über sich ergehen lassen. Natürlich hatte sie allen davon erzählt und war unter Hohngelächter darüber aufgeklärt worden, mit wem sie das Vergnügen gehabt hatte.

Es wurde ein wunderbarer Abend, wenn auch, zum größten Bedauern von Künstlern wie Publikum, zumindest in dieser Formation absolut unwiederholbar, wie selbst Frau Goldy einsehen mußte.

Nur zwei Dinge störten an diesem Abend Elfies Seelenfrieden. Das eine war die blonde Frau an Toms Seite. Die beiden kamen etwas verspätet an, als Elfie schon mitten im zweiten Song war, und beinahe hätte Elfie vor Schreck nicht weitersingen können. Sie rettete sich, indem sie jeglichen Blickkontakt vermied, sowohl mit Tom als auch der Blondine. Und selbst als Tom die junge Dame nach dem Konzert als seine Schwester vorstellte, war Elfie nicht ganz beruhigt. Hatte Fatima ihr nicht mehrfach von einer Blondine in Toms Begleitung erzählt? War das immer Toms Schwester gewesen? An diesem Abend würde sich das wohl nicht klären lassen, und Elfies Zweifel an Tom als geeignetem Ehemann nahmen eher zu.

Der andere Störenfried war Bernd. Erst nach dem Konzert

kam er im Hotel vorbei. Schon das nahm Elfie ihm übel. Und als er dann noch einfach so gut Wetter machen wollte, ohne Entschuldigung und nur mit den Worten: «Mensch, Elfie, ich brauch dich doch!», beschied sie ihm kühl: «Tja, dann hast du wohl ein Problem.» Und damit knallte sie die Tür so vor seiner Nase zu, wie er sie bei seinem letzten Besuch im Hotel selbst zugeknallt hatte.

14. KAPITEL

Die nicht ganz einfache Sache mit Tom und die ewigen Streitereien mit Bernd, gehörten mittlerweile zum Standardballast, den Elfie mit sich herumschleppte. Sie ärgerte sich zwar jedesmal aufs neue, wenn sie sich von einem der beiden vernachlässigt oder mißverstanden fühlte, aber letztlich handelte es sich bei beiden um Menschen, mit denen sie freiwillig und aus Überzeugung Beziehungen eingegangen war, Menschen, deren Freundschaft oder gar Liebe sie suchte und wollte.

Eine ganz andere Art von Beziehung, weder freiwillig noch gesucht oder gewollt, holte sie am letzten Tag ihres Urlaubs ein. Elfie hatte es geschafft, sich von ihrem Hotel abzunabeln, Melvin in die Obhut von Schmolli zu übergeben und einen Kurzbesuch bei alten Freunden in Frankfurt zu machen.

In Elfies Abwesenheit betrat nun, die Zeitschrift unterm Arm, die diese Woche einen fast überschwenglichen Artikel über Elfies Hotel veröffentlicht hatte, eine gepflegte ältere Dame eher schüchtern das Hotel. Fatima und Cora erkannten die Zeitschrift auf den ersten Blick, denn seit ihrem Erscheinen am Vortag redeten sie praktisch über nichts anderes. So wunderte es sie auch nicht, daß die ältere Dame als erstes nach der Chefin fragte, die in dem Artikel die Hauptrolle spielte, weil das besondere Flair des Hotels ihrer Persönlichkeit zugeschrieben wurde.

«Tut mir leid», sagte Fatima freundlich. «Die Chefin ist verreist. Wenn ich Ihnen vielleicht helfen kann ...?»

«Nein, nein.» Die ältere Dame wirkte sehr entmutigt. «Ich wollte halt meine Tochter besuchen.»

Überrascht und erfreut sprang Fatima vom Schreibtischstuhl an der Rezeption auf, reichte Frau Gerdes die Hand und stellte sich als «manager on duty» vor. Insgeheim wunderte sie sich. Elfie hatte noch nie von ihrer Mutter gesprochen, und Fatima war, ohne groß darüber nachzudenken, immer davon ausgegangen, daß sie längst tot sei. «Am besten kommen Sie später noch mal wieder», sagte sie. «Am Nachmittag ist Ihre Tochter bestimmt wieder da.»

Frau Gerdes zögerte und sah hilflos auf ihre Reisetasche. «Tja ... mhm ... ich bin extra aus Berlin gekommen und weiß nicht, was ich ...»

«Sie können auch hier warten», sagte Fatima. «Ich kann Ihnen ein Zimmer geben.»

«Ach, wirklich? Geht das einfach so?» fragte Frau Gerdes bescheiden.

Spätestens an dieser Stelle hätte Fatima hellhörig werden können. Es lag keine Reservierung vor, und auch die Tatsache, daß Elfie nicht in der Stadt war, wenn ihre Mutter sie nach Jahr und Tag besuchen kam, hätte ihr signalisieren sollen, daß hier etwas nicht stimmte. Aber Familie war Fatima etwas Heiliges, und so glaubte sie, ganz in Elfies Sinne zu handeln.

Das erste, was Elfie tat, als sie ihrer Mutter unmittelbar nach ihrer Rückkehr unverhofft im Frühstücksraum gegenüberstand, war gar nichts. Wie angewurzelt blieb sie stehen. «Mutter!» stieß sie fast tonlos hervor. «Was machst du denn hier?»

Ihre Mutter erhob sich von ihrer Lektüre, kam auf Elfie zu, hob die Arme und ließ sie wieder sinken. Elfies stocksteife Haltung verbot ihr eine Umarmung. Und selbst die Hand, die Elfie zögerlich ausstreckte, zog sie nach einer sehr kurzen Begrüßung schnell wieder zurück.

Da Elfie nicht wußte, worüber sie mit ihrer Mutter reden

sollte, oder ob sie das überhaupt wollte, bot sie ihr erst mal einen Kaffee an und ging mit ihr in die Küche. Aber die Kaffeemaschine war in Elfies Abwesenheit kaputtgegangen, Saft oder Wasser lehnte ihre Mutter dankend ab, und so standen die Frauen sich unbehaglich gegenüber.

«Sag mal, warum hast du dich in all den Jahren nicht ein einziges Mal gemeldet?» eröffnete Frau Gerdes mit leichtem Vorwurf in der Stimme die Konversation. «Aus der Zeitung muß ich erfahren, was du so machst!»

«Ich hab nicht gedacht, daß es dich sonderlich interessiert», sagte Elfie wahrheitsgemäß.

Verletzt schüttelte ihre Mutter den Kopf. «Ich hab mir Sorgen gemacht. Es verging kein Tag, an dem ich mich nicht gefragt habe, wie's meiner Tochter wohl geht.»

Elfie sah die Frau wie eine Fremde an, und ihr Blick verhehlte nicht, daß sie ihr kein Wort glaubte. Statt dessen überlegte sie, was dieser Auftritt bezwecken sollte und warum er gerade jetzt kam.

«Anscheinend war meine Sorge umsonst», fuhr ihre Mutter fort, nachdem sie sich in der modernen und mehr als komplett ausgestatteten Küche umgesehen hatte. «Es scheint dir ja wirklich gutzugehen. Ein eigenes Hotel ... Das ist doch was!»

«Ja, ich bin ganz zufrieden», murmelte Elfie.

Sofort verdüsterte sich der Blick ihrer Mutter. «Obwohl ... Wenn's nach mir gegangen wäre ... Aber du warst ja immer zu faul ...»

Mit Sicherheit wären schon sehr bald die Fetzen geflogen, wenn nicht in diesem Moment Melvin zur Tür hereingestürzt wäre.

«Elfie!» rief er schon von weitem, und seine Stimme vibrierte vor Freude. «Es war so super mit Schmolli! Wir waren im Stadtpark rudern und dann im Planetarium und dann noch auf 'nem

Schiff, wo'n Restaurant drauf war, und ...» Sein Redefluß versiegte, als er Elfie in die Arme flog. Erst dann bemerkte er die fremde Frau.

«Du hast ein Kind?» fragte die, und es hörte sich so wenig erfreut an, daß dies mit Sicherheit nicht der Beginn einer wunderbaren Großmutter / Enkel-Beziehung war.

Elfie war das sehr recht. Sie stellte die beiden einander vor, klärte die Verwandtschaftsverhältnisse auf, und die kurze Begegnung endete so distanziert, wie sie begonnen hatte. Elfie mußte ihre Reisetaschen auspacken, und Melvin hatte angeblich auf seinem Zimmer zu tun.

«Wie lange möchtest du eigentlich bleiben?» fragte Elfie auf dem Weg zur Treppe.

Ihre Mutter zögerte, ehe sie bescheiden, ja fast unterwürfig sagte: «Ich weiß nicht ... So lange es dir recht ist.»

Elfie zuckte innerlich zusammen und dachte: In dem Fall lohnt es sich ja nicht mal, daß du überhaupt auspackst. Aber sie sagte nichts.

Fatimas Angebote, alle möglichen Dienste von Elfie zu übernehmen, damit sie Zeit für ihre Mutter hätte, lehnte Elfie dankend ab. Fatima verstand das nicht. Sie glaubte, Elfies Pflichtgefühl, besonders nach ihrer Auszeit, sei der Grund für ihre Arbeitswut. «Aber ihr habt euch doch bestimmt 'ne Menge zu erzählen», sagte sie. «Immerhin habt ihr euch über zwanzig Jahre nicht gesehen.»

«Und das hat einen guten Grund», sagte Elfie hart und ließ keine weitere Diskussion zu.

Elfies Mutter dagegen nahm Fatimas Bemühungen um eine Mutter-Tochter-Zusammenführung dankbar auf und zeigte sich gesprächig. «Ach, wissen Sie», sagte sie, als sie Fatima nach deren unersprießlichem Gespräch mit Elfie im Treppenhaus traf, «ich bin ja so stolz auf meine Tochter, daß sie dies hier» – sie machte eine ausladende Geste – «geschafft hat. Ich hatte ja oft ein schlechtes Gewissen der Kleinen gegenüber. Aber was sollte ich machen? Ich war allein mit ihr und mußte arbeiten. Ich wollte doch immer nur, daß sie es einmal besser hat als ich.» Wieder schaute sie sich anerkennend um. «Und das scheint ihr ja gelungen zu sein.»

Fatima nickte. Der Mutterstolz traf sie fast so, als sei sie damit gemeint, und sie verstand nicht, wieso Elfie so gar nichts davon abhaben wollte. «Ich will ja nicht neugierig sein», sagte sie, und fragte dann neugierig: «Aber warum hatten Sie so lange keinen Kontakt zueinander?»

Frau Gerdes lächelte gequält und sagte ausweichend: «Liebe Frau Bürgenstock, Sie kennen meine Tochter doch auch! Sie wissen doch sicher, wie stur sie manchmal sein kann.»

Das wußte Fatima in der Tat, und nachdem sie von Querelen mit ihrer eigenen Mutter erzählt hatte, die sich mit dem Erwachsenwerden gelegt hatten, stand die Frage, woher die totale Funkstille zwischen Elfie und ihrer Mutter rührte, immer noch im Raum. Nach einer kurzen Pause holte Frau Gerdes zu einer vertraulichen Erklärung aus.

«Na ja, Ihnen kann ich's ja vielleicht erzählen», begann sie. «Obwohl es mir noch heute schwerfällt, darüber zu reden. Also … wie soll ich sagen? Es … es gab da mal jemanden in meinem Leben, den ich heiraten wollte. Verstehen Sie: meine große Liebe. Ja, und das wollte Elfie unbedingt verhindern. Ich weiß bis heute nicht, wieso. Auf jeden Fall hat sie alles drangesetzt, um uns auseinanderzubringen.»

Das gab Fatima Stoff zum Nachdenken. Abgesehen von erneuten Angeboten, Elfie diesen und jenen Dienst abzunehmen, begann sie auch, Elfies abweisendes Verhalten gegenüber ihrer Mutter zu kritisieren. Elfie sah sich also genötigt, Fatima zu erklären, daß sie mit siebzehn von zu Hause weggegangen sei, weil sie das klare Gefühl hatte, ihrer Mutter lästig zu sein, und daß ihre

Mutter zu keinem Zeitpunkt etwas unternommen habe, um sie zurückzuholen oder ihr sonstwie unter die Arme zu greifen. Statt dessen habe ihre Mutter all ihre Probleme als alleinstehende Frau immer nur Elfie angelastet. Damit hatte Fatima sich ungewollt zwischen die Fronten begeben und noch mehr Stoff zum Nachdenken. Schlau wurde sie aus alledem aber nicht.

«Elfie, das Ganze ist gut zwei Jahrzehnte her», sagte sie beschwörend, als sie abends bei einer Tasse Tee mit Elfie in der Küche saß. «Vielleicht hast du dich ihr gegenüber auch nicht immer richtig verhalten.»

Elfie sah Fatima enttäuscht an. Sie wollte nicht über die Vergangenheit sprechen, und trotzdem brauchte sie Fatimas Sympathie und Solidarität, die momentan aber eher auf Seiten ihrer Mutter lagen. «Ach, was weißt du denn schon davon?» sagte sie bitter.

«Nichts», gab Fatima zu und fügte vorsichtig hinzu: «Aber was immer damals zwischen euch war ... Ist es denn so schwer, deiner Mutter zu verzeihen?»

Elfie schloß die Augen. Wie sollte Fatima das auch verstehen? Elfie stand auf und begann, das Teegeschirr abzuräumen. «Es gibt Dinge, die kann man einfach nie verzeihen», sagte sie. Fatima wußte, daß dies ein vorläufiges Schlußwort war. Kopfschüttelnd über so viel Dickköpfigkeit schickte sie sich an, einen ereignislosen Feierabend anzutreten, während Elfie ein kleines Abendbrot für ihre Mutter anrichtete.

Als Elfie später zu Melvin hinaufging, um ihm Gute Nacht zu sagen, schwärmte er noch einmal von dem Tag mit Schmolli – und von Schmolli selbst. Melvin schien ihn als den Vater zu akzeptieren, den er seit fast vier Jahren vermißte, und er sehnte sich nach einer intakten Familie. Er sprach Elfie ganz offen darauf an, denn trotz seiner Detektivarbeit sah er weit und breit keinen Konkurrenten für Schmolli, weil Elfie Bernd ja schon «ewig» kannte und Tom Claasen für ihn nur der Getränke- und vor allem Colaliefe-rant war.

Zuerst fragte er, ob Elfie nicht mitkommen wolle, wenn Schmolli und er das nächstemal loszögen.

«Ja, warum nicht?» antwortete Elfie, nichtahnend, was nun folgen sollte.

Melvin nahm es als Frage und gab gleich die Antwort: «Weil Schmolli meint, du hättest ihn abblitzen lassen.»

«Ach!» Elfie mußte schmunzeln. «Hat er das so gesagt?»

Melvin zuckte mit den Schultern. «So ungefähr jedenfalls. Stimmt das denn?»

«Na ja ... irgendwie schon», mußte Elfie zugeben.

Das konnte Melvin so wenig verstehen, daß er nicht einmal wußte, wie er die entsprechende Frage formulieren sollte, aber sie war ihm so deutlich anzusehen, daß Elfie sagte: «Ich mag Schmolli schon sehr, aber ... Wie soll ich sagen? Er ist halt nicht mein Typ.»

«Was ist denn so dein Typ?» fragte Melvin interessiert.

«Ach, weiß auch nicht ...», sagte Elfie, und das war nicht mal gelogen.

«Dann kannst du dir das mit Schmolli ja noch mal überlegen», meinte Melvin, und Elfie konnte ihn nur zu gut verstehen, denn auch sie hatte sich immer einen Vater gewünscht, der mehr Ähnlichkeit mit Schmolli hatte als der Widerling, mit dem ihre Mutter eines Tages angeschleppt gekommen war.

«Kann ich machen», sagte sie. «Aber nur, wenn du jetzt schnell einschläfst.»

Melvin hatte nicht das Gefühl, daß schnelles Einschlafen Elfies Überlegungen günstig beeinflussen würden, aber der Tag war so erlebnisreich gewesen, daß er sich brav in seine Decke kuschelte und schon bald die ersten tiefen Atemzüge von sich gab.

Elfie schlich aus seinem Zimmer und wußte schon wieder mal nicht, wie es weitergehen sollte.

Daß Tom Claasen Elfies Mutter am nächsten Vormittag besonders freundlich willkommen hieß, nützte ihm wenig, denn diese erklärte Elfie anschließend, «dieser Hallodri» sei nun wahrhaft nichts für sie. Elfie nahm auch diese Ablehnung ihres Freundes scheinbar ungerührt zur Kenntnis. Und als sich unmittelbar darauf Rita Schnabel noch einmal dazu aufschwang, Elfie vor Tom zu warnen und dagegen die Vorzüge eines zuverlässigen, reiferen Mannes und erfahrenen Hotelangestellten wie Herrn Schmollke pries, war sie ernsthaft verunsichert.

Wie von den Fäden gezogen, die ihre Mutter schon immer zu ziehen gewußt hatte, schlidderte Elfie unmerklich in eine Situation hinein, die ihr nur zu gut bekannt war und von der sie geglaubt hatte, sie längst und für alle Zeiten hinter sich zu haben. Erst war es das kleine, das letzte freie Zimmer, das ihre Mutter mit der größten Selbstverständlichkeit okkupierte, und als ihr Besuch sich auf unbestimmte Zeit ausdehnte, machte Frau Gerdes immer unmißverständlicher Ansprüche auf ein größeres Zimmer geltend. Elfie stellte sich auf diesem Ohr zunächst taub, zumal es auch wirklich schlecht möglich war, einen bereits eingemieteten Gast vor die Tür zu setzen, und selbst wenn jemand abreiste, würde sie ihre Mutter nicht in ein größeres Zimmer umziehen lassen. Das nahm sie sich ganz fest vor. Denn immer wenn ihre Mutter von sich als «Gast» redete, hatte Elfie das Gefühl, daß sie das sehr wörtlich meinte. Daß ihre Mutter von allen Mitarbeiterinnen eine Sonderbehandlung genoß, konnte Elfie allerdings nicht verhindern. Und dann kam der Tag, an dem Fatima Elfie dazu überredete, ihre Mutter zum Einkaufen mitzunehmen.

Wie es kam, daß sie statt im Fachgeschäft für Gastronomiebedarf plötzlich in einer der teuersten Einkaufspassagen von Hamburg landeten, genauer gesagt in der Abteilung für Damenmäntel und -jacken eines renommierten Kaufhauses, bekam Elfie gar nicht so schnell mit, wie ihre Mutter es einfädelte. Sie wußte auch nicht, wieso ihre Mutter plötzlich in einem eleganten Blazer aus einem teuren Seide-Leinen-Gemisch vor ihr stand, den sie sich von ihrer knappen Rente überhaupt nicht leisten konnte.

«Aber von so einem Stück haben Sie ein Leben lang was», sagte die Verkäuferin. «Das ist wirklich eine sinnvolle Investition.»

«Das finde ich ja auch», stimmte ihre Mutter ihr unglücklich zu. «Aber der Preis ...»

«Sie können sich den Blazer doch schenken lassen», meinte die Verkäuferin und zwinkerte Elfie zu, die immer noch nicht ahnte, welches Spiel hier gespielt wurde. «Anlässe gibt es ja schließlich genug. Muttertag, Geburtstag, Hochzeitstag ...»

«Ach nein», wurde sie schamhaft von Frau Gerdes unterbrochen. «Das kann ich meiner Tochter nicht zumuten.»

Und da diese Tochter offenbar immer noch nichts merkte, sprach die Verkäuferin Elfie jetzt direkt an.

«Der ist doch wie für Ihre Mutter gemacht», schwärmte sie. «Oder was meinen Sie?»

Elfie hatte der ganzen Aktion bisher kaum Aufmerksamkeit gewidmet. Sie war zwar körperlich anwesend, aber auch das nur widerstrebend. Direkt angesprochen, sah sie ihre Mutter an und forderte sie auf, sich einmal zu drehen. «Doch», sagte sie dann. «Der ist wirklich super.»

«Den müssen Sie einfach nehmen», sagte die Verkäuferin, nun schon jenseits von Diplomatie.

«Finde ich auch», bekam sie unerwartete Schützenhilfe von der begriffsstutzigen Tochter, der offenbar immer noch nicht klar war, wer hier gleich diesen Blazer bezahlen würde.

«Ich weiß nicht», zierte sich Mutter Gerdes noch ein letztes Mal und sah Elfie auffordernd an. «Meinst du wirklich?»

«Aber ja doch, wenn ich's dir doch sage!» sagte Elfie, der es nun langsam zu viel wurde.

«Also, wenn du mir die Jacke wirklich schenken willst», hörte sie ihre Mutter als nächstes sagen, «dann sag ich natürlich nicht nein. Das wäre wirklich die größte Freude, die du mir machen könntest.»

Jetzt endlich hatte Elfie kapiert, und sie machte ein so verdattertes Gesicht, daß die Verkäuferin sich bemüßigt sah zu sagen: «Na, sehen Sie! Das können Sie Ihrer Mutter doch nicht abschlagen!»

«Ja ... äh ... nein», stammelte Elfie.

Die Verkäuferin beeilte sich, der geschmackssicheren, aber insolventen Kundin aus dem Blazer zu helfen, und beglückwünschte sie derweilen unablässig zu ihrer Tochter. «Hat man ja nicht so oft, daß Mutter und Tochter sich so blendend verstehen», sagte sie dreist, obwohl sie sehr genau verfolgt hatte, was sich soeben abgespielt hatte.

Das einzige, was Elfie noch tun konnte, um nicht noch mehr überrumpelt zu werden, war, ihre Mutter so schnell wie möglich aus dem Geschäft zu bugsieren, denn erste Andeutungen gingen bereits in die Richtung, daß Frau Gerdes eigentlich gar nichts Passendes zu dem neuen Stück anzuziehen habe.

Elfie saß immer noch wie vor den Kopf gestoßen und sehr verärgert in ihrem Büro, als Fatima mit der Nachricht zu ihr hereinkam, daß eine neue Buchung entweder abgesagt oder Elfies Mutter ausquartiert werden müsse, wobei sie Letzteres bedauern würde. Plötzlich hatte Elfie eine Vision davon, daß ihre Mutter nicht nur diese eine Vermietung verhindern und daß es auch nicht bei dem einen Blazer bleiben würde, und sie fragte sich, warum sie diesen Zirkus mitmachen sollte, ja warum sie ihn überhaupt bis hierher mitgemacht hatte. Der Zusammenhang zwischen dem Auftauchen ihrer Mutter und der Erfolgsstory in der Zeitung war ihr längst klar geworden, und sie kannte ihre Mutter trotz der langen Funkstille gut genug, um zu wissen, daß sie bis zum Letzten ausreizen würde, was ihre Tochter zu bieten hatte.

«Laß mich mal machen», sagte sie zu Fatima und eilte die Treppe hoch zum Zimmer ihrer Mutter.

«Mutter», eröffnete sie das Gespräch in einem sehr abweisenden Ton. «Ich habe nachgedacht, auch über uns. Ich glaube, es wäre nicht gut, wenn du noch länger hierbleibst.»

Elfies Mutter probierte einen Blick, der früher immer funktioniert hatte. Diesmal versagte er allerdings.

«Außerdem sind wir überbelegt», sagte Elfie ganz sachlich. «Wir brauchen dein Zimmer spätestens morgen früh.»

«Du willst mich vor die Tür setzen?» fragte ihre Mutter konsterniert.

«Das Hotel ist ausgebucht, und ich kann es mir nicht leisten, auch nur einen einzigen zahlenden Gast wegzuschicken.»

«Aber deine Mutter!» Frau Gerdes' Stimme brach. «Deine Mutter kannst du so einfach wegschicken!» Sie nestelte ein Taschentuch aus ihrer Handtasche hervor und drohte in Tränen auszubrechen. «Wie kannst du nur so herzlos sein?»

Darauf antwortete Elfie lieber nicht. Sonst zeichnete sie sich ja durchaus nicht durch Herzlosigkeit aus, und die Gründe, ihre Mutter so zu behandeln, waren ein so finsteres Kapitel ihres Lebens, daß sie auch jetzt nicht darüber nachdenken wollte.

Dafür fand ihre Mutter flugs eine Lösung für das Raumproblem, indem sie das Wohnrecht in Frage stellte, das Rita Schnabel hier genoß. «Setz die doch vor die Tür!» sagte sie scharf. «Was die hier macht, kann ich schon lange.»

Elfie dachte nicht daran, sich auf diese Diskussion einzulassen. Auch als ihre Mutter Drohungen ausstieß und sie vor endgültigem Kontaktabbruch warnte, blieb sie hart.

Als sie wieder nach unten kam und Fatima ihren Gesichtsausdruck sah, sagte Fatima sehr richtig: «Dir geht's im Grunde doch gar nicht um das Zimmer! Wenn es nur das wäre, würdest du eine Lösung für die Unterbringung deiner Mutter finden.»

Es war aber auch dann noch keine Lösung gefunden, als am nächsten Tag das Ehepaar angereist war, das nirgendwoanders untergebracht werden konnte als in dem Zimmer von Elfies Mutter.

«Nun laß dir endlich was einfallen, Elfie!» drängte Fatima, die Elfie in diesem Punkt wirklich nicht verstand. «Deine Mutter hat sich dir gegenüber mehr als großzügig gezeigt. Das mindeste, was du tun könntest, wäre, ihr ein Zimmer im Hansson Palace zu spendieren! Gerade jetzt, wo sie dir alles verziehen hat.»

Beinahe wäre Elfie das Gästebuch aus der Hand gefallen. Sie warf Fatima einen wütenden Blick zu und fragte: «Sag mal, spinnst du? Wovon redest du? Was sollte sie mir verzeihen?»

Fatima ärgerte sich zwar, daß sie sich verplappert hatte, aber das war jetzt auch egal. Irgend jemand mußte wohl endlich mal für Klarheit sorgen. «Komm, Elfie!» begann sie freundlich, aber unerbittlich. «Schließlich hast du sie damals mit ihrem Freund, ihrer großen Liebe, wie sie sagt, auseinandergebracht. Wahrscheinlich hast du das nicht mit Absicht getan, aber immerhin war es der Mann, den sie heiraten wollte. Das war ziemlich schlimm für deine ...»

Elfie hatte bis jetzt um Fassung gerungen. Diese Version war ihr neu. Und sie war sowas von gelogen, daß Elfie schlecht wurde. Jetzt unterbrach sie Fatima. «Hat sie das tatsächlich gesagt?»

Fatima nickte, und Elfie marschierte furienartig in Richtung Treppe. Fatima sah ihr mit gemischten Gefühlen hinterher, war sich aber ziemlich sicher, daß jetzt endlich reiner Tisch gemacht werden würde.

Als reinen Tisch machen konnte man das, was sich in den folgenden zehn Minuten auf Zimmer acht abspielte, nicht gerade bezeichnen. Dafür ging es um zu schmutzige Dinge, die Elfie zum ersten Mal offen aussprach. Und die Reaktion ihrer Mutter war so unwürdig, daß die Klärung, die Fatima sich wünschte, am Ende eher einer Erpressung gleichkam.

«Nie mehr im Leben hätte ich ein Wort über die Geschichte damals verloren», eröffnete Elfie ohne jede Vorrede das Gespräch, «aber wenn du jetzt in meinem Hotel rumgehst und Lügen verbreitest, dann kann ich das nicht mehr hinnehmen.»

«Ich weiß nicht, wovon ...», setzte ihre Mutter zu einer Unterbrechung an.

Aber Elfie ließ es nicht dazu kommen, griff die Formulierung jedoch als willkommenes Stichwort auf. «Du wußtest ja nie was! Weil du es nicht wissen wolltest, weil du einfach weggeschaut hast, als dein Typ sich an deine eigene Tochter rangemacht hat.»

«Aber Elfielein!»

«Nix Elfielein! Ich soll deine Beziehung zerstört haben? Ich glaube, da verwechselst du was! Du warst es, die mein Leben beinahe ruiniert hat! Weil du Schiß hattest, ihn zu verlieren, hast du einfach mit angesehen, wie dieser ekelhafte Kerl mich immer und immer wieder begrapscht hat.» Elfie schüttelte sich bei der Erinnerung.

«Aber es ist doch nie was passiert», versuchte ihre Mutter, sie zu beschwichtigen und die ganze Sache zu verharmlosen.

«Nie was passiert?» Elfie mußte sich mit aller Macht zusammenreißen, um nicht laut zu brüllen. «Okay, es ist vielleicht nicht bis zum Äußersten gekommen, aber nicht, weil du mir geholfen hättest. Ich mußte weglaufen, damit der Alptraum ein Ende hatte. Du hast mich, dein eigenes Kind, Höllenqualen leiden lassen, aus purem Egoismus! Was bist du nur für eine Mutter? Mir kommt heute noch das Kotzen, wenn ich nur daran denke.»

Eine Bemerkung darüber, daß Elfie schon immer ein Sensibelchen gewesen sei, verbiß ihre Mutter sich. Sie fürchtete, sonst plötzlich ohne Gepäck auf der Straße zu stehen. Folglich lenkte sie ein und nannte die Bedingung, unter der sie bereit war, das Hotel zu verlassen. «Du weißt ja, daß ich nur eine kleine Rente habe», sagte sie. «Und du bist inzwischen eine vermögende Frau. Ich erwarte von dir, daß du mir eine adäquate Wohnung stellst.»

Elfie verschlug es die Sprache, und zwar so gründlich, daß sie kein Wort herausbrachte.

Ihre Mutter glaubte sich schon am Ziel, schob aber noch nach, was sie für eine moralische Rechtfertigung ihrer unverschämten Forderung hielt. «Ich finde das nur fair», sagte sie in einem Ton, als sei sie diejenige, die all die Qualen ausgestanden hatte. «Schließlich hast du mir siebzehn Jahre lang auf der Tasche gelegen.»

Noch immer wußte Elfie nicht, was sie darauf erwidern sollte.

«An deiner Stelle würde ich es mir gut überlegen», riet ihre Mutter ihr. «Sonst ...»

«Sonst was?» Elfie war jetzt blaß vor Wut und sprach gefährlich leise. «Da gibt es nichts zu überlegen. Wenn ich ...»

«Wenn du deine mittellose Mutter nicht unterstützt, werde ich vor Gericht gehen. Kinder sind schließlich gesetzlich dazu verpflichtet, für ihre Eltern aufzukommen, und ...»

Kein Wort mehr, dachte Elfie. Kein Wort mehr, sonst raste ich aus! «Wenn du nur einen Schritt in diese Richtung unternimmst», sagte Elfie durch zusammengebissene Zähne und ging dabei mit vorgebeugtem Kopf auf ihre Mutter zu, «werde ich die ganze schmutzige Geschichte an die große Glocke hängen.» Sie richtete sich wieder gerade auf. Ihre größte Wut war verflogen, denn sie hatte sich entschlossen, sich nichts, aber auch gar nichts mehr von ihrer Mutter bieten zu lassen. Jetzt brauchte sie nur noch mit dem Waffenarsenal zu winken, das sie gegen sie auffahren würde. «Ich habe die allerbesten Kontakte zur Presse», sagte sie, nun schon bedeutend ruhiger. «Außerdem würde sich jede dieser täglichen Talkshows mit Kußhand auf meine Story stürzen.»

«Bitte, bitte!» versuchte ihre Mutter eine letzte Geste als Grande Dame. «Jeder blamiert sich, so gut er kann!»

Langsam schüttelte Elfie den Kopf. «O nein, ich werde mich nicht blamieren. Ich werde nur dafür sorgen, daß du dich nirgends mehr sehen lassen kannst, ohne daß man mit dem Finger auf dich zeigt.»

Ihre Mutter fuhr sich unbehaglich über den Ausschnitt ihrer Bluse.

«Im Supermarkt, beim Friseur», machte Elfie gnadenlos weiter. Es war keine Rache. Sie wollte, sie mußte einfach nur dafür sorgen, daß ihre Mutter ihr nicht ein zweites Mal ins Leben pfuschte. «Wo immer du hingehst. Alle deine Bekannten und Freundinnen werden dann wissen, was du deiner Tochter angetan hast.»

Einen Moment lang herrschte eisiges Schweigen auf Elfies Seite und unbehagliches auf Seiten ihrer Mutter. Als Letztere den Mund öffnete, kam Elfie ihr zuvor. «Und sag jetzt nicht, die Sache sei verjährt», sagte sie. «So etwas verjährt nie. Niemals, hörst du? Ich habe es auch mein Leben lang mit mir herumtragen müssen.» Damit ging sie zur Tür und hinaus, ohne sich noch einmal umzusehen.

So wenig Elfie es auf dieses Showdown mit ihrer Mutter angelegt hatte, so unsicher war sie sich in dessen Bewertung. Sie war von ihrer Mutter im Groll geschieden, genau wie vor über zwanzig Jahren, und genau wie damals, ohne Abschied zu nehmen. Glücklich war sie darüber nicht, direkt unglücklich aber auch nicht.

Genauso unentschieden war sie sich in der Bewertung des Abends mit Schmolli. Nach einer gründlichen Zwiesprache mit Alexander an dessen Grab hatte sie den guten alten Freund eingeladen, um doch noch einmal auszuloten, ob sie nicht schlicht etwas übersehen hatte, wenn sie ihn als Mann so rein gar nicht «auf dem Zettel» hatte, wie sie für sich dachte, obwohl sie in Wahrheit keine Kandidatenliste führte. Nach so vielen Treffen, bei denen es Schmolli gewesen war, der ihr etwas Ähnliches hatte nahebringen wollen, ohne daß sie es je – oder zumindest rechtzeitig – gemerkt hätte, verlief diese Begegnung genau umgekehrt. Schmolli hatte nicht den geringsten Anlaß, Elfies Sinneswandel auch nur zu erahnen, und es gab keinen Grund für ihn, noch ein weiteres Mal in ein und dasselbe offene Messer zu laufen. So brachte er die nette, zierliche Frau, die nicht nur intelligent aussah, sondern es auch war, gleich mit. Schon vor einigen Tagen hatte er sich mit ihr verlobt, und Elfie konnte nur noch schlucken, ein zusätzliches Glas Champagner füllen und den beiden von Herzen Glück wünschen.

Verblüfft wie sie war, mußte sie doch zugeben, daß es im Grunde nur dieses unbefriedigende Gefühl war, Anlauf genommen zu haben, ohne abgesprungen zu sein, das sie bedrückte. Wirklich traurig war sie über Schmollis veränderte Lebensumstände nicht. Melvin, der diesem Treffen eine Riesenbedeutung beigemessen hatte, trafen sie viel härter.

15. KAPITEL

Es war und blieb also Fakt: Der familiäre Charakter des Lebens im Hotel Elfie ließ zu wünschen übrig. Das sah vor allem auch das Jugendamt so. Elfie selbst fühlte sich nach dem Besuch ihrer Mutter und der damit verbundenen Konfrontation mit ihrem kaputten früheren Familienleben, nach dem Abblitzen bei Schmolli, durch das Zerwürfnis mit Bernd und dem eher sporadischen Umgang, den Tom mit ihr pflegte, innerlich so zerrissen und unsicher, daß es ihr gar nichts nützte, als sie an einem regnerischen Abend inmitten ihres Schreibtischchaos' statt Buchhaltungsposten zu notieren in ihrem Horokop las:

Machen Sie sich auf was gefaßt. Die nächsten Wochen werden anstrengend. Ab sofort ist Schluß mit Alleinsein: Ein Mann wird in Ihr Leben treten – und was für einer!

«Nee, du, ich faß es nicht!» sagte Elfie verächtlich und sah dabei verständnissuchend ihre Katze an, die auf einem Stapel Rechnungen saß und sich das linke Vorderbein putzte.

Kommher ließ sich von diesem Stoßseufzer nicht stören. Sie zuckte erst, als auch Elfie ein kratzendes Geräusch am Gitter vor dem Hotel hörte. Kurz darauf öffnete sich ganz langsam die Eingangstür, und als Elfie schon horchend und stocksteif in ihrem Schreibtischsessel saß und hoffte, daß er nicht wieder nach hinten kippen würde, kam Bernd in ihr Büro gewankt – die Kleidung naß, schmutzig und zerrissen, die Haare wirr, und von seiner Stirn tropfte Blut.

«Bernd!» Mit einem Satz war Elfie bei ihm. «Du lieber Himmel! Was ist denn mit dir passiert?»

Bernd tat so, als läge er im Sterben. In der Dunkelheit und dem Regen sei er mit dem Fahrrad in einen «Ast» gerast, der in den Fahrradweg an der Alster hineinragte. Elfie rief sofort den Notarzt und verfrachtete Bernd in ein freies Gästezimmer, aber eine nähere Inspektion der Wunde ergab, daß es höchstens ein Zweig gewesen sein konnte, der Bernds Stirn gestreift hatte, und daß alles viel schlimmer aussah, als es war.

Nachdem Elfie das Blut abgetupft hatte, war praktisch nichts weiter zu tun, und sie fragte, was ihrer Meinung nach bedeutsamer war als dieser läppische Ratscher: «Wieso kommst du ausgerechnet zu mir, wo wir doch so zerstritten sind?»

Bernd hatte darauf zwei Antworten. Zum einen habe der «Unfall» sich gleich um die Ecke ereignet, zum anderen sagte er: «Da hatte ich nur noch einen Gedanken: Du mußt zu Elfie!»

«Ach!» Elfie war wenig beeindruckt. «Und deine neue Flamme? Hattest du nicht gesagt, diesmal hättest du den ‹Mann fürs Leben› gefunden?»

Bernd wand sich sichtlich. «Um genau zu sein, war er das für exakt zwei Wochen.»

Elfie hatte nichts anderes erwartet. Trotzdem tat Bernd ihr leid. Sie setzte sich zu ihm ans Bett und streichelte seinen Arm.

«Einsamkeit, ick hör dir trapsen!» sagte sie wenig gefühlvoll und dann etwas versöhnlicher: «Na denn: Willkommen im Club!»

Bernd sah unglücklich auf die Hand, die ihn streichelte, und sagte leise: «Aber du ... du hast doch einen ...»

«Was? Wer? Ich? Da muß mir aber schwer was entgangen sein!»

Bernd hob den Kopf und lächelte Elfie schief an. «Du hast doch mich!»

Beinahe hätte Elfie laut losgelacht, aber dann sagte sie nur: «War das ein Witz, oder sollte das ein Friedensangebot sein?»

Bernd überlegte, wie er sagen sollte, was ihm auf der Seele lag, und schließlich sagte er schlicht und ehrlich: «Elfie, ich kann ohne dich nicht leben. Ich ... ich brauche dich einfach.»

Elfie war gerührt, beugte sich über Bernd und nahm ihn ganz fest in die Arme. «Ach, Bernd!» seufzte sie aus tiefstem Herzen. «Warum mußt du bloß schwul sein? Ich würde dich auf der Stelle heiraten.»

«Vielleicht kann ich's mir ja noch abgewöhnen ...»

Im selben Moment war ein Räuspern von der angelehnten Tür her zu vernehmen. Ein auffallend gutaussehender junger Mann mit Arztkoffer stand da, lächelte gewinnend und stellte sich als Dr. Repinski vor, der unten an der Rezeption niemanden angetroffen habe und dann den Stimmen und dem Licht nachgegangen sei.

Bernd kam etwas mit dem Oberkörper hoch. «Jérome!» sagte er freudig überrascht.

Elfie sah von einem zum anderen. Offenbar kannten die zwei sich. Und offenbar hatten sie etwas gemeinsam. Langsam erhob sie sich vom Bett und murmelte: «Abgewöhnen ... aber sicher doch!»

Zu Bernds größter Freude stellte Dr. Repinski – respektive Jérome – noch eine kleine Gehirnerschütterung fest, und Bernd konnte sich für den Rest der Nacht in Zimmer fünf wie auf der Intensivstation eines Krankenhauses fühlen. Und weil Elfie um die Hypochondrie ihres besten Freundes Bernd wußte, die ihr ein nie versiegender Quell der Heiterkeit war, orderte sie am nächsten Morgen auf dem Weg zur Sparkasse bei Hajü neun weiße Lilien, die aufs schönste geeignet waren, dem bequemen Doppelbett in Zimmer fünf eine Aura von Sterbebahre zu verleihen.

Daß Hajü ihr bei der Gelegenheit seinen neuesten Gewinn aus einem Preisausschreiben, eine Playstation, für Melvin mitgab, gehörte fast schon zum Alltag in der Schwanenstraße. Aber als

Hajü noch wissen wollte, ob die Blumen für Zimmer fünf einem Hotelgast oder einer Affäre zugeeignet seien, sagte Elfie: «Affäre … Affäre? Also, tut mir leid, Hajü, bei Fremdwörtern bin ich total blond.»

Herr Fritsch vom Jugendamt betrachtete die elektronische Aufrüstung in Melvins Zimmer mit Skepsis. Elfie sagte ihm nichts von ihrer kostenlosen Bezugsquelle. Es war so schon ziemlich schwierig, Herrn Fritsch davon zu überzeugen, daß Melvin es gut hatte, denn dieser fürsorgliche Mann hatte ein ausgesprochenes Talent, seine Testbesuche so zu timen, daß immer gerade irgend etwas Ungewöhnliches los war, sei es, daß Elfie gerade einen aus mehrerlei Quellen gespeisten Wutanfall hatte, Melvin mit einem Pfefferstreuer im Frühstücksraum experimentiert hatte und ihm die Augen tränten, oder eine Kraftprobe angesagt war, bei der Melvin die schwere Reisetasche eines Gastes die Treppen hochschleppte. Nun auch noch die Rätsel- und Preisausschreibensucht ihres Obst- und Gemüsehändlers ins Spiel zu bringen, hielt Elfie für unklug.

Eine kritische Bemerkung von Herrn Fritsch parierte sie ungeduldig, weil für sie längst außer Frage stand, daß Melvin hierher und zu ihr gehörte: «Ich habe mir Melvin weiß Gott nicht ausgesucht, aber der Junge fühlt sich hier wohl. Er hat sein eigenes Zimmer, er kriegt regelmäßige Mahlzeiten, er geht zur Schule, und er macht seine Hausaufgaben.» Und da sie selbst merkte, daß es wieder mal das menschliche, das familiäre Element war, das in ihrer Aufzählung fehlte, fügte sie schnippisch hinzu: «Im übrigen kümmern wir uns hier alle um ihn.»

Und das stimmte auch. Vor allem Rita Schnabel nahm Melvin als Mitglied des Hotelhaushalts sehr ernst, und nachdem Schmolli sich in letzter Zeit rar gemacht hatte, rückte Bernd nun wieder als männliche Bezugsperson in den Vordergrund. Da mit so einer Gehirnerschütterung nach seinen Worten «nicht zu spaßen» war, bewohnte er Zimmer fünf auch dann noch, als das schlimmste vorbei war. Aber vielleicht war es auch gar nicht die Gehirnerschütterung, die ihn zum Bleiben veranlaßte.

Kurz nach diesem Besuch von Herrn Fritsch machten Bernd, Elfie und Melvin einen Spaziergang an der Alster, und als Bernd ein paar Steinchen ins Wasser warf und die Wellenringe beobachtete, kam er ins Philosophieren. «Das denke ich in letzter Zeit immer öfter: Genauso ist das Leben. Am Anfang totale Aufregung und ein paar Augenblicke später ... nichts, alles wieder wie vorher.»

«Liebeskummer?» fragte Elfie mitfühlend, während sie die waghalsigen Drehungen und Sprünge beobachtete, die Melvin in einiger Entfernung mit seinen Inlineskates vollführte.

«Nicht nur», meinte Bernd. «Wahrscheinlich werde ich einfach älter. Dieser endlose Kampf ... um den Job, die Karriere, ums Geld, eine größere Wohnung, gegen das Alleinsein ... Wozu das alles? Wofür?»

So auf die schnelle hatte Elfie darauf auch keine Antwort.

«Diese Stresserei Tag für Tag», nahm Bernd seinen Faden wieder auf. «Das ist doch schlicht und einfach krank!»

Elfie hakte sich bei Bernd unter und zog ihn weiter. «Komm!» sagte sie. «Wir haben doch uns. Das ist doch schon mal was.»

«Das meine ich ja», sagte Bernd, als habe er nur auf dieses Stichwort gewartet. «Ich fühle mich so wohl bei euch, in deinem Hotel. Deine Frau Schnabel, Fatima, Julietta, Cora, du ... ihr seid alle so nett miteinander, bei euch spür ich so ein warmes Gefühl ... wie in einer Familie.»

«Ach, du lieber Gott!» sagte Elfie. «Herr Fritsch läßt grüßen!»

«Genau, Elfie! Das beste ist der kleine Bengel da vorne. Du weißt gar nicht, wie gern ich den habe!»

Elfie wurde ganz still. Mit einem Mal hatte sie eine nicht unrealistische Vision. Sie wußte, daß nicht viel an einer negativen Beurteilung des Jugendamtes fehlte, so daß ihr Antrag auf Vormundschaft abgewiesen und nur ein Stück Papier sein würde. Sie machte sich große Sorgen deswegen, aber jetzt hatte sie zum erstenmal eine ganz deutliche Vorstellung davon, wie ihr Leben ohne Melvin aussehen würde – und wie Melvins Leben ohne all die Menschen aussehen würde, die ihn einfach so mochten, ohne amtlicherseits dazu bestellt zu sein.

«Dann genieße jede Minute mit ihm», sagte Elfie ernst. «Wer weiß, wie lange das noch geht.»

Bernd sah sie erschrocken an. «Was soll das heißen?» fragte er.

«Wenn ich nicht völlig vernagelt bin und alles nur noch falsch mitbekomme», sagte Elfie, «dann wollen sie mir Melvin wegnehmen. Sie sagen, ein Hotel sei nicht die richtige Umgebung für ein Kind.»

«Sag mal, spinnen die? Melvin fühlt sich bei dir doch total wohl!»

«Dachte ich auch», sagte Elfie mit leiser Stimme. «Mehr oder weniger. Also mehr mehr als weniger.»

«Achtung, ich komme!» brüllte Melvin plötzlich. Und ehe die beiden sich's versahen, hatte Melvin bei dem Versuch einer Volldrehung Millimeter vor ihnen doch nicht die Kurve gekriegt und bretterte «full speed», wie er kurz darauf nicht ohne Stolz sagte, in Bernd hinein, so daß die beiden der Länge nach auf dem Spazierweg landeten. Normalerweise hätte dieser Unfall eine umfängliche Behandlung mit anschließender Bettruhe für Bernd zur Folge gehabt. Jetzt aber war dieser Zusammenprall die Initialzündung für eine ganz andere Operation: Bernd beschloß noch im Fallen, ab sofort die Vaterrolle für diesen Wildfang zu übernehmen.

Am Abend sprachen Elfie und Bernd noch einmal ganz ernsthaft und ausführlich darüber, ob und wie sie mit Melvin zu einer Familie zusammenwachsen könnten. Genau wußten sie es auch nicht, aber Elfie hatte das Gefühl, daß die gemeinsame Basis mit Bernd zuverlässiger war als die mit Tom – auch wenn Tom mehr prickelte. Aber vielleicht, so dachte Elfie insgeheim, prickelte Tom nur so, weil er sich so rar machte, indem er zwar immer wieder irgend etwas Originelles von sich hören oder sehen ließ, aber meist doch weg war und vor allem mit ihrem Alltagsleben und den dazugehörigen Verpflichtungen nichts zu tun hatte. Als Bernd und Elfie sich an diesem Abend eine gute Nacht wünschten, waren sie optimistisch, wenn auch ein wenig ratlos.

Was den Alltag und seine dazugehörigen Verpflichtungen betraf, so schien es, als wolle Cora alles auf ein absolutes Minimum reduzieren. Zusätzlich zu ihrem Zuspätkommen verschwand sie zwischendurch, bummelte herum und war übellaunig.

Herr Müggebrecht, der Coras Abwesenheit trotz Frühdienst am nächsten Morgen mit einem fröhlichen «Morgens in der Frühe bin ich der einzige, der mir im Weg rumsteht ... da hab ich wenigstens meine Ruhe» zu überspielen versuchte, stieß bei Elfie auf taube Ohren. Dafür hatte Cora in den letzten Tagen einfach zu oft ihre Geduld strapaziert, und das sagte sie auch.

«Ik weet nich, ik weet nich ...» Herr Müggebrecht schüttelte den Kopf. «Also, wenn Sie mich fragen: Mit der Deern stimmt was nich. Da is was im Busch. Bei dem Mädchen finden Umwälzungen statt ...»

«Ach was!» Elfie winkte ab, und bevor sie mit Frühstückseiern und Brötchen in den Frühstücksraum eilte, sagte sie: «Die einzige Umwälzung bei Cora ist wahrscheinlich genau in diesem Moment eine im Tiefschlaf, von einer Seite auf die andere.»

Daß Ulrich Müggebrecht in diesem Fall über mehr Intuition und eine genauere Wahrnehmung verfügte als Elfie, zeigte, wie sehr sie den Kopf mit ihren eigenen Sorgen voll hatte. Tatsächlich war Cora schwanger. Bevor sie es selbst merkte, ging es ihr schlecht, weil ihr dauernd übel war. Als sie es dann ahnte und einen entsprechenden Test machte, ging es ihr schlecht, weil sie nicht wußte, wie sie ihr Studium mit dem Muttersein unter einen Hut bringen sollte. Und als sie sich in dieser Hinsicht selbst Mut gemacht hatte, ging es ihr schlecht, weil sie nicht wußte, wie Boris reagieren würde. Richtig schlecht ging es ihr aber erst, als Elfie ihr mit einer Kündigung drohte. Da endlich platzte alles aus ihr heraus, was sie wieder mal ganz für sich behalten hatte, und statt in der Rolle der gestrengen Chefin sah Elfie sich plötzlich als Freundin, Mutmacherin und Trösterin. Aber obwohl Elfie ihr jegliche Unterstützung zusagte, blieb Cora solange ein Häufchen Elend, bis Boris unverhofft im Hotel erschien und mitten in das Gespräch von Elfie und Cora hineinplatzte, das eine so unerwartete Wendung genommen hatte.

«Da bist du ja!» rief er schon von weitem.

Cora erschrak, während Elfie sagte: «Hallo, Boris! Na, Sie kommen ja genau richtig.»

«Wieso?» fragte Boris. «Hat jemand Geburtstag?»

«Noch nicht», sagte Elfie kryptisch. «Aber bald.»

Ein glückliches Lächeln stahl sich in Boris' Gesicht, denn er wußte längst, wovon Cora nicht wußte, daß er es wußte. Cora sah Elfie ganz panisch an und flüsterte: «Elfie, doch nicht jetzt!»

«Doch!» flüsterte Elfie nicht besonders leise zurück. «Augen zu und durch!»

Cora druckste herum und wagte kaum, Boris anzusehen, bis der die Faxen dicke hatte und Cora einfach in den Arm nahm. «Ich weiß doch, daß du schwanger bist, mein Schatz. Das ist doch das schöne!» Und damit gab er ihr schmatzend einen Kuß.

«Aber ich ... Woher ...?»

«Ich war zu Hause», sagte er bedeutungsvoll und meinte damit Coras Atelier. Gleichzeitig zog er die leere Schachtel vom Schwangerschaftstest aus der Apotheke aus seiner Anzugjacke.

«Und abgesehen davon», er wedelte mit der Schachtel, «ist es mir seit Tagen klar.» Dann lachte er. «Ich kenne deine Launen, Cora, aber permanente Müdigkeit und Übelkeit gehörten bis jetzt nicht dazu, und Gott sei Dank sind sie vorübergehender Natur.»

Natürlich freute Elfie sich für Cora und Boris, aber ihr nächster Gedanke war nicht so erfreulich: Es würde nicht leicht sein, Ersatz für Cora zu finden.

Bernd war inzwischen, das mußte selbst er zugeben, vollständig genesen. Auch gegenüber seinen Schülern wäre es unfair gewesen, sich noch länger krank schreiben zu lassen. Und auch das Zimmer, das er belegte, wurde wieder gebraucht. So mußte er Melvins Bitte, doch für immer im Hotel zu bleiben, abschlagen. Aber er fragte noch einmal nach. «Du möchtest also, daß ich hierbleibe?»

«Bitte, bitte!» sagte Melvin. «Du kannst in meinem Zimmer wohnen. Ich kann dir auch mein Taschengeld geben, dann brauchst du nicht mehr zu arbeiten.»

Es bedurfte einiger sanfter Überredungskunst, um Melvin klar zu machen, daß er nicht alleingelassen wurde, obwohl das Leben nun wieder seinen normalen Gang ging.

Aber noch am selben Tag überschlugen sich plötzlich die Ereignisse. Ein Anruf vom Jugendamt kündigte für den folgenden Nachmittag einen Besuch von Herrn Fritsch an, und er würde nicht alleine kommen, sondern in Begleitung einer Beamtin des Vormundschaftsgerichts, die zur Vorbereitung einer endgültigen Entscheidung Melvins derzeitige Lebensumstände in Augenschein nehmen sollte.

Elfie rastete aus. Sie sprach von «offenen Messern», der Unverschämtheit von «Beamtenärschen» und daß sie sich mit Melvin den «nächsten Flieger nach Mallorca» nehmen würde. «Kein Problem! Da unten kenne ich mich aus, da kann ich mich durchschlagen, da kenne ich genug Leute aus der Zeit mit Alexander, und vor allem geht's da nicht so bürokratisch zu.»

Der versammelte Hausrat versuchte erst, sie zu beschwichtigen, und als das nichts nützte, besprachen Bernd, Fatima, Julietta und Rita Schnabel sich untereinander. Ihr Ziel war es, für den anstehenden Termin ein Kinderparadies auf die Beine zu stellen, in dem alle Mitglieder einer Großfamilie ihre festen Rollen hatten.

Was sich am folgenden Tag abspielte, hätte einer real existierenden Großfamilie als Programm für zwei Wochen genügt. Der eiligst herbeigerufene Herr Müggebrecht bepflanzte den Vorgarten neu und richtete auf der Veranda hinter der Küche eine Spielecke mit Sandkiste ein. Rita Schnabel räumte im Haus alles Spitze oder sonstwie Gefährliche weg. Die Jazznoten auf dem Klavier tauschte sie gegen eine Beethovensonate aus. Das Bücherregal in der Leseecke hinterm Kamin wurde um zahlreiche Kinderbücher ergänzt. Julietta entfernte die *Star Wars*-Plakate, Notebook und Playstation aus Melvins Zimmer und ersetzte sie durch hübsche Landschaftsfotografien, einen riesigen Legokasten und eine Kuscheltiersammlung – Leihgaben ihrer eigenen Kinder, die ebenfalls Spaß an der Umräum- und Täuschungsaktion hatten. Fatima schnitt Melvin in der Küche die Haare. Anschließend wusch Melvin in der Badewanne Kommher. Bernd besorgte noch eine Blockflöte, einen Notenständer und entsprechende Noten und plazierte sie im Frühstückszimmer neben dem Klavier.

Kurz vor fünf zogen sich alle um, die Damen hochgeschlossen und in gedeckten Farben, die Herren akkurat im Anzug. Elfie setzte sogar ihre Brille auf. Inzwischen hatte sie sich wieder gefaßt und von dem Optimismus und Tatendrang ihrer Freunde und Kollegen anstecken lassen. Sogar Herr Müggebrecht, in ein Jakkett gezwängt, saß in der Runde derer, die mit gefalteten Händen und mildem Lächeln wie eine Handvoll falscher Heiliger den amtlichen Besuch erwarteten.

Herr Fritsch mußte seine Brille zurechtrücken, als er mit der Kollegin vom Vormundschaftsgericht dieser Gesellschaft gegenübertrat. Er glaubte, nicht recht zu sehen. Und als alle, die er bislang als Hotelpersonal zu kennen geglaubt hatte, plötzlich untereinander verwandt und verschwägert waren, glaubte er, nicht recht zu hören. Bernd, etwa, war Elfies «Lebensgefährte», Rita Schnabel ihre «Mutter», also «Melvins Quasi-Großmutter», Herr Müggebrecht ihr «Onkel», Fatima «die Schwester von meinem Mann», wer auch immer das sein mochte, und Julietta war «meine Schwester». Melvin, mit dem das ganze Szenario vorher in aller Eile durchgesprochen worden war, hatte große Mühe, zu behalten, wie er nun alle seine Tanten, Großmütter und Großonkel ansprechen mußte.

Bei der Führung durchs Haus versäumte kein Mitglied von Melvins Großfamilie, die Verdienste des Jungen ums Blockflötespielen, seine Leidenschaft für deutsche Märchen und große Puzzles und seine Vorliebe für gesundes Essen hervorzuheben. «Besonders seine Gemüsesuppe liebt er über alles», sagte seine Tante oder Stiefgroßmutter Fatima, als die ganze Prozession die Treppe wieder herunterkam. Es wurde pausenlos geredet, wobei alle sich mit den liebreizendsten Kosenamen titulierten, so daß die beiden Amtsvertreter kaum zu Worte kamen.

Ziemlich abrupt machte Herr Fritsch dieser unwirklichen Szene ein Ende, indem er seine Kollegin recht unvermittelt fragte: «Was meinen Sie? Wollen wir dann?» Dabei sah er zur Tür.

Seine Kollegin nickte nur stumm und gedankenschwer.

«Liebe Frau Gerdes, meine Damen und Herren, Melvin», wandte Herr Fritsch sich dann noch einmal an die Versammlung. «Wir haben den Eindruck gewonnen, in welcher Umgebung …

ich sage jetzt mal: in welcher Familie Melvin in Zukunft aufwachsen soll. Ich persönlich würde diese Lösung befürworten, aber ich entscheide nicht allein. Das letzte Wort hat meine Kollegin vom Vormundschaftsgericht.»

Nun machte auch nach einigem Räuspern die Kollegin eine mit Spannung erwartete Aussage. Sie begann mit ihrer Skepsis, die sie anfänglich gegenüber der Vorstellung von einem in einem Hotel aufwachsenden Kind gehabt habe. «Aber nun, da ich Melvin und Sie alle persönlich kennengelernt habe», fuhr sie fort, «denke ich doch, daß Sie das lebende Beispiel dafür sind, daß ein Kind durchaus auch in unkonventionellen Lebensumständen behütet und umsorgt aufwachsen kann.»

Sie sagte dann noch so einiges, das aber kaum noch wahrgenommen wurde. Als sie fertig war, bemerkte nur Rita Schnabel: «Das haben Sie aber schön gesagt», und als Herr Fritsch nebst Kollegin das Hotel verließen, waren alle schon im Freudentaumel.

Draußen vorm Hotel kam auch die Kollegin vom Vormundschaftsgericht fast ins Taumeln. Selten hatte sie sich anläßlich eines solchen Termins so amüsiert, und lange genug hatte sie sich ihr Lachen verkneifen müssen. Denn natürlich hatte sie die Maskerade durchschaut, die Elfie & Co. extra für sie hingelegt hatten. Von Herrn Fritsch ängstlich zu ihrem Heiterkeitsausbruch befragt, sagte sie: «Wissen Sie, wer sich so viel Mühe gibt und ein so aufwendiges Theater inszeniert, um die Vormundschaft für ein Kind zu bekommen, der tut mehr als viele leibliche Eltern, und ich denke, daß so ein Kind sehr geliebt wird.»

Wie recht sie hatte, würde die Zukunft zeigen. Der Abend jedenfalls gehörte Melvin, der zur Feier des Tages ein selbstgekochtes Gericht für alle kredenzte: Spaghetti (Kochzeit: 30 Minuten) mit Tomatensoße (3 Flaschen Ketchup).

Mit seinem sicheren Gespür für den richtigen Moment stieß Tom Claasen zu der Siegesfeier, als das Essen bereits abgeräumt war. Bernd rutschte bereits auf seinem Sitz herum, weil er noch mit Jérome verabredet war – «zur Nachbehandlung», wie er selbstironisch sagte –, und Elfie fragte sich gerade müde, wie denn nun eigentlich alles genau weitergehen solle.

Diese Frage wurde zunächst mit der Getränkefolge beantwortet, die sich aus Toms Gastgeschenken ergab. Während alle sich über die erlesenen Weine und Liqueure hermachten, gab es für Melvin nur Cola. Das war für ihn in Ordnung, und überhaupt freute er sich, daß Tom dabei war.

Als Elfie am nächsten Morgen beim Aufwachen feststellte, daß sie sich nicht allein im Bett befand, war sie sich nicht sicher, was sie davon halten sollte. Und abgesehen davon, konnte sie sich nicht daran erinnern, wie es überhaupt dazu gekommen war. Toms diesbezügliche Erklärung war verworren und nicht besonders plausibel.

«Ich glaube, aus dir werde ich niemals schlau», sagte Elfie und wischte sich den Schlaf aus den Augen.

«Mußt du denn immer alles wissen?» fragte Tom und legte seinen Arm unter Elfies Kopf.

«Hmm», brummte Elfie. «Wär manchmal ziemlich hilfreich.»

«Also gut», sagte Tom und holte tief Luft. «Ich werd's dir erklären: Du bist eine Frau, und ich bin ein Mann. Aber das ist noch nicht alles. Wir mögen uns. Wir können gut miteinander reden. Wir essen und trinken gern die gleichen Sachen. Und noch was.» Den Rest erklärte Tom in Körpersprache, und Elfie, die anfänglich mit Blick auf den Wecker protestieren wollte, seufzte nur noch und dachte: Da werde ich Alexander wohl 'ne Menge erklären müssen.

Christian Pfannenschmidt, Jahrgang 1953, war Journalist und Reporter. Von ihm stammen u. a. die Drehbücher der ZDF-Erfolgsserie Girlfriends. Heute lebt Christian Pfannenschmidt als Autor in Hamburg und schrieb zuletzt ein Script über das Leben von Marlene Dietrich, das der Regisseur Joseph Vilsmaier für das deutsche Kino verfilmt. Im Rowohlt Taschenbuch Verlag liegen die drei Romane zur ZDF-Serie Girlfriends «Fünf Sterne für Marie» (rororo Nr. 13667), «Der Mann aus Montauk» (rororo 22267) und «Zehn Etagen bis zum Glück» (rororo 22490) vor, sowie sein Roman «Der Seerosenteich» (rororo 22595).

Edith Beleites, 1953 in Bremen geboren, Studium der Anglistik und Politik, lebt in Hamburg, schreibt und übersetzt Romane, Reiseführer- und Jugendbücher.